滄狼行
卷8
正邪一決
指雲笑天道

目錄

CONTENTS

第一章 大漠獸王 5

第二章 捉放曹 33

第三章 白髮魔女 65

第四章 正邪對決 95

第五章 三道秘旨 125

第六章 沙漠奇遇 155

第七章 邊關失守 187

第八章 賣國交易 219

第九章 禍國奸臣 251

第十章 修羅殺場 287

第一章

大漠獸王

赫連霸把兩支黃金短槍一合，左手的短槍槍尖一退，
變成一截短棍，順著右手短槍的槍柄一合一扭，
又恢復成一支五尺長的長槍，天狼緊盯著赫連霸，
這個傳說中的大漠獸王，
這次他算是見識到什麼才是塞外第一高手。

赫連霸的嘴角勾了勾，濃密的黃鬚上口齒啟動，就像是一堆黃毛中一個大血洞不停地在開開合合：「大汗這次不準備從山西的宣府和大同破關而入，他的目標是京師。」

黃宗偉諂媚地道：「大汗好氣魄，這宣府大同在百多年間也多次被我蒙古騎兵攻克，只是京師除了當年瓦剌部落的也先太師曾經攻過一次外，兩百年來，我們蒙古人再沒有接近過那裡，不攻宣大的話，又怎麼攻擊京師呢？」

赫連霸笑道：「宣大攻破後，我蒙古大軍也只能進入山西，山西多山，不利於我蒙古大軍的騎兵馳騁，即使我們可以打下太原府，只怕各路勤王的明軍也會雲集北京城。我們蒙古騎兵野戰無敵，可是漢人卻可以依託堅城防守，時間拖久了，我們後勤跟不上，最後只能退回草原，所以想要攻克京師，就得繞過宣大防線，直取京師。」

黃宗偉道：「這計畫確實是大手筆，只是仇鸞雖然是個廢物，也不至於馬上就投降大汗，讓我們這麼容易繞開吧。」

赫連霸不屑地道：「你高估了仇鸞的國家忠誠度，**這傢伙只想著保自己的一方防線不要出事**，他這些日子一直在悄悄地和大汗聯繫，對大汗許以重金賄賂，求大汗不要攻擊他的宣府防線，大家相安無事。」

黃宗偉哈哈一笑：「這廝真是腦子進了水，我們蒙古人是草原上的雄鷹，大汗的心裡裝的是整個天下，又怎麼可能給他那點小錢收買。」

赫連霸點點頭：「不錯，大汗一直假意答應他，暗中跟白蓮教聯繫，打探明軍的虛實，這次我們大軍壓境，在宣府鎮外造出很大的聲勢，仇鸞這廝嚇得屁滾尿流，一邊繼續向我們送錢，求我們不要攻關，另一面急調大同的守軍來援，現在大同的兵力空虛，守軍不足五千，**我們直接攻擊的方向不是宣化鎮，而是大同。**」

黃宗偉明白過來，大讚道：「高招啊，攻下大同後就可以向東奔襲居庸關，奔行三百里就可出太行，出現在北京城下，到時候明朝的各路援軍只怕來不及調集，只要能擊敗京師外的三大營，就可以趁勝奪取北京城。」

赫連霸點了點頭：「按我們的情報，明朝的三大營已經形同虛設，遠不是他們建國時的那支虎狼之師了，戰鬥力還不如仇鸞的九邊部下，所以這回**我們得穩住仇鸞，作為大汗的使者，跟他討價還價，擺出一副兵臨城下的樣子，讓他對我們準備攻擊宣府的事情信以為真**，最好再抽一些大同的守軍。」

黃宗偉嘆服道：「大汗和大哥真是深謀遠慮，小弟不及也，只是這樣一來，我們又何必在這裡浪費時間呢？入關之後就直接去找仇鸞，豈不是更好？」

赫連霸哈哈笑道：「**來鐵家莊是對仇鸞的測試**，此人畢竟也算是名將之後，如果這些年給我們送黃金只是故意示弱之舉，那麼他一定會引誘大汗入關後起伏兵攻擊，這鐵震天多年來一直跟我們蒙古作對，是他們大明的忠良，如果仇鸞是個忠臣，是不會對此人見死不救的，這是第一個原因。

「第二個原因嘛，我們如果不出手，趙全是沒有膽子獨自攻擊鐵家莊的，現在的這結果是我們最樂意見到的，趙全重傷，部下損失慘重，而我們幾乎沒有損失，還能消滅一直跟我們蒙古作對的鐵家莊，嘿嘿，一切都是那麼順利啊。」

赫連霸的視線落到在地上打坐的天狼身上，露出陰冷的眼光道：「只是這兩個錦衣衛的出現打亂了我們的計畫，為免夜長夢多，現在該做掉這兩個錦衣衛了！」

赫連霸話才說完，只聽到一聲巨響，李自馨哈哈一笑，抽出腰間的那把大戒刀，白色的刀光一閃，鳳舞再也支持不住，倒退六七步，一口鮮血噴湧而出，但她仍然擋在天狼身前三步的地方，咬牙切齒，雙眼圓睜，一頭的秀髮散亂開來，垂在肩頭。

李自馨身上已經被劍氣劃出數十道深達半寸的小傷口，可是他皮粗肉厚，竟然連血都不流，彷彿那些劍痕不是在他身上似的，只聽他粗聲吼道：「原來是個雌兒啊！居然也會易容術，你跟這個錦衣衛是一夥的嗎？」

鳳舞用男聲回道：「是又如何？今天你別想傷他分毫！」

「怪不得你這娘兒們一步也不退地跟洒家硬頂，原來是要護著這傢伙啊，他是你姘頭吧，這麼捨不得？待會兒洒家一杖把他拍死了，你不如就跟了洒家吧，佛爺會讓你享盡人間極樂的，哈哈哈。」李自馨發出一陣陰笑。

這李自馨被鳳舞突襲時，先是手忙腳亂，然而百餘招後，就發現對手捨棄了幻影無形這種鬼魅般的劍法，只要是硬碰硬的正面對抗，總是自己佔便宜，李自馨也是身經百戰，何等精明，立即悟出此人是為了保護那個錦衣衛高手，所以不停地以掌力杖風偷襲天狼。

果然鳳舞被逼得不停去救，這樣一來更是被動挨打，百餘招後已是完全處於下風，而她的護體內勁也在剛才連續十餘招的劍杖相擊下幾乎潰散。李自馨感覺到鳳舞已受內傷，再打下去，不用二十招就能將之擊倒，所以才會如此托大。

鳳舞抹了抹嘴邊的血跡，變回嬌滴滴的聲音，撒嬌道：「佛爺，人家可經不起你這大力，你若是肯憐香惜玉，沒準人家真的願意跟你走呢。」說著，一步一搖地向李自馨走去，還不經意地甩了一下秀髮，媚態叢生。

李自馨心花怒放，從這女子的身形及脖頸處露出的雪白肌膚來看，分明是個大美人，那雙秀目顧盼生輝，更是勾魂奪魄，他自從叛出少林以來，玩過無數女人，從不曾這樣被吸引過，不禁咽了泡口水。

隨之，他的鼻子裡鑽進一絲混合著少女體香的山茶花香氣，不覺放鬆了戒備，道：「小美人，你若是從了佛爺，佛爺答應饒這小子一命，只取他一隻手就好……」

話音未落，突然眼前一陣青芒閃過，他連忙抓緊禪杖，只舞出半圈，別離劍就破圈而入，三道清冷的劍光直取他的首級。

李自馨嚇得冷汗都冒了出來，碩大的腦袋一搖，堪堪閃過兩劍，第三劍則刺中他的右耳，他還沒來得及喊痛，一隻耳朵便和自己的腦袋分了家。

李自馨怒吼一聲，也不顧那劍還貼著自己的半個腦袋，左手戒刀一揮，直擊鳳舞的腰部，右手則棄了禪杖，一招羅漢碎岳擊出，擊奔鳳舞的胸口。

鳳舞這一下是全力施為的殺招，剛才一刺用力過猛，劍出得過了頭，一時半會兒收不回來，腰間和胸前兩道排山倒海般的氣勁，更是讓她無暇追斬李自馨，只得收劍回防，右手劍反轉，點中戒刀的刀背，左手以太極推手一畫一推，硬生生地接住李自馨的這一拳。

這一下硬碰硬的對撼，使鳳舞退出了五步開外，胸前一陣氣血洶湧，張嘴

「哇」地一口鮮血噴出幾步以外。

李自馨也退出三步，身形一個趔趄，晃了兩晃，方才穩住身形，臉上慢慢恢復血色，張嘴大罵道：「好你個小騷蹄子，竟然敢偷襲洒家，一會兒把你剃光了騎木驢，方洩我心頭之恨！」

李自馨齜牙咧嘴地揮舞著那根鑌鐵禪杖，眼中凶光大盛，聲勢驚人，如滔滔大浪一般向鳳舞撲來。

就在這時，坐在地上的天狼突然雙眼圓睜，長身暴起，眼睛變得一片血紅，周身籠罩著一層赤色的天狼戰氣。

鳳舞臉上閃過一絲喜色，向旁邊一閃，斬龍刀如火龍般畫過蒼穹，李自馨只感覺空氣像是在燃燒，連忙刀杖合一，運起所有的氣勁，光頭上的青筋都在跳動著，全力防備這一刀。

天狼雙眼紅得像要滴出血來，前胸的易容皮膚已經被這一下暴氣震得裂如寸縷，傷痕累累的胸肌和濃密的汗毛顯露出來，剛才還在流著黑血的傷口已經結成一個疤痕，偶爾因為用力過猛流出的鮮血變成全紅，顯示他體內的毒素已經全部清空了。

呼嘯的斬龍刀一下子擊中李自馨的戒刀和禪杖，李自馨只感覺到手上像是抓到一塊烙鐵，燙得全身的皮膚像是要燃燒起來，可他知道絕不能退，只要氣鬆半口，自己必死無疑。

天狼整個人已經與斬龍刀合而為一，如一塊赤色的隕石直奔李自馨而來，右手的斬龍刀沒有任何虛招，就是一刀天狼破軍斬，四溢的刀氣封住了李自馨所有的退路。

李自馨鼓於五步外的強勁真氣被這濃烈的刀氣像切豆腐一樣切開，身上的僧袍和脖子上掛著的碩大人骨佛珠被擊得粉碎，露出一身白花花的肥肉，那十八顆用藥水泡過的骷髏頭骨，碎得滿地都是，連十步之外打鬥的雙方人馬都感覺到這股能斬破蒼穹的刀氣，各自向後躍開，運氣相抗。

「叮」地一聲巨響，斬龍刀狠狠地擊中了李自馨的戒刀，這把鑌鐵打造的戒刀，立即成為飛舞的碎片激射而出，其中兩片在李自馨的右臉和左臂上留下兩條長長的血痕，十餘步外，兩名白蓮教徒被波及，慘叫不及便捂著胸口倒下。

有三片碎片倒飛向天狼，有如暗器的碎刀片打在天狼那健美的肌肉上，彷彿撞上一堵厚厚的牆，直接碎成鐵粉。

如果細細觀察的話，會發現**天狼的肌肉根本沒有碰到這些鋼鐵碎片，而是用護身的天狼勁把這些碎片化成一堆粉末，這份內力當真是驚世駭俗。**

李自馨牢牢抓住右手的禪杖，這是他最後一道防線了，嘴裡發出一聲不似人聲的怪吼，全身青筋暴起，七竅隱隱地冒著血，生死就在這一下了！

天狼臉上掛著恐怖的殺意，以斬龍刀的鋒利，一擊就可以把李自馨打成十八塊。天狼的嘴邊勾起了一絲笑容，他已經迫不及待地要把面前這個胖大和尚分屍當場，就像他三天前殘殺羊房堡的人那樣。

斬龍刀重重地擊中李自馨的鑌鐵禪杖，禪杖瞬間變了形，杖身折了起來，向李自馨身體的方向陷了進去，李自馨雙手虎口同時迸裂開，接著便聽到自己的手骨「喀喇」兩聲，雙手骨頭已經被燒斷，再也握不住禪杖，胸口如受千斤重擊，仰天噴出一口老血。

讓人驚駭的是這口老血中還帶有細小的血塊，分明是李自馨被震碎的內臓。

李自馨胖大的身軀像一個巨大的布袋，向後倒飛了出去，經過之處，青磚塊塊碎如齏粉，他把所有硬抗、卸力的辦法都用上了，仍然擋不住天狼毀滅性的一刀。

天狼剛才在逼毒的時候，對外界的情況聽得一清二楚，他知道鳳舞捨命護在自己身前，硬頂李自馨狂風暴雨般的攻擊，心急如焚，把最後一點毒血逼出體外後，立即集中全身的力量含怒出擊，誓要將李自馨這個屠殺羊房堡的首惡斬於刀下，以慰那些人的在天之靈。

天狼換了口氣，周身紅氣再次暴漲，剛才那一下強烈的碰撞，也消耗了他大半的真氣，雙臂已漸有脫力的感覺，按正常的步驟，他現在應該收刀回氣，調整一下再出手，不然會落下內傷的根子，但天狼不管不顧，雙足一點，重新撲了上去。

剛才那一下換氣，天狼又跟李自馨拉開了五步，這個胖大的和尚躺在地上一路飛出，居然在所經之處壓出一條深達半尺的坑道，看起來整個人像是在土中穿行一樣，天狼一聲長嘯，斬龍刀連續斬出七刀，刀氣在李自馨的腳後炸得那道土坑片片泥土飛濺，離李自馨的雙腳眼看已經不到半尺，只要再一刀，就能把他的腿給生生砍下來。

就在這時，兩道巨大的氣勁向天狼迎面撲來，天狼暗叫一聲不好，來人顯然是頂級內家高手，而且這一下是蓄勢而發，自己剛才出刀太快，現在招勢已老，銳氣已失，天狼連忙收住身體，原地連續三個大旋身，一邊向後退，一邊斬龍刀舞出朵朵刀圈，在身前布出一片如牆般的刀氣。

天狼感覺那兩道氣勁不是排山倒海的那種，而是集中在一點上的那種穿刺型的突擊，像是利劍或者長槍之類的兵器，用的不是掃而是突刺，只一瞬間，他感覺自己布在一丈之外的氣牆要被突破了，一道氣勁微微一阻，速度稍稍慢了一點，另一道氣勁卻是絲毫不減，兩道氣勁就在突破自己氣障的同時有了先後的微小差距，但還是向著自己奔來，尤其是前一道氣勁，更是帶著一道灼熱的霸氣，生生要將自己刺得透心涼！

天狼一咬牙，左掌打出一招天龍之怒，向速度稍慢的那道氣勁打去，掌力出手的一瞬間，左手改握刀柄，雙手握刀，渾身的紅氣再一次暴漲，這一回，他連眼珠子都變得血紅，配合著他在風中飄逸的一頭狂野的長髮，就像一隻威風凜凜的大漠狼神。

兩道氣勁正是赫連霸和黃宗偉同時出擊，兩人用的都是龍飛槍法，黃宗偉用的是一支白銀長槍，功力和武器比他的大哥赫連霸稍弱一點，赫連霸的那支黃金長槍，據說是當年成吉思汗用過的，一代天驕曾經憑此長槍縱橫大漠南北，打下世上最大的帝國，作為草原第一勇士的赫連霸接過這支長槍的時候，也奠定了他作為漠北第一高手的地位。

天狼這回看得真切，兩隻黃毛怪持著金銀兩支長槍向自己直刺過來，左邊的那一支被自己的天龍之怒打得微微一停，右邊的卻是奪命一槍，那支黃金槍尖上透出的殺氣，配合著來人那雄獅般的面容，震撼力十足，轉眼離自己已經不到三步。

天狼收住腳步，雙腳一分，牢牢地站在原地，一聲狼嘯蒼穹，震得周圍空氣一陣劇烈的抖動，周身的紅氣再次瀰漫，把人包在一團天狼真氣之中，雙足一運力，不退反進，衝著那支黃金長槍迎面就是一刀天狼破軍。

「砰」地一聲巨響，眾人只覺天地都在崩陷，地上現出幾十條裂痕，一陣如同巨大火藥爆炸後的氣浪撲面而來，幾十個功力稍差，離得又近的雙方弟子直接給震飛出去。

一陣塵土瀰漫間，只見一團紅氣和一團金氣殺成了一團，刀槍相交，發出陣陣電閃雷鳴之聲，冒出朵朵巨大的火花，配合著兩人的叱吒聲，所到之處無不地陷磚粉。

就在這短短片刻功夫，天狼和赫連霸已經過了六七十招，這回雙方是以快打快，以攻對攻，雙方的護體氣勁都是強到近乎金鋼不壞的地步，但由於各自手上都有神兵利器，因此也只能擋住刀氣槍勁，兩人在激烈對攻中被刀槍拂到和刺到的地方，血像噴泉一樣地湧出。

天狼砍中赫連霸六刀，自己也中了五槍，兩人多次選擇了同歸於盡的招數，作為頂級武者，這時候只要稍稍退讓半步，那就是死無葬身之地，這樣一刀換一槍的硬拼，比的就是誰的攻防能力更加出色，能多撐那一兩下。

由於極強的護體氣勁，這些放在常人身上足以致命的傷勢，絲毫沒有影響二人的出招，兩人身上狂湧的鮮血一冒出來，就被各自的護體神勁所蒸發，空氣中漸漸地瀰漫起一片血霧，只有正在生死相搏的兩大絕世高手還在各展絕學，刀來槍往。

黃宗偉剛才一擊不成，不想擋住赫連霸的攻擊方向，使槍需要的是足夠的空間，能掄能刺，既然沒有一下子刺死天狼，黃宗偉就稍稍退後，拄槍旁觀。

只是黃宗偉沒有想到天狼的功力如此高，居然能和天神一樣的赫連霸打成這樣，而在此之前連續打趴了趙全和李自馨兩大高手，此刻居然看不出有絲毫內力的減弱，實在是匪夷所思。

黃宗偉一皺眉，現在赫連霸的招數是大開大合，飛沙走石，不需要別人在他的身邊添亂，**自己如果想要助戰，只有繞到天狼的身後偷襲**。

江湖道義這種東西他是從來不講的，**草原上強者為王，這才是勝過一切的生存法則**，黃宗偉悄悄地向天狼的側後方移動，眼睛死盯著紅色血霧中的紅黃兩氣。他的身邊漸漸地騰起一陣金色的氣勁，臉上也泛起一陣金氣，只待再移兩步，到達天狼身後的坎位，就要出槍突擊。

在場所有人的注意力都集中在天狼和赫連霸的龍爭虎鬥上，眼睛一眨不眨地盯著雙方的主將，沒有人注意到黃宗偉在戰圈外四五丈處漸漸地遊走，直到黃宗偉走到離坎位不到兩步的地方，也沒有任何人對他的行動作出反應。

黃宗偉周身的金氣突然大盛，眼中凶光一閃，殺氣四溢，白銀長槍發出龍嘯虎嘯之聲，抖出一個碗大的槍花，一招「電光毒龍破」就要向天狼發動。

天狼只覺得身後突然一股殺氣襲來，暗叫不好，現在他正和赫連霸全力相搏，根本無暇他顧，雖然能感覺到剛才黃宗偉在悄悄地移動，但根本分不出心來對付他，**這一下，他前有赫連霸，背有黃宗偉，一旦黃宗偉要發動，自己可就麻煩了**，無論是飛上天還是閃到一邊，非要被對面的赫連霸重創不可。

赫連霸也體會到了二弟的用意，哈哈一笑，握住槍身的雙手一震，黃金長槍突然從中斷開，變成兩截三尺左右長的兵器。

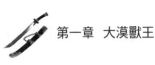

天狼心中微微一驚，卻見他左手的那截槍柄一下子又彈出一個槍頭來，一杆五尺長的黃金長槍竟變成了兩截三尺左右長的短槍，如同兩條毒蛇，吐著寒芒上下翻飛，天狼胸腹處的三十多處穴道盡在這雙槍的槍氣範圍內，哪還抽得出手顧及後方的黃宗偉。

黃宗偉正要發動，卻聽到一聲嬌叱，身邊感覺到一陣強烈的劍意，這逼得他放棄了即將開始的攻擊，白銀長槍向右邊一抖動，電光毒龍轉為龍捲千山，向右方幻出一片槍影，擋住來襲的劍意。

黃宗偉如牆般的槍手剛一發動，卻感覺到對面的劍意一下子消失地無影無蹤，連對方的人影也看不到了，心中一驚，只覺得腳下似乎有什麼東西在運動，暗叫一聲不妙，身形一飛沖天。

就在他離地的一瞬間，一隻閃著綠芒的劍尖破土而出，鳳舞恢復了女裝，沖天馬尾緊跟著右手高舉的別離劍從土裡暴起，緊緊跟著黃宗偉的足底向上突刺。

黃宗偉驚出一身冷汗，空中一個扭腰，突然間頭下腳上，如蒼鷹一般，白銀長槍向下一攪，槍尖與別離劍的劍尖撞了個結結實實，鳳舞悶哼一聲，一下子被擊落回地裡，向土裡一鑽，瞬間不見。

隨著黃宗偉和鳳舞的一招交手，雙方本來不約而同地放棄交手，一心觀戰的眾人又紛紛重新加入了戰團，各自找起剛才的對手捉對廝殺。

天狼心知黃宗偉剛才被鳳舞所阻，無法再偷襲自己，這下沒了後顧之憂，心下大安，斬龍刀發揮出十成功力，天狼刀法和屠龍刀法如滾滾長江東逝水，連綿不絕，各種精妙霸道的招數層出不窮，和赫連霸重新殺得天昏地暗。

黃宗偉閉上眼睛，感受著周圍鳳舞的氣息，這回他很清楚，鳳舞使出了拿手的幻影無形劍法，只要稍露一點破綻，她就會給自己致命的一擊。

周圍的打鬥已經與他無關，幾個想來攻擊自己的鐵家莊弟子，都被他一揮銀槍，直接肚破腸流，死在五步之外，他要用這種方式震懾鳳舞，只要她再露面，他將以全力殺招對付。

黃宗偉感覺到鳳舞的氣息一會兒出現在左側，一會兒出現在地底，一會兒又會借著打鬥的人群掩護，在自己身邊四處遊走，卻就是不出劍，如一個隱身的幽靈一般，見首不見尾，殺氣一閃而沒，還沒來得及等他出手反擊，便不見蹤影。

黃宗偉第一次見識到這種隱身於無形的劍法，**那種壓力和殺氣無處不在，卻是無影無蹤，看不見，摸不著，就像黑暗中有一個盯著自己的野獸，只等自己放鬆戒備就會撲上來，一劍穿心**。

黃宗偉現在能做的，就是全神戒備，一動不動地找尋著鳳舞的氣息。

「砰」地一聲巨響，鐵震天和張烈再次爪掌相對，鐵震天胸前的白鬍再次噴上了一口鮮血，張烈也被打退五步之外，胸口氣息為之一滯。

鐵震天畢竟是正宗玄門出身，雖然上了年紀，又被張烈剛猛的鷹爪勁傷了經脈，但勝在持久，張烈的鷹爪功固然威猛霸道，但對內力的消耗巨大，搏鬥三四百招後，漸漸地氣力不繼，和鐵震天形成平分秋色的局面。

鐵震天臉上黑氣一現，揉身撲上，搶回了先手，張烈臉色一變，雙爪一分，剛才被震得有些散開的藍氣再次籠罩全身，抽出腰間一支精鋼點穴爪，右手改用打穴手法，左手則繼續用大力天鷹爪回擊。

鐵震天雙手向腰間一摸，一根黃金煙斗摸在手上，這就是他的兵刃，既可以指穴打穴，又可以防禦近身，非神兵利器難以突破這支煙槍的防守。

兩支兵器都是以點穴打穴為主的短兵器，鐵震天和張烈這回右手用上兵器，左手還是以各種鷹爪功和鐵沙掌相抗，打得「乒乒乓乓」，好不熱鬧，黑氣與藍氣四溢，攪成一團，一丈之內尋常武者根本無法接近，兩人是勢均力敵，一時半會兒難分勝負。

雙方三對主將殺得天昏地暗，日月無光，弟子們的混戰卻是漸漸要分出勝負，鐵家莊被毒人攻擊，損失過巨，前面兩輪混戰又折了不少精英，與有備而來的白蓮教和英雄門的徒眾相比，人數漸漸落了下風。

戰了半個時辰左右，又倒下了三十多人，雖然擊倒差不多數量的敵人，但對方聲勢不減，黑白相間的攻方弟子們，在十餘名堂主級別的高手帶領下，漸漸地把土黃色的鐵家莊弟子壓制到前庭的角落裡。

天狼左掌一招「**暴龍之悔**」擊出，金氣一現，震開了赫連霸右手的長槍，右手的三尺斬龍刀搭上了赫連霸左手的黃金短槍，一運天狼勁，閃著紅光的斬龍刀繞著黃金槍桿滴溜溜地一轉，直削赫連霸的握槍手指，這一招是天狼刀法中的精妙招數，專門用來對付槍杖等長兵器的，名叫「**狼隨棍上**」，雖然名字不太雅，效果卻是奇佳。

赫連霸哈哈一笑，讚了聲：「好刀法！」左手一鬆，避開天狼這一記旋刀，右手的黃金短槍一招「**雙龍取水**」，連向天狼的右胸點出三槍，逼天狼回刀封擋，他的左手變成爪狀，向後一吸一拉，一招雄獅勁，竟生生地把那支下落的黃金短槍吸回到手中。

與當年火松子只能靠著鎢金絲的操縱來控制不一樣，赫連霸可是憑空以氣御槍，修為比起火松子不知道高了多少，像他這樣雄獅般的大將，竟然也有如此巧妙的招數，實在是張飛善用繡花針，粗中有細。

天狼一擊不成，又連使了六七招精妙的破槍招數，都被赫連霸一一化解，赫連霸一連使出十餘個門派的功夫，配合他雄獅般的內力，威勢十足，每一招都是飛沙走石，裂磚如粉，若不是天狼鐵打般的身材和鋼鐵般的肌肉，早就被他的氣勁所傷。

一陣刀槍相擊後，天狼和赫連霸各自退出五步之外，這一百多招的生死相搏，雙方各施絕招，精妙招數幾乎全用過一遍，都沒有擊倒眼前的對手，驚奇之餘，也不得不佩服對方的武功高絕，為自己生平所僅見。

赫連霸把兩支黃金短槍一合，左手的短槍槍尖一退，變成一截短棍，順著右手短槍的槍柄一合一扭，重又恢復成一支五尺長的長槍，他右手單手持槍，左手兩指戟指天狼，用熟練的漢話說道：「你是何人？報上名來。」

天狼緊盯著赫連霸，這個傳說中的大漠獸王，這次他算是見識到什麼才是塞外第一高手，直到這會兒，在戰鬥中受的三十多處傷口開始隱隱作痛。

可是赫連霸也好不到哪裡去，身上同樣是三十多處刀傷，剛才全力拼鬥時全身暴勁，血無法止住，現在一停下來，體內的經脈穴道一通封閉，流血自止，而天狼超人的癒合能力這時更加明顯，有十餘道較淺的傷痕竟已結痂了。

天狼冷冷說道：「行不改名，坐不改姓，老子錦衣衛天狼，你就是那個什麼英雄門的門主赫連霸？」

赫連霸反覆念了「天狼」兩遍，眼中凶光一現：「你是錦衣衛？據我所知，鐵震天和陸炳一向沒有什麼交情，這次你們為什麼要這樣幫他？」

天狼哈哈一笑：「總指揮跟鐵老莊主的事，不需要你多管，你們英雄門的蒙古韃子勾結白蓮教，企圖為蒙古軍隊入侵中原打先鋒，以為我們不知道嗎？實話告訴你吧，陸總指揮已經帶著大批援軍在路上了，你們一個也別想跑。」

赫連霸嗤之以鼻地道：「天狼，你想矇過我，還差了點火候！如果陸炳真的馬上就趕到，你就會盡力拖住我們，而不是把這個計畫說出來，對不對？兵法虛虛實實，這個道理你都不明白嗎？」

天狼環顧四周，還活著的鐵家莊弟子已經不足百人，而白蓮教眾和英雄門人還有近三百，幾乎是兩到三人對付一個鐵家莊弟子，更是占盡上風，看來鐵莊家已經支持不了半個時辰了，雖然三個主將未現敗勢，但是好漢架不住人多，到時候弟子死光，所有人一湧而上，就是鐵人也難以支持。

想到這裡，天狼面不改色地回道：「赫連霸，霍山的白蓮教毒人基地已經被我擊滅，你們的末日就要到了。」

赫連霸心微微一沉，霍山的白蓮教基地確實一整天都沒有和趙全聯繫了，但是要說這個天狼一個人就能搗毀整個基地，他又有些不信，如果他真的有這本事，昨天一場惡戰之後，今天連續又與李自馨和自己這樣的絕頂高手車輪大戰，竟然看不出一絲疲態，簡直不可思議。

就在這時，空中傳出一陣金鐵相交般的鏗鏘之聲，陸炳的聲音從房頂上傳了過來：「赫連霸，想不到你今天竟然自投羅網，也省了本座遠赴塞外去將你們英雄門連根拔起了。」

赫連霸臉色大變，看向屋頂，只見陸炳正一身大紅錦衣衛武官袍，頭戴獬豸帽，黑裡透紅的臉上橫眉冷豎，迎風獨立，如天神下凡。

所有人都停止了打鬥，各自撤回本方的陣營，赫連霸悄悄向黃宗偉使了個眼色，黃宗偉立即帶著五六個人出了莊門，查看是否有大隊錦衣衛包抄。

赫連霸看著屋頂上的陸炳，冷冷說道：「久聞陸總指揮的大名，讓在塞外的我也神往不已，今天得緣一見，閣下果然風采過人，只是你孤身一人前來，就想對付我們幾百高手，雖然我知道你武功蓋世，但是不是太狂妄了一點。」

陸炳搖搖頭：「對付爾等何需大軍，你們一個也別想跑！」

赫連霸眼中凶光一閃，身形一動，快如閃電，直奔面前的天狼，天狼沒有料到他會突然發難，本能地一招「**天狼殘血斬**」橫空一擊，畫出一個半圓形的刀氣，直斬赫連霸的腰間。

赫連霸早有所料，長槍不刺天狼，而是以槍尖點地，身形如大鳥般凌空而起，掠過天狼的頭頂，直奔屋頂的陸炳而去。

這一切快得如電光火石一般，天狼意識到赫連霸是朝向陸炳而去，返身想要追，卻感覺背後一陣勁風襲來，原來是黃宗偉去而復返，一招「**龍翔大漠**」，長槍幻出七朵槍花，罩住天狼背後的幾處要穴。

天狼這一下無法騰空，只能返身一戰，斬龍刀瞬間攻出九刀，全身紅氣一漲，頓時又與對面的黃宗偉殺成一團。

說時遲，那時快，赫連霸那魁梧的身形一下子登上了屋頂，黃金長槍一招飛沙走石，直接把屋頂的幾十片瓦掀起，陸炳本能地舉劍一擋，天狼用餘光瞄了一眼，卻發現陸炳手中拿的是別離劍，他反應過來，**這個「陸炳」原來是鳳舞所扮，想要嚇退赫連霸。**

赫連霸一看鳳舞出劍，哈哈一笑：「果然是你這女人！」他的黃金槍大開大合，聲勢驚人，屋頂上的瓦片被他的槍招所挑，化身片片流星般的暗器，直衝對面的鳳舞而去。

屋頂上，地方狹窄，無處可以遊走，鳳舞的幻影無形劍法根本無法發揮，第一招就被那捲起的瓦片雨砸得狼狽不堪，頭上的帽子被打掉，一頭秀髮披了下來，臉上的人皮面具也堪堪落下。

鳳舞揮出一個半月斬，一個旋身，再出現時，已經重新戴上人皮面具，仍然是烈焰紅脣，美豔不可方物，眼波如水，盯著對面的赫連霸，疑道：「你是怎麼看出來的？」

赫連霸哼了聲道：「女娃娃，你的易容術不錯，可惜還是不瞭解你的陸總指揮，陸炳心機深沉，絕不會為了救手下而破壞自己的全盤計畫，如果你們真的是先搗毀霍山基地，然後再奔襲這裡，那陸炳要麼與你們同行，要麼會等我們打得精疲力盡時再出手將我們一網打盡，哪會在現在勝負未分的時候就貿然出手呢？」

鳳舞眨了眨眼睛：「你好像很瞭解我們的總指揮啊，你們認識？」

赫連霸粗渾的豺聲在空中迴蕩著：「不認識，但是我們都是一類人，換了是我，也會這樣做的。」

莊門方向陡然間傳出一聲如金鐵相交的聲音，陸炳人和聲音同時飄蕩到莊內：**「赫連霸，你說錯了一件事，我們不是一類人。」**

赫連霸不敢置信地看向門口，只見陸炳跟剛才鳳舞假扮的一樣，一身大紅官袍，獬豸帽，黑色薄底官靴，劍眉入鬢，雙眼神華內蘊，手裡握著一柄長劍，從劍柄看，古色質樸，一看即知是上古名劍。

鳳舞見到陸炳，喜色上臉，輕飄飄一個御風千里，翻下屋頂，對陸炳拱手行禮道：「屬下見過總指揮大人。」

陸炳看都不看鳳舞一眼，直盯著赫連霸，目光如炬，一言不發。

天狼連攻三招逼退黃宗偉，收刀回鞘，走到陸炳身邊。黃宗偉則跳上屋頂，前庭中形成一種很奇特的格局，黑白相間的英雄門與白蓮教徒眾把土黃色勁裝的鐵家莊弟子們逼在前庭一角，門口處則站著陸炳，天狼，鳳舞三人。

鐵震天和張烈一招硬拼之後，也各自跳開，鐵震天白眉一皺，走到陸炳身邊，抱拳道：「陸總指揮，多謝援手之恩。」

陸炳點點頭，沒有說話，仍是死死地盯著對面的赫連霸。

赫連霸輕蔑地道：「這回又是找了誰來假扮？陸炳，我可不相信是你本人！」

陸炳終於開了口：「你信也好，不信也罷，我都在這裡。」

赫連霸厲聲道：「就算你是陸炳，只憑你一個人就想翻盤不成？」

陸炳右手一揮，牆上突然現出幾十名錦衣衛虎組高手，個個面具蒙面，彎弓如月，箭尖直指前庭內的英雄門徒。

赫連霸眉毛挑了挑，大門處又湧進數十名全身黑衣勁裝，黑布蒙面的殺手，個個身手矯健，內息深厚，一看即是一流高手，天狼看得真切，這些都是龍組殺手。**這下子攻守易位，白蓮教和英雄門的人被包圍在中間，變成了弱勢一方。**

赫連霸不甘示弱地道：「陸炳，你別以為你現在占有優勢，我們四周都布下了埋伏，只要我一聲令下，就有大批援手殺出。」

陸炳冷冷地道：「你是說西邊樹林裡的那幾十個預備隊嗎？不好意思，已經全被我們拿下了。」

赫連霸臉色一變，頭上開始滲出汗珠，作為一個優秀的將領，向來是要未慮勝先慮敗，但這回他根本無法算到錦衣衛的大批高手突然來援，剛才又被天狼拖在這裡，無暇顧及莊外之事，以至於自己派在外面放風的人全軍覆沒了都不知道。

但赫連霸畢竟是縱橫沙場多年的悍將，臨危不亂，沉聲道：「陸炳，你如果真的想打的話，也不用和我廢話這麼多了，你很清楚，你雖然占了點優勢，但真打起來，你就算能勝出，也是死傷慘重！而且，你根本不可能留下我們兄弟三人，死這麼多精銳手下，只為了救鐵家莊，值得嗎？」

陸炳道：「是不值得，你說得不錯，所以我想跟你做個交易。」

天狼聞言，連忙說道：「總指揮，可不能就這麼放過他們！」

陸炳擺擺手，示意天狼閉嘴。

「你要怎麼交易？」赫連霸問。

「你帶著白蓮教的人離開，我絕不出手攻擊，不過，記住，我只放你一個時辰，一個時辰後，我就會帶著所有的手下還有宣府的官兵，天羅地網地追殺你們。」

赫連霸哈哈一笑：「陸炳，我憑什麼信你？若是你中途變卦，或者是設下伏兵怎麼辦？」

陸炳淡淡地道：「你可以選擇不信，那現在就跟我們一決生死吧，反正我的手下死了一批還能再招一批，今天有把你們一網打盡的機會，我願意為這個賭一下。這可和救鐵家莊沒什麼關係。」

赫連霸做出思考狀，咬咬牙，金槍一頓：「好，陸炳，我信你這次，若是你想跟我玩什麼花樣，你一定會付出代價的！」

陸炳笑笑道：「赫連霸，以後我們的較量還長著呢，今天只是個開始。」說完，手一揮，身後的龍組殺手立即向兩邊閃去，讓開一條通道，牆上的弓箭手們也都收起了箭矢。

赫連霸也一揮手，張烈帶著三十多名英雄門徒眾在前開路，出了大門，呈戰鬥隊形散開，他觀察了一下四周，確認沒有埋伏，這才向門內的赫連霸點點頭。

赫連霸面沉如水，再一揮手，白蓮教的幾個堂主抬著重傷不起的趙全和李自馨，也撤出門外，緊接著，黃宗偉帶著大隊人馬撤出，赫連霸則是等到最後才在十幾名護衛下離開這個小院。

出得院後，便聽到陸炳的聲音從身後響起：

「赫連霸，我剛才說了，你只有一個時辰的時間。從現在開始算。」

赫連霸哈哈一笑，大步流星地向前走去，他那粗渾的聲音遠遠地傳了過來：「陸炳，這回算你狠，今天的事，以後連本帶利，我一定會向你討回來！還有那個叫天狼的，我記住你了，下次再打一場，不死不休。」旋即長嘯一聲，身形一動，幾個起落就消失在遠處的樹林裡。

待眾人遠去，天狼對陸炳行禮道：「總指揮，屬下自行行事，這次又麻煩你出手相救，感激不盡。只是屬下奇怪，為何總指揮要這麼輕易地放過他們？這可是把英雄門和白蓮教一網打盡的好機會。」

陸炳沉聲道：「跟我來。」說完便向莊外走去。

鳳舞連忙迎上了鐵震天，道：「鐵老莊主，總指揮跟天狼有要事相商，多有得罪。」

鐵震天嘆了口氣：「莊破人亡，能靠陸總指揮的援助撿回一條命已是萬幸，哪裡還敢多計較呢。」

這一戰，他的莊上死者超過三百，多年的心血幾乎毀於一旦，舉目四顧，不禁老淚縱橫。

第二章

捉放曹

陸炳長嘆一聲：「到現在你才反應過來嗎？
仇鸞已經和俺答勾結上了，不會出兵真的剿滅他們，
實在不行，還可以向仇鸞那裡跑，來個捉放曹，
他們在這裡動手，就是為了引開我，
給仇鸞創造出脫身的空間，明白嗎？！」

陸炳和天狼出莊來到一處僻靜的背風之處。

天狼正要說話，陸炳突然出手，一招響亮的耳光「啪」地一聲打在天狼臉上，天狼毫無防備，被打了個結結實實，在他的面具上留下五個紅紅的指印。

天狼上次被人扇耳光，還是在黑水河畔時被黑石打的，這麼多年再沒有這樣被教訓過了，捂著臉怒道：「你做什麼！」

陸炳冷聲道：「我做什麼？天狼，我先問你，你在做什麼！」

天狼吐了口帶血的唾沫，道：「我在查白蓮教和仇鸞的關係時，發現趙全勾結蒙古英雄門，在霍山煉製毒人的事，並且想要攻擊鐵家莊，所以趕到這裡阻止他們，我這樣做錯了嗎？」

陸炳質問：「鳳舞明明告訴你，我人就在宣府，你為什麼不來找我？」

天狼搖搖頭：「我怕來不及，而且，我也不認為你會來幫我。」

陸炳長嘆一聲：「天狼，**在你心裡，我究竟是什麼？冷冰冰見死不救的上司？**」

「難道不是嗎？不惜一切完成任務可是你錦衣衛的準則，為了達到這個目的，沒有什麼是不可以犧牲的，這次也是如此，你早就知道我們在這裡孤軍奮戰，卻拖到這時候才出現，不就是在等我們跟英雄門拼個你死我活，兩敗俱傷後才出手嗎？既然要利用我，為什麼不利用到底？如果你下令，至少可以把英雄門殲滅大半，就算困不住赫連霸這三個門主，至少消滅白蓮教，殺掉大部分的英雄門徒總是可以做到的。」天狼含恨道。

陸炳恨鐵不成鋼地道：「我打你就是因為這個，你因一時衝動，熱血上湧，全然不考慮大局，你明明打聽到蒙古入侵的消息，為什麼不來告訴我？」

天狼不服氣地說：「告訴你又如何，你能擋住蒙古的千軍萬馬嗎？再說，你人在仇鸞那裡，即使有事，我能直接到那裡找你嗎？」

陸炳冷笑道：「所以你就自行其事，想當孤膽英雄，一個人來救鐵家莊？今天若不是我趕來，你早就死了。」

天狼知道陸炳說的是事實，這點他無法否認，道：「這點我承認是我過於托大，低估了英雄門的實力，本來想有鐵家莊的人幫忙，怎麼也能抵擋得住，可沒想到鐵震天剛愎自用，不聽我好言相勸，致有此敗。」

陸炳指責道：「你的命如果沒了，那你在霍山打聽到的重要情報誰來傳遞？**是國家安全、萬千子民的生命重要，還是鐵家莊的存亡重要？天狼，你不是不可以改變計畫，而是你要分得清輕重緩急！**」

天狼被嗆得啞口無言，半晌，才咬咬牙道：「你要說我沒通知你不對，我認了，可你難道不是早就派鳳舞來監視我嗎？你會這麼放心我一個人出來？陸炳，我太瞭解你了，你根本不會讓我脫離你的視線的。」

「天狼，你以為你是誰？我收你進錦衣衛，是因為我相信你可以獨當一面，可以做到別人做不到的事，如果你次次都要我在後面接應，幫你擦屁股，是不是還要我餵你吃飯？鳳舞是自己跑出來的，她的帳，我回去後再跟她慢慢算，現在只說你的事，別轉移話題！」

天狼不信地道：「你若是不盯著我，又怎麼可能正好在這時候出現在這裡？不要告訴我你是臨時帶人經過鐵家莊的。」

陸炳話裡不帶任何感情地道：「是鳳舞通知我的，昨天你跟她離開霍山後，她覺得不對勁，就想辦法通知了我，要我帶人來接應，這下你明白了嗎？」

天狼無言以對，他搞不清楚鳳舞是怎麼想的，一邊阻止自己找陸炳求援，一邊又主動求救，但他不想把責任推到一個女人身上，尤其是這個女人今天還奮不顧身地救了自己，嘆了口氣道：「好了，都是我的錯，是我貪功無謀，你想怎麼處罰我都隨便吧，我認就是。」

陸炳恨恨地道：「處罰？**處罰能追回我損失的時間嗎？處罰能讓我現在飛到關外，抓住仇鸞和俺答汗密會的罪證嗎？**」

天狼大驚失色，「什麼，仇鸞出關去見俺答？這怎麼可能！」

陸炳眼中露出痛惜萬分的神情：「天狼，你難道還不明白？**俺答根本就不準備從這裡攻關，如果他真的想從宣府突破，又怎麼可能在出兵之前先打草驚蛇，在宣府周圍的鐵家莊動手，這不是吸引各路明軍來援嗎？**」

天狼額頭冒起冷汗：「那他又怎麼會捨得把赫連霸和英雄門的所有精英部派到這裡？**難道整個英雄門還有白蓮教也是他的棋子？**」

陸炳長嘆一聲：「到現在你才反應過來嗎？英雄門的三個門主武功蓋世，他們有辦法殺出重圍的，仇鸞已經和俺答勾結上了，不會出兵真的剿滅他們，實在不行，還可以向仇鸞那裡跑，來個捉放曹，**他們在這裡動手，就是為了引開我，給仇鸞創造出脫身的空間**，明白嗎?!」

天狼跺腳，自責道：「既然如此，你為什麼要來救我，哪怕我這條命交代了，也不能廢了國家大事啊，蒙古軍一旦破關，整個江山社稷都有危險！」

「**你以為我是捨不得你嗎？我是捨不得鳳舞！**天狼，你次次讓我失望，看來以後我不能多指望你什麼了，你以後還是好好當你的龍組成員吧，鳳舞雖然武功不如你，但至少比你有腦子。」陸炳教訓道。

天狼心急地道：「那現在怎麼辦？你既然知道仇鸞勾結蒙古人的事，為什麼不把他直接拿下？他是邊關主將，如果開關投敵，那大明危矣。」

陸炳冷「哼」一聲：「你現在想起大明了？實話告訴你吧，仇鸞沒有投敵，他只是怕自己守不住宣府，所以想要重金賄賂俺答，這一年多來一向如此，甚至以前他在寧夏總兵時也做過這事，給曾銑發現了，上次曾銑彈劾他的奏摺裡便提及了此事，如果曾銑不是自己倒楣，仇鸞上次就會被清算了。」

天狼眉頭一皺，不解地道：「上次曾銑可以把他先行拿下再上表彈劾，這回他又故技重演，你人都到了，又有證據，為什麼不直接動手？」

陸炳搖搖頭，遺恨道：「不一樣，這次是嚴嵩保舉他的，沒有十足的把握動不得，而且他沒有像上次那樣和俺答直接書信來往，賄賂之事都是通過白蓮教的妖賊暗中進行的，即使查到，只要往白蓮教身上一推就可以了事。

「這次俺答汗出動十萬騎兵逼關，仇鸞自知無法抵擋，所以跟俺答秘密達成協議，準備以重金賄賂，換取俺答不攻擊宣府，俺答的條件則不僅是要錢，還要他盡撤大同的守軍，而且要仇鸞親自出關和他見面，才答應撤軍。」

天狼倒吸一口冷氣：「俺答這是想做什麼？他是想從大同入關直奔京師嗎？宣府被破，禍害的不過是山西一省，大同一破，京師可就危急了，仇鸞怎麼可以這樣做！」

「因為仇鸞守的是宣府而不是大同，只要這裡不出事，就算京師告急，他

也不會被追究責任，到時候他帶兵在後面一路尾隨，還可以落個忠心勤王的好名聲。」陸炳一語道破關鍵。

天狼氣憤地一拳打在身邊一棵樹上，碗口粗的柏木被打得齊腰斷裂，掀起一陣塵土。

天狼怒道：「仇鸞這廝實在是該殺，總指揮，既然你已經知道敵軍的計畫了，不趕快通知大同和京師早作準備嗎？」

陸炳黯然道：「一天前我才知道這個計畫，我已經派人快馬回京密報了，只是各路勤王部隊的調動都需要時間，眼下只能由皇上自己靠著京師的部隊來防守了，蒙古騎兵馬快，我們甚至連通知大同守軍的時間都來不及。本來我還期望能借著仇鸞去見俺答的時候趁機突襲，即使不能殺了俺答，也可讓他以為仇鸞是想誘捕他，進而懷疑在大同也有伏兵，好打消馬上入侵的念頭，只要拖上個十天半月，我們的各路援軍也就到位了。」

天狼狠狠地打了自己一個耳光，他深恨自己的自以為是，誤了大事。

陸炳看了看天狼：「所以赫連霸不過是個棋子，你還覺得拿下他有必要嗎？」

天狼恨恨地道：「阻止不了蒙古大軍入關，起碼先把他們這支小分隊給滅了，我覺得還是有必要的。」

陸炳的表情終於舒緩一些：「你總算能正常地用腦子思考問題了，你說說看，我放赫連霸先走一個時辰，為的是什麼？」

天狼眼中冷芒一閃：「總指揮是想跟著這些蒙古人還有白蓮教的妖人出關吧，仇鸞已經先走一步了，因而出關的密道你無從得知，更談不上去抓他和俺答的碰頭了，所以你想到的補救辦法就是**先放了赫連霸，然後跟蹤他，赫連霸一定會直奔俺答與仇鸞接頭的地方，這樣我們還可以尾隨而至**。」

陸炳滿意地道：「天狼，只要你的腦子裡能少一點那些無用的正義感，多從大局考慮，還是非常靠譜的。你覺得我這計畫怎麼樣？」

天狼沉吟了一下，搖搖頭：「我覺得你這計畫不可行。」

陸炳不悅地道：「怎麼不可行了？你是怕我追蹤不到赫連霸？」

「不，恰恰相反，我相信你一定有辦法跟蹤赫連霸，只是這樣依然不可行，第一，赫連霸不是傻子，我能看出你的計畫，他未必想不到，如果我是他的話，絕不會在這個時候回大漠，既然已經和仇鸞有了勾結，那麼此時回仇鸞那裡是最安全的。

「第二，赫連霸既是棋子的作用，被俺答出賣，那俺答便不可能把自己與仇鸞會面的地方告訴赫連霸，以防他被人跟蹤而至，壞了自己的大事。

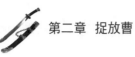

「第三，即使赫連霸找到了俺答與仇鸞相會的地方，那也一定是重兵把守，有上千蒙古高手擔任護衛，你又有多少把握只靠手上現有的錦衣衛破壞這次和談？若是出了關，在蒙古人的地盤上，就是對付赫連霸手下的英雄門徒們也怕不容易吧。」天狼冷靜地一一分析道。

陸炳眼中光芒閃爍，盯著天狼道：「那麼，你打算如何？」

「為今之計，沒有大軍，想跟隨赫連霸順藤摸瓜擊殺或者是俘虜俺答，幾乎是不可能的，但是我們可以退而求其次，只要能干擾到和談，讓俺答和仇鸞反目，就算成功了。」

陸炳眼中一亮：「說詳細點。」

「赫連霸武功極高，即使只帶龍組高手，人一多也一定會被他察覺，到時候無論是故意帶錯路還是設下埋伏，對我們都是偷雞不成蝕把米的買賣，有害無益。」

「那你的意思是只要幾個人跟去嗎？可你剛才也說了，人多也未必能攪局，就幾個人能行嗎？」陸炳質疑道。

「**我們的目的是造勢，到時候可以借助仇鸞的力量。**」天狼臉上帶著一絲玩味的表情。

陸炳明白了過來，拍了拍天狼的肩膀，嘉許道：「這才是我希望你做的事，這個計畫很好，要是能跟到他們談判接頭的現場，再突然殺出來，就說自己是仇鸞的人，到時候仇鸞的護衛也只能逼著助我們一臂之力了。」

天狼緩緩說出他的計畫：「不錯，我就是這樣想的。想必赫連霸會用金蟬脫殼之計，和白蓮教的人分開走，到時候我們可以分兵兩路，大隊人馬跟著白蓮教眾，我則跟在英雄門徒後面，如果俺答沒打算徹底捨棄赫連霸，那赫連霸應該是能回去的。」

陸炳接著說：「然後你就趁機跟到俺答汗與仇鸞接頭的地方，再突然現身攻向俺答汗，這樣俺答汗一定會以為你是跟著仇鸞過去的，便會轉而攻擊仇鸞，如此一來，你就可以借著仇鸞的護衛對抗蒙古人，運氣好的話，還可以拿下俺答汗，就算運氣不好，也可以讓仇鸞別無選擇，只能出兵跟俺答汗死戰，對不對？」

天狼笑道：「不錯，**仇鸞想跟俺答玩這種互不侵犯的把戲，我們就偏不讓他如願**，那時俺答一定會以為東面的大同是仇鸞設下的陷阱，不會再親身犯險，很可能一怒之下集結大軍攻擊宣府。出於自保，仇鸞只能拼死一戰，現在這裡重兵雲集，就算野戰打不過蒙古人，至少撐到關內各處衛所軍前來救援是不成問題的，等頂過蒙古人的這波攻擊，再跟仇鸞算這通敵之罪，皇上最恨臣子和外敵勾結，我看連嚴嵩父子也保不住仇鸞這狗東西了。」

陸炳聽了哈哈一笑：「很好，天狼，你的想法非常不錯，只是按照你的設想，這個跟蹤白蓮教的人，得我親自出馬才行吧。」

天狼點點頭：「是的，只有總指揮大人所在的一路，才會被賊人認定是主力，不僅如此，還請總指揮到時候派人易容成我現在的樣子，讓賊人們徹底安心。我則另作改扮，跟蹤赫連霸。這回我需要鳳舞與我同行，她有辦法聯繫到你，關鍵時候，我還需要你的幫助。」

陸炳道：「嗯，鳳舞從小養了一些靈蝶，她可以在這些靈蝶的翅膀上刺字，只要我們約定好方位，靈蝶就能把資訊傳遞過來。」

天狼問：「可是一會兒你也要追蹤白蓮教的人，不可能守在一個地方，那又怎麼辦？」

「我會留下人接收消息，這個人再用響箭或飛鴿傳書等方法通知我。」陸炳道：「按照你的辦法，恐怕還不足以讓俺答和仇鸞徹底反目，趁著仇鸞不在，我派人接管宣府的軍馬，再帶三千騎兵突襲，那樣會讓俺答徹底對仇鸞斷了指望，到那時仇鸞百口也難辯了。」

「按大明律，錦衣衛是不能指揮軍隊的，即使仇鸞不在，軍中也有副總兵代行其職，你又如何能指派宣府的軍馬呢？」天狼困惑地說道。

陸炳哈哈一笑：「你有所不知，宣府副總兵楊景天，就是我們錦衣衛秘密派在宣府監視仇鸞的，他因為有不法的罪證在我們手上，被我們控制，現在仇鸞不在，宣府由他說了算，只要我曉以利害，威逼利誘，不怕他不跟我們一條心。於公，這是為國出力；於私嘛，扳倒仇鸞，這個總兵位置就是他的，換了你，會不幹嗎？」

天狼佩服地道：「總指揮果然設想周全，這著棋是你早就安排好的吧？」

陸炳濃眉一揚：「不錯，九邊皆是重地，失一處則大明危矣，**江湖上的事只是小打小鬧，我作為錦衣衛總指揮，真正要管控的，是這種軍國大事**，這次仇鸞暗中通敵求和的消息，也是楊景天通報給我的，所以我才會在你出發後親自出馬，率龍組高手趕來，這下你明白了吧？」

天狼看了眼頭上的太陽，道：「一個時辰差不多到了，總指揮，我們該上路啦。」

陸炳點點頭：「天狼，不要再讓我失望了！」

三個時辰後，換了一身沙黃色勁裝的天狼，黃巾蒙面，和同樣打扮的鳳舞，在離邊關十餘里的太行山間密林裡一路疾行。

鳳舞突然停了下來，秀眉微蹙，隔著面巾的鼻子動了動，又在一邊的草叢裡蹲了下來，伏耳於地，聽了一會兒之後，微微一笑：

「天狼，給你猜中了，他們果然兵分二路啦，有三個人扔下了大隊人馬，從東北方的另一條小路走了，肯定就是赫連霸那三人，其他人則是方向不變，繼續向西北方前進。」

「你確定是赫連霸三人嗎？」天狼不放心地問道。

鳳舞點點頭：「鐵家莊交手的時候，我在赫連霸的身上悄悄撒下了瑩光粉，你看。」說著，她素手一揮，手中撒出了一把紅色的粉末，果然，草叢中馬上變得瑩瑩發亮起來，如夜空中的螢火蟲。

天狼笑道：「有了這東西，追蹤人倒是厲害得很，只是這粉的效果能持續多久？我看你跟赫連霸打鬥的時候，也就是過了五六招而已，就這會兒功夫能撒這麼多粉？還有，你上次能追到我，不會是在我身上也撒了粉吧？我記得我是換了衣服出城的。」

鳳舞露出神秘的表情：「你信不信，只要我想找你，無論你到哪裡，我都能找得到，而且不需要用粉。」

天狼微微一愣，也不知道鳳舞這話是真是假，趕忙轉移了話題：「那赫連霸難道就毫無察覺嗎？還有，你剛才在地上聽，敵方分道而行，你怎麼就能肯定哪一路人是赫連霸？要是追錯方向，可就麻煩了。」

鳳舞很肯定地說：「絕對不會錯，赫連霸這三個人武功明顯比其他人高出許多，腳步聲也不一樣。為了引開我們的注意，一路上，他們有好幾次派出人馬，第一次是十七個，第二次是八個，企圖混淆視聽，走的人都不是高手。赫連霸三人出來時，用了輕功，這三人一起行動，去的一定是俺答那裡。」

天狼心中思索著，萬一自己判斷錯誤，赫連霸回去的不是俺答與仇鸞接頭的地方，而是英雄門，或者是白蓮教的塞外基地的話，可就前功盡棄了，這是阻止蒙古入侵的最後機會了，萬萬不能出錯。

鳳舞看到天狼出神的樣子，眼波流轉道：「你又在想什麼？」

天狼擔心道：「我們如果追錯方向，那可就誤了國家大事了，鳳舞，你千萬不能弄錯。」

鳳舞微惱道：「天狼，大事小事我還分得清楚，若不是為了國家大事，我也不會通知總指揮趕來，哼，這回我偷跑出來被他抓到，回去後還不知道要面臨什

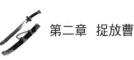

麼樣的處罰呢！」

提起這件事，天狼疑問道：「讓我不要通知總指揮的是你，後來通知他的也是你，這又是搞的哪一齣啊？」

鳳舞眨了眨眼睛，道：「一開始我不讓你通知總指揮，是因為我偷跑出來找你，被他知道了，他一定會責罰我，可是後來想想，那王木風說的英雄門好像很厲害，萬一救不了鐵家莊，你性子又是寧折不回的，只怕會戰死在那裡，為了以防萬一，我只好通知總指揮，如果對方不經打，我們打退了他們後還可以提前溜嘛。」

天狼哭笑不得地說：「你這樣如同兒戲，難道不知道總指揮在宣府是有要事在身的嗎？他趕來這一趟，便誤了追蹤仇鸞的時機，要是鐵家莊根本不需要他出馬，我估計他能氣得當場殺了你。」

鳳舞「嘻嘻」笑道：「所以我算好了時間才放出靈蝶的，按腳程，他從宣府趕來大概要三個時辰，如果敵人很強，我們應該還能撐那麼久；如果敵人不經打，我們只要一兩個時辰就能解決他們，然後就溜。」

「溜？你能溜哪兒去？難不成你一輩子不回錦衣衛了？」天狼質疑道。

鳳舞深情地凝視著天狼：「天狼，如果我要你現在就帶我走，再也不過問世事，什麼錦衣衛，武當派，通通不管，只有你我二人浪跡天涯，你可願意？」

天狼從來沒考慮過這個問題，更沒想到鳳舞會如此大膽地說出來，一時愣在當場，說不出話來。

鳳舞眼中透出一絲幽怨，幽幽地說道：「算了，我早該知道的，你的心裡裝了太多的事，國家興亡，天下蒼生，還有江湖上的事，這些都比你的命重要！是我太傻，問你這種問題，以後我不會再問了。」

說著，雙足一頓，身形如箭一般向前射去，兩個起落便不見了蹤影。

天狼站在原地，心潮起伏，雖然跟鳳舞相處只有幾個月的時間，但不知不覺，她的倩影總不時地會浮上他的心頭，反而過去每每朝思暮想的沐蘭湘，越來越少出現，鳳舞在他的心裡已經占有一席之地了。

她聰明，武藝高強，更對自己一往情深，數次不惜捨命相救，這都是小師妹從來沒有為自己做過的，令他感動之餘不覺埋下情根。

但這種感情是愛嗎？天狼自己也說不清。然而國難當前，男兒當有所作為，不可執著於兒女私情，眼下身上還有重要任務，其他的事只有放在一邊，於是甩甩頭，向著鳳舞離去的方向快速跟去。

宣化鎮外的太行山脈，一片鬱鬱蔥蔥的草木，天狼和鳳舞在林間穿梭著。

兩人剛才談話，鳳舞負氣而走，腳下用了全力，天狼雖然功力略高過她，但不想在這個時候追上，所以一直控制著速度，在後面十餘丈左右的距離緊緊地跟著，始終保持著她那嬌小的黃色身形能在自己的視線之內。

離宣化鎮已經有十餘里，鳳舞一直追蹤著赫連霸等人留下的瑩光粉，在前面五里的一個岔路口，明顯分出了兩條路，一路是向東北方向而去，留在地上的腳印顯得非常凌亂，顯然是大部隊經過，現在二人走的這條小路，幾乎稱不上是路，只是一條人跡罕至的林中小徑而已。

又行了五里多，只覺日光越來越暗，宣化鎮早已消失在視線之中，只有鳥獸與自己為伍。

鳳舞突然停了下來，天狼兩個起落奔到她的身邊，問道：「什麼情況？」

鳳舞似乎還在生天狼的氣，冷冷地說道：「沒什麼，只不過赫連霸失蹤了。」

天狼心猛的一沉：「怎麼可能，你不是一直用瑩光粉追蹤他嗎？」

鳳舞沒好氣地說道：「我怎麼知道到這裡粉就不見了！天狼，你對我能不能客氣一點，難道你對那個沐蘭湘，也是這麼凶巴巴的嗎？」

天狼一聽到「沐蘭湘」三個字，心頭就一陣無名火起，怒道：「鳳舞，我記得我上次跟你說過，不要在我面前提起這個名字，你忘了嗎？」

鳳舞一雙鳳目中盡是怒火：「我就知道，這個女人一定是你以前的相好，你還不承認！如果不是這樣，你犯得著這麼大反應嗎？」

天狼平復了一下情緒，道：「我跟沐蘭湘只是萍水相逢而已，她的相好以前有李滄行，後來變成徐林宗，跟我沒有一點關係，再說，這種水性楊花的女人，我怎麼可能看得上?!」

鳳舞冷笑道：「是嗎？如果你真的對她沒有想法，為什麼一提到她名字就這麼激動，分明是跟她有過一段私情，然後被她給甩了，到現在還餘情未了。」

天狼努力控制自己的聲調，道：「就算我跟別的女人有什麼舊情，這跟你又有什麼關係？你是我的女人嗎？我以前的事情還要你管了？現在我們在執行任務，不要扯其他的！」

鳳舞的眼中隱隱有淚光閃動，身子也在微微地發抖：「好啊，你的心裡不是有別的女人，就是這什麼狗屁任務，只有對我是可有可無的，對不對?!天狼，我恨你！」

說著，抽出別離劍，對著草叢一通亂砍，一隻受驚奔出來的兔子被她劍光一閃，直接砍成兩段。

天狼無奈地搖搖頭，正待柔聲相勸，突然聽到一陣響動。鳳舞也吃了一驚，收起劍，跳到三尺之後，只見前面一棵大樹突然樹幹向外彈出，露出一個黑黝黝的入口。

天狼哈哈一笑，顯然是剛才鳳舞負氣一通亂砍，誤打誤撞地碰到了機關，才把密道口打開了。

鳳舞走到洞口，柔荑一揮，一把紅粉撒過，綠色的瑩光立馬閃現，天狼一眼望去，只見那深不見底的樹洞裡，到處是這種淡淡發光的瑩光綠粉。

天狼喜道：「鳳舞，你可真是幫了大忙。」

鳳舞卻沒有什麼喜悅之情，冷冷地說道：「反正你和總指揮一樣，只知道利用我，我對你來說，只不過是一個可以用的工具罷了，也罷，工具現在要給你開路了，讓開！」

天狼嘆了口氣，扶住鳳舞的香肩，柔聲道：「鳳舞，別這樣，你想太多了，我跟沐蘭湘真的沒有任何你想的那種關係，要不然我怎麼會進錦衣衛？你看，我入錦衣衛以來，可曾有過去找她的意思？剛才我憂心公事，急了點，你千萬別放在心上。」

鳳舞的眉頭稍稍緩和了一些，但還是把天狼的手輕輕推開：「反正不是女人就是公事，都比我重要，天狼，如果我沒打開這個樹洞，你現在會是這個表現嗎？」

「鳳舞，你要知道，蒙古人凶殘野蠻，一旦破關，我大明萬千百姓都將成為異族的奴隸，上次在霍山，你也見識到了他們的手段是何等殘酷，我們能坐視不管嗎？」天狼沉重地說。

鳳舞面無表情地說道：「別人的死活，跟我們又有什麼關係？如果我們不是錦衣衛，我才懶得管這些事情。」

天狼知道跟鳳舞在這種問題上無法達成共識，嘆了口氣道：「鳳舞，**你知道我這回為何要這麼拼命？不光是為了百姓，也是為了你！**」

鳳舞眼中現出疑惑之色：「為了我？你去龍潭虎穴還要帶上我，這也是為了我嗎？」

天狼點了點頭：「這次你偷跑出來，總指揮非常憤怒，不僅重責我，還說回去要跟你算帳，你想想，我在鐵家莊連番大戰，受了一身的傷，你以為我願意帶著傷去塞外？可是**不這樣做，總指揮哪有可能放過我們**！他為了救我們，甚至放棄了追蹤仇鸞的大事，這已經有違他的原則了，如果我們不盡力補救，事後他追究起責任來，只怕我們都活不了，他的手段，你不是不知道。」

鳳舞聽了，沉吟半晌道：「天狼，我錯怪你了，對不起。」

天狼微微一笑：「你在鐵家莊救了我，我自然應該投桃報李。好了，不要多說了，洞裡情況未知，也許有什麼機關陷阱，你把那個能現出瑩光的粉給我，我先去探路。」

「不，我要跟你一起去，你不要扔下我。」鳳舞不依。

天狼道：「我不是要扔下你，我在前面探路，你在我後面二十丈處跟著。我對機關和暗道比較熟，有什麼危險能先行排除，你若是跟我跟得太緊，我反而不好施展。」

「當真？」鳳舞眨了眨眼，有些不信地說。

天狼拿出斬龍刀，對鳳舞說道：「你看這斬龍刀，這種神兵利器我可是在古墓裡找到的，也是破解了無數的機關才成功，所以一般的機關是難不倒我的。」

鳳舞點點頭：「這點我倒是信，好吧，你先走，我在後面跟著，不過，你一定要在我視線之內，你要答應我才行。」

天狼正色道：「好，我答應你，我還指望你給總指揮通風報信呢，自然要好好地保護你才行。」

鳳舞破泣為笑，嬌嗔道：「天狼，男子漢大丈夫，要言而有信，你說了不扔下我，可一定要做到哦。」說著，便把一包紅色的粉末交到天狼的手中，黑白分明的大眼睛裡波光閃動，盡是說不盡的情意。

天狼接過粉包，塞在左手的袖口裡，深吸了口氣，斬龍刀脫鞘而出，心中默念咒語，刀子瞬間漲到四尺半長的長度，對著那深不見底泛著綠光的洞口縱身躍下。

洞並不是很深，也就是兩丈左右，天狼在落下時，手上一運內力，斬龍刀發出耀眼的刀光，照亮了腳底，他看得真切，這是一條地道，四周砌有磚石，人落到底部可以直著身子行走。

天狼收起斬龍刀，他怕刀光會在黑暗中引起赫連霸的注意，目光如炬，豎起耳朵仔細聽著前方的動靜。

之前在劉裕的墓中，他也走過這種長長的甬道，那種在黑暗中獨行的恐怖與寂寞，難以用語言形容，前方也許是重重的機關和未知的風險，而這一次，他的身邊並沒有柳生雄霸相伴，一切只能靠自己。

天狼腳不離地，小心翼翼地舉步向前，走了約二十餘丈後，聽到後面有一聲微微的響動，一陣淡淡的幽香飄來，他知道鳳舞也跟著跳了下來。

洞裡有一股潮濕腐敗的味道，顯然這條地道很少有人走，天狼輕手躡腳地，也不知走了多久，前方終於出現了一點亮光，綠粉變得越來越黯淡，前方的亮光越來越明顯，天狼加快腳步，朝著光線的盡頭縱向一躍，身形一飛沖天，終於跳出了地面。

天狼舉目四顧，發現自己置身於一片沙漠之中，月朗星稀，寒風瑟瑟，秘洞的旁邊有一棵沙棘作為標記，周圍孤零零的，別無他物。

沒多久，鳳舞的身影從地洞中飛了出來，秀眉微蹙，呸了幾口，才把嘴裡的沙子吐乾淨，不禁抱怨道：「這什麼鬼地方，一出來就吃沙子。」

天狼笑道：「沒沙子還叫大漠嗎？你看那裡，應該就是宣府北邊的長城防線了，離我們有十里距離，下面的那條地道，只怕我們走了有二十里都不止，這些蒙古人也真能挖，居然能搞出這麼長的地道，也不知道他們是怎麼做到的。」

鳳舞接口道：「挖地道的是白蓮教的妖人，這些人不人鬼不鬼的東西，打洞是他們的專長，這樣也好，倒省了我們的事。還好地道裡沒有機關。」

天狼撒了一把紅粉，但是沙漠之中，沙子就著月色閃閃發光，在地道中清晰可見的瑩光粉變得很難察覺到，天狼著急道：「現在怎麼辦？」

鳳舞趴到地上，耳朵伏在沙地上仔細聽了聽，半晌才站起身，搖搖頭：「不行，風沙聲音太大，我聽不到赫連霸的動向，天狼，瑩光粉的效果只能持續一天，而且會隨著時間的流逝而減弱，我們得抓緊時間才行。」

天狼又撒了一把紅粉，發現東北方向有微弱的瑩光出現，驚喜地道：「他們向東北方向走了。」

鳳舞點點頭：「不錯，我們向東北追，這回可以加快速度了，運氣好的話，直接跟著腳印就能找到。」

兩人不再耽擱，雙腳一動，向東北方向疾行而去。

一路上，天狼每隔半里就撒一把紅粉，淡淡的螢光時隱時現，終於在紅粉快用完的時候，發現了三個人的腳印，天狼不再猶豫，讓鳳舞放出靈蝶，通知陸炳自己現在的方位，然後繼續向東北方向前行，終於在離洞口大約三十里處，隱隱看到了火光。

遠處傳來一陣馬嘶之聲，天狼和鳳舞這時候的黃色沙行衣派上了用場，往沙子裡一鑽，只留兩隻鼻孔隔著黃布透在外面。

片刻功夫，幾十匹駿馬呼嘯而過，馬上的蒙古騎兵們個個全副武裝，皮袍大弓，背後背著插滿了狼牙箭的箭囊，只一眨眼便消失得無影無蹤，端的是來去如風的精騎。

蒙古騎兵走遠後，天狼從沙子裡一躍而出，看著蒙古騎兵遠去的方向，對鳳舞說道：「這一定是韃子的警戒哨兵，前方的營地看來就是俺答和仇鸞會面的地方了，你在這裡接應我，順便通知總指揮帶兵過來，我先過去。」

「不，我要跟你去，你說過不會扔下我的。」鳳舞抗議。

天狼語氣堅定地說道：「不，這不是扔不扔的問題，我們必須有所分工，你如果跟我一起去，誰來接應和指引總指揮的大軍？要知道只有你有靈蝶，也只有你能聯繫上他。放心吧，我一定會相機行事，不會亂來的，萬一我在裡面弄砸了，還指望你幫忙突圍呢。」

鳳舞抓著天狼的手，天狼能感覺到她手心的溫暖：「你一定要保護好自己，千萬別勉強，我在這裡等你。」

天狼點點頭，快如閃電向著營地奔去，鳳舞依依不捨地目送著天狼的背影，直至變成一個看不見的小黃點，這才把自己重新埋在沙子裡。

天狼一路前行，路上不時有蒙古遊騎出沒，一聽到馬蹄聲響，他就立即把自己埋伏在沙子裡。如此這般前行了三四里後，那個燈火通明的營地已經清晰可見。

只見一隊隊的蒙古騎兵在方圓十里內來回警戒，每隔幾分鐘就會有一隊幾十人的騎兵呼嘯而過，在營地裡，大約五百名明軍騎兵穿著鐵甲，戴著頭盔，裝備打扮與蒙古人明顯不同，持刀握槍立於一頂巨大的帳篷外面警戒，與同樣數目的蒙古士兵相對而立。

天狼心下雪亮，**那頂大帳一定就是仇鸞與俺答會談的地方了！**

這種沙漠最適合地行者不過，他慶幸道，如果英雄門今天不是全部出動攻打鐵家莊，而是負責此地的防禦的話，那一定會布下不少地形者在沙地中守衛，自己想要潛伏進去，可就難上加難了。

天狼屏住呼吸，運氣行龜息之術，封閉七竅，鑽進了沙子裡，夜裡的大漠氣溫下降得厲害，白天滾燙的沙子，在這子夜時分冷得就像塊冰，好在天狼內功精深，承受得住。

天狼鑽進沙中後，兩眼一黑，只憑內息感知一切，周圍十餘丈內沒有潛伏者，二十丈外，有一隊巡邏衛兵正在步行通過，天狼等那隊人走遠後，運起地行之術，在鬆軟的沙地裡掀起一道淺淺的沙浪，向大營的方向行進，一旦遇到三十丈內有人接近，就馬上停下來潛伏。

靠這種辦法，半個時辰左右的工夫，天狼便潛行到了營地內部。

他找了個僻靜的角落，從沙中鑽了出來，雖然他內力極高，但是這樣屏住呼吸半個時辰，還要一路行動，也讓他有些難以忍受，把頭露出沙子外，貪婪地呼吸了幾口新鮮空氣，炯炯有神的雙眼卻是一直掃視著營地的四周。

一個明軍士兵離開了自己的崗位，看樣子是要去找地方方便，天狼心中一動，在沙地裡跟著他慢慢潛行到一處小帳篷的後面，那明軍把長槍向邊上的沙地裡一插，解開褲腰帶就準備撒尿。

天狼環顧四周，最近的敵軍也在五十多步外，而且視線被帳篷所擋，帳篷裡沒有人，天狼一躍而起，那名明軍意識到了些什麼，顧不上提褲子，把腰一扭，回身兩腳連環踢出，手則迅速擺出虎爪，護住自己胸前的門戶，從這兩下來看，乾淨俐落，分明是個武功不弱的高手。

天狼暗自驚道，**想不到仇鸞竟然帶了江湖人物充當護衛；還是他的親兵裡本就有些異能之士？**顧不得多想，全身紅色的天狼勁瞬間流轉，不閃不避，腰上硬捱了兩腳。

這兩腳勢若千斤，天狼勁給踢得微微一散，忍著內臟的浮動，天狼的動作快如閃電，與這人的虎爪正面相交。

這一下是暗勁，震得沙子一陣飛舞，聲音卻不大，那人悶哼一聲，嘴裡吐出一口血，雙腕一折，再也發不出力，天狼趁勢右手狼爪一揮，緊緊地捏住了此人的咽喉，左手順勢點了他的啞穴，緊接著右手一運力，把這人連人帶甲狠狠地貫入了沙子裡，只留一個頭露在外面，接著自己也鑽進了沙堆。

天狼看了一眼面前的對手，此人黑臉濃眉，以黑巾蒙面，只有一雙炯炯有神的眼睛露在外面。

天狼低聲道：「聽好了，我問一句，你答一句，我的功夫你知道，只要動一點歪心思想要高聲求救，我會馬上擰斷你的脖子，明白嗎？」

那人眼裡盡是怨恨之意，卻露出一絲求生的渴望，點點頭。

天狼在沙中點了此人的十餘處穴道，右手鬆開他的脖子，內力順著按穴的姆指一吐，解開了他的啞穴，問道：「你是何人，怎麼會武功？」

那人聲音嘶啞，不知是本來如此還是不願意暴露身分，回道：「閣下又是什麼人，敢和我們巫山派作對？」

天狼心中一驚，**仇鸞竟是帶了巫山派的人前來**，他的眼前立即浮現出屈彩鳳那張美麗絕倫卻殘忍無比的臉，問道：「你們巫山派怎麼會護衛起仇鸞來？還有，屈彩鳳來了沒有？你們這次來了多少人？」

「閣下武功雖高，可你雙拳難敵四手，更何況這回不止我們巫山派，還有神教的高手也在，冷教主和我們屈老大都到了，你就是武功通神，也不可能全身而退，識相的現在就走吧，我保證不張揚。」那人恨恨地道。

天狼右手按住那人的啞穴，左手則按著此人肋部的穴道，稍一運力，內力入體，那人只覺得五臟六腑中有一萬隻小蟲子在爬，痛得他喉間荷荷作響，卻是一聲也發不出來。

片刻之後，天狼內力一卸，解開那漢子的啞穴，威嚇道：「老子來了就沒打算活著回去，不要跟老子說這些沒用的，回答我的問題，日月教和巫山派這回怎麼當起仇鸞的護衛了？」

那人貪婪地吸了幾口氣，慘白的臉色恢復了一些色彩，忿忿說道：「我們只知道聽命行事，大姐半個月前集合了總壇的精銳，一路奔到宣府，然後跟著那個仇總兵到了這裡，我們也不知道這個姓仇的是要和蒙古人談判。」

天狼嗤了聲：「當了漢奸還不自知，枉你們自命綠林好漢。」

那人眉頭一動：「休得胡說，大姐一向豪爽仗義，怎麼可能當漢奸！我們來這裡是接受蒙古人的投降的，我們的任務就是保護仇總兵。」

天狼不禁冷笑道：「你和你的屈大姐都是被人給利用了！如果是蒙古人是來投降的，那應該是蒙古人到宣府獻上降表，給出貢品，哪會像這樣出關到蒙古人的地盤？再說了，如果是正式受降，也會是風風光光，光天化日之下進行正式的儀式，哪會像這樣偷偷摸摸的，臨時雇傭一幫江湖人士扮成親兵呢？」

那人聽了，額頭開始冒汗，這些綠林草莽雖然占山為王，但最怕失了氣節，落得個漢奸的名聲，不信地說：「不可能的，我鎮三山李行天不會看錯人，我們屈大姐雖是女兒身，豪爽卻不亞於男兒，更是聰明過人，誰也不可能騙到她。你這狗賊分明是血口噴人！」

天狼懶得跟他廢話，換了個話題：「是不是漢奸，一會兒一查便知，現在仇鸞和蒙古人談得如何了？還有，剛才是不是有三個蒙古高手回到大營？」

李行天搖搖頭：「仇總兵和我們傍晚就到了，半個時辰前，是有三個蒙古高手來，可是蒙古大汗卻是一直沒有出現，仇總兵已經有些不耐煩了，發了兩通火，剛才大姐還和冷教主進去安撫過，據說若是蒙古大汗再不來，天明我們就回宣府。」

「最後一個問題，你們有沒有什麼口令？」

李行天本不想說，天狼姆指再次按上他肋部的穴道，李行天咬牙切齒道：「你就是打死我，我也不會說的，咱們綠林好漢都是響噹噹的硬漢，不會被你用刑逼供就說的。」

天狼知道這些人都是凶悍之輩，逼緊了也沒有好處，於是再次點了他的啞穴，把李行天從沙子裡推出，剝下衣甲，運起縮骨法，身形縮成他的比例，又用懷中的顏料把露在外面的皮膚染成了他的黑皮，蒙上黑巾，再把李行天堆到沙裡埋好，只留下口鼻露在外面，眼中寒芒一閃：

「我會讓你知道自己是不是漢奸的。」

第三章

白髮魔女

天狼在這個世界上最不想見到的人，
第二個是跟自己有著孽緣的巫山魔女屈彩鳳了，
從背後看去，天狼吃驚地發現，
她那一頭如烏瀑奔流的黑色秀髮，
竟變得白如霜雪，像千年冰蠶絲般地披在肩頭。

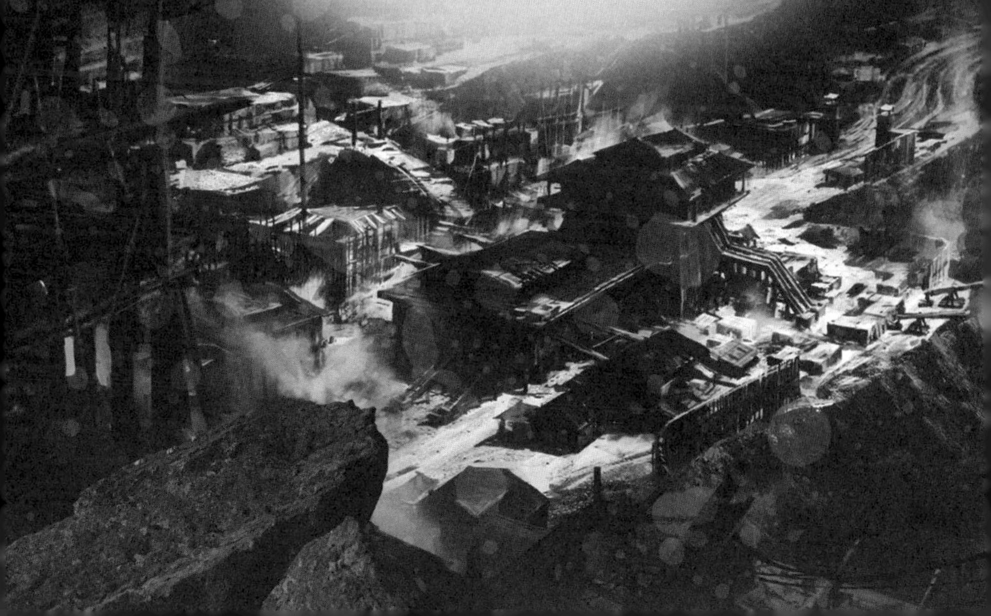

天狼換上了李行天的衣甲，拿起他插在一邊的長槍，走回到了大帳之外，本想站在隊末，卻聽到一個熟悉的女聲喝道：「李兄弟，怎麼去了這麼久？快過來！」

天狼心中一動，這分明是屈彩鳳的聲音，回想起兩人昔日的恩怨，就忍不住一陣心悸，這回再見，不知道又會發生什麼事。

天狼在這個世界上最不想見到的人，排第一的，自然是把自己傷得體無完膚的小師妹沐蘭湘，第二個就是這個跟自己有著孽緣的巫山魔女了，但事關軍國大事，不由得他不去面對，於是學著李行天的嗓子，應聲走了過去。

屈彩鳳沒有回頭，在一眾高大威猛的漢子中間，尚屬高挑的身形顯得有些嬌小，只是從背後看去，天狼吃驚地發現，她那一頭如烏瀑奔流的黑色秀髮，竟變得白如霜雪，像千年冰蠶絲般地披在肩頭。

天狼還沒來得及回過神，便聽屈彩鳳的聲音冷冷地響起：「李兄弟，你今天是怎麼了？我在出發前交代過，這回是軍事行動，要按軍令行事，你出去方便搞這麼久，兄弟們要是都像你這樣，還怎麼打仗作戰？」

天狼連忙欠身說道：「剛才屬下內急，出了個恭，對不起。」

屈彩鳳厭惡地擺了擺手：「離天明還有兩個時辰，若是蒙古大汗再不來，我們就護著仇總兵回去。」

天狼一直在注意著站在屈彩鳳右邊一個高大的漢子，此人有著一股不可侵犯的沖天霸氣，那種不怒自威的氣勢能讓人窒息，不用說，這一定是身為魔教教主的**「南天魔尊」冷天雄**了！

看著冷天雄那峙淵嶽停般的背影，天狼眼前不覺浮現了師父澄光慘死時的模樣，一股沖天的恨意不可遏制地在他心中燃燒，拳頭也不自覺地攥緊起來。

冷天雄似乎感覺到周圍出現了殺氣，突然一回身，同樣的黑巾蒙面，額頭上紅色的符咒下，兩道如冷電般的眼神向後突刺，天狼連忙收拾起心神，眼神變得清澈明亮，毫無異樣。

冷天雄的電眼從眾人臉上一個個掃過，落到天狼的雙眼時，微微停留了一下，又轉而他顧。

屈彩鳳對冷天雄的舉動有些意外，問道：「神尊，有何不對？」（江湖上，正派人士稱日月教為魔教，稱冷天雄魔尊，巫山派和日月教內部則是稱呼冷天雄為神尊。）

冷天雄沒有說話，掃視一圈之後，目光落回到天狼的臉上，眸中精光一閃：「閣下可是江湖上人稱『鎮三山』的李行天李兄弟？」

天狼的心道這冷天雄好厲害，剛才自己只是瞬間起了點殺意，就給他捕捉到，但他不慌不忙地行禮答道：「回冷教主，正是在下！」說話時，雙手握住槍柄，微微低頭，正好避開冷天雄的眼神。

屈彩鳳也看了一眼天狼，二人目光正好錯開，只聽到屈彩鳳對冷天雄說道：「神尊，這位是我派屬下的江西龍虎山寨主『鎮三山』李行天，有何不對之處嗎？」

冷天雄搖搖頭：「沒有，可能是本座剛才過於敏感了些吧。屈寨主，今天的事情非常重要，容不得半點失誤，剛才本座直覺有些不對勁，卻又說不上來，但願只是本座的神經過敏。」

屈彩鳳似乎對冷天雄盯上自己屬下的事有些不太高興，冷冷說道：「神尊，彩鳳可沒有覺得有何不對勁，我屬下的兄弟內急去出個恭就能誤了大事？分明是蒙古人不守信用，食約不至，也難怪我們的兄弟們有些不耐煩。」

冷天雄把眼光從天狼的身上移開，笑道：「屈寨主請不要誤會，此事絕非針對貴派，本座知道寨主對今天這行動不是太情願，只是請你以大局為重，這畢竟是嚴閣老親自吩咐的事。」

屈彩鳳發牢騷道：「神尊，這件事我也忍了很久了，我們巫山派一向是綠林草莽，向來和官府勢不兩立，跟貴教結盟，乃是為了針對那些仗著官府勢力，道貌岸然的名門正派偽君子罷了，而且當初也是看重貴派行事不拘小節，敢做敢當的男兒本色，與我們巫山派可謂是意氣相投，這才會走到一起。

「可現在呢？這幾年下來，我們都快成嚴嵩的走狗了，讓做什麼就做什麼，甚至要幫著他的那些貪官汙吏去搜刮民脂民膏，神尊，你不覺得這已經有違我們立派的宗旨了嗎？我們江湖兒女行事應該堂堂正正，頂天立地，怎麼可以為虎作倀，助紂為虐呢？

「就像這次的行動，你事先跟我說是要截殺邊關的叛將和貪官，我這才精選了各寨各舵的好手們，甚至冒著總堂空虛的危險，千里北上，來到這邊關要地，眼看著胡騎雲集，大軍壓境，邊關軍民都在全力備戰，甚至連宣府一帶的百姓都自發地投軍登城，準備抗擊韃虜，可我們現在是在做什麼？」

冷天雄眼中寒芒一閃，額頭上的紅色符咒微微一亮，低聲道：「屈寨主，請借一步說話。」

屈彩鳳暫時收住了話，對著後排的手下們沉聲道：「各位兄弟們好生守衛，再辛苦一下。」言罷，便跟著冷天雄走到一邊，壓低了聲音開始交談。

儘管兩人聲音細如蚊蚋，但以天狼此時的內力，卻是聽得一清二楚。

只聽冷天雄說道：「屈寨主，你我都不是漢人，何必為了大明的事情瞎折騰，無論坐天下的是漢人也好，蒙古人也罷，都與我們苗人沒有什麼關係，你的巫山派，我的日月教，明朝朝廷何曾當成過是自己的子民？既然這個國家不愛我們，我們又何必要愛這國家?!」

屈彩鳳秀眉一挑：「神尊所言，彩鳳不敢苟同，國家是天下萬民的，天下也是天下人之天下，蒙古破關，勢必戰火四起，四方群雄並起，天下大亂，最後戰火紛飛，苦的還是天下的黎民百姓。

「神尊，我們巫山派當年就是先師碰到了寧王謀反，江南大亂，官軍與叛軍輪流借著戰事洗劫百姓，大量民眾流離失所，無家可歸，這才激於義憤，豎起義旗替天行道，收服了江南七省的山寨，收容大批的難民，給了大家一個容身之所。

「先師在世時，也一直教導我們，一定要為天下蒼生造福，不可為禍人間。可是現在呢？你一直說這是嚴閣老的意思，嚴閣老和小閣老的名聲，天下盡人皆知，這些年來若不是因為他們確實出力保護了我們，當年落月峽一役後，我巫山派又面臨生死存亡，有那麼多的老弱婦孺要保護，不得已才接受了他們的援助，以我屈彩鳳的個性，是寧死也不會與他們為伍的。」

屈彩鳳越說越激動：「這回按神尊的說法，嚴閣老要我們來協助守衛邊關，還允諾若是抗敵有功會奏明皇上，赦免以前我們的行為。雖然我屈彩鳳自問替天行道，不需要任何人的赦免，但為了派內上萬婦孺考慮，還是接受了這個條件，加上抗擊外敵本就是歷朝歷代的好漢所為，戰死沙場也在所不惜。彩鳳雖是女子，這個道理還是懂的。

「可是這回我們卻不是在抗擊外虜，而是護送著姓仇的狗官向著蒙古人卑躬**屈膝，秘密求和，像條狗一樣地求著蒙古人不要入侵，我大明的氣節何在？**就是作為一介女流的我，都無顏見人，神尊，你就真的這麼無動於衷？」

冷天雄哈哈一笑：「屈寨主，這些都是軍國之事，江湖之人本是出世，而非入世，加上你我是苗人，並非漢人，這些事情管得過來嗎？就算今天殺了蒙古大汗，為大明守住邊關，難道大明就會從此放棄對我等的攻擊和打壓？

「所以我勸你別操心太多，按嚴閣老的吩咐辦就是，畢竟現在能保護我們，對我們有好處的，是嚴閣老，不是別人，如果不是靠著他壓制朝中那些支持伏魔盟的大臣，只怕我們這會兒也不會站在這裡了。」

屈彩鳳嘆了口氣：「神尊，彩鳳經常在想，我這麼做，真的是完成先師的遺願嗎？為了保護巫山派，放棄自己的原則，為奸臣賣命，這樣真的好嗎？百年之後，世人又會怎麼看我們？」

冷天雄眼中寒芒一閃：「彩鳳，**當你走上成功的巔峰時，沒有人會在乎你手段的黑暗**，當年我們日月神教助朱元璋起兵，等他奪了皇位後，滿以為可以天下佈道，成為國教，可還不是被姓朱的一聲令下就剿滅，數萬弟兄慘死，從此元氣大傷，只能轉入地下，甚至連原來在西域的總壇光明頂也只能被迫放棄，屈身於西南蠻夷之地的黑木崖。天道何在，公理何在？現在**世人都只知尊朱元璋為洪武太祖，有誰人憐憫我們冤死的數萬兄弟？**」

屈彩鳳一時說不出話。

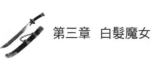

只聽冷天雄繼續說道：「當年你師父林鳳仙收服江南七省的綠林分寨時，也是恩威並施，手段無所不用其極，對不順從自己的門派，便全寨盡屠，無論老幼，就是你屈寨主，這些年對付起那些與我們為敵的伏魔盟俗家分支時，不也是心狠手辣，斬盡殺絕嗎？前幾年你奪取洞庭時，為了立威，盡滅數百不會武功的船夫，當時你顧及過世人的看法嗎？」

屈彩鳳無言以對，只能低下了頭。

冷天雄的氣勢占了上風，得理不饒人地說道：「你我既然選擇了這條道路，就不要顧及世俗的眼光了，歷來皆是竊鉤者誅，竊國者侯，殺一人者為盜，殺萬人者為世人所仰慕的英雄豪傑，若是拘泥於一般的條條框框，不能快意恩仇，那和伏魔盟那些迂腐的偽君子又有何區別？」

屈彩鳳被冷天雄一通搶白，不知如何回應，嘆了口氣道：「這些是你們男人的事，我只知道，現在我的兄弟們都對這件事不太想得通，所以有些不耐煩，而且仇總兵來了這麼久，那個什麼蒙古大汗卻一直沒出現，分明是在耍我們，神尊，我覺得可能會有什麼不好的事情，還得早做防範才是。」

冷天雄點點頭：「我也有這種預感，那三個英雄門的高手回來了，留在這裡的幾百名蒙古高手也非弱者，萬一蒙古人想要動手，你們的首要任務就是要護著仇總兵突圍回關才是，不然即使回去了，也難以向嚴閣老交代。」

屈彩鳳應了聲是。

冷天雄突然又說道：「還有，剛才你那個手下李行天回來的時候，我突然感覺到身後有一陣強烈的殺氣，你真的沒有感覺到嗎？」

屈彩鳳搖搖頭：「沒有，李行天是跟了我們多年的兄弟，忠誠可靠，你也知道的。」

冷天雄不放心地又向天狼的方向看了一眼，天狼剛才聽得清清楚楚，裝著若無其事，心中卻在思索著各種應對之策。

就聽冷天雄壓低了聲音說道：「今天不能出事，一會兒我試他一試。」說完，便向天狼走了過來。天狼暗自戒備著，心想：一旦身分暴露，就突襲蒙古人，把水攪渾。

仇鸞看起來是等不到俺答了，要麼是俺答已經率軍離開，要麼就是故意輕慢仇鸞，即使自己不出手，這裡只怕也會有一場交鋒，而自己提前把水攪渾，逼魔教和巫山派跟蒙古人動起手來，這樣既能逼得仇鸞一心抗敵，又可以完成自己的計畫，可謂一舉兩得。

正想著時，屈彩鳳的眼光也投向了這裡，天狼不經意地看了一眼，正好與她四目相對，就見屈彩鳳嬌軀一顫，失聲叫道：「**怎麼會是你！**」

這時，大帳中傳來一聲怒吼：「你們什麼意思，設局坑人嗎？來人！」

天狼聞聲，連忙大吼一聲：「得令！」言罷一個箭步，從冷天雄面前一飛而過。

冷天雄眉頭一動，似乎很意外天狼的身形如此之快，屈彩鳳更是渾身微微地發起抖來，二人亦同時奔向了大帳之中。

天狼衝進帳中，只見一個身材中等，黑臉長鬚，看起來有幾分大將模樣的人正坐在一張行軍凳上，指著對面的赫連霸放聲大罵。

天狼知道此人就是仇鸞，赫連霸這會兒已經換了一身蒙古將軍的打扮，棉甲皮袍，兩根狐尾從帽子的兩側垂下，扭頭一看天狼，臉色一變：「怎麼會是你！」

天狼哈哈一笑，把臉上的黑布向下一拉，露出了在鐵家莊時戴著的面具，沉聲道：「我說過，很快就會見面的。」

他扭頭對仇鸞說道：「將軍，咱們給蒙古人耍了，俺答早就率軍去了東邊的大同，就是留這些韃子對我們下手的！」

仇鸞氣得跳了起來：「好啊，本將早就知道這些蒙古人靠不住。」

赫連霸還沒來得及說話，天狼大吼一聲：「將爺有令，殺韃子，突圍！」話音未落，便出手向赫連霸攻了過去。

黃宗偉立即擋到前面，在帳內他沒有武器，雙手擺開架式，一招錯骨分筋的擒拿手就衝了上來，天狼早有準備，第一步衝出時，藏於袖子裡的斬龍刀落到手中，心中一念咒語，馬上暴漲到四尺，雪亮的刀光照亮了帳內每個人的眼睛。

赫連霸等三人白天剛剛和天狼在鐵家莊大戰一場，早就知道這刀的厲害，這一下看天狼出刀，二話不說，不約而同地分三個方向向外破帳而出，只見刀光一閃，三條人影如閃電般地從三個大洞裡奔了出去，只一眨眼的功夫，帳內就響起一聲巨響，「轟」地一聲，整個大帳一下子垮了下來。

冷天雄和屈彩鳳剛剛衝進帳內，準備向天狼出手，天狼一招逼退英雄門三大高手後，斬龍刀一轉，一招天狼半月轉，一道強烈的刀氣轉而向這兩人捲去。

二人一見勢頭不好，冷天雄一飛沖天，屈彩鳳倒飛出去三丈，緊接著一個一字馬撐地，冷厲的刀光從她的頭頂一掠而過，她頭上的盔纓頓時化成片片紅絲落下，鐵盔也掉了下來，露出一頭如雪的霜髮。

冷天雄和屈彩鳳何等高手，閃過這一輪攻擊後，一個從空中，一個在地上迅速地作出了反擊，冷天雄三陰奪元掌如雷電般紛紛擊出，十幾個藍色的光團如彗星般，拖著長長的尾巴劃過夜空，落到被大帳覆蓋的地面，隨著聲聲巨響，在地上炸出一個個的大坑。

屈彩鳳的眼睛突然變得碧綠一片，手中不知從哪裡多出一對雪亮的雙刀，清嘯一聲，白髮在空中亂舞，手中雙刀連揮，一道道半月形的刀氣如波前行，所過之處，沙土如突柱一般地拱起。

地上突然出現一道遊動的沙痕，冷天雄和屈彩鳳不約而同地奔向了沙痕，冷天雄雙掌連擊，沙痕的後面和兩側不停地爆炸著，沙痕的速度微微一滯，越來越慢，屈彩鳳咬牙切齒，身形如鬼魅一般地掠過，搶到沙痕之前，怒吼道：「狗賊拿命來！」雙刀一揮，不由分說地就要向沙痕插下。

冷天雄突然想到了什麼，大叫一聲：「不要！」雙手一揮，一個光團擊向了屈彩鳳。屈彩鳳何等高手，迅速向邊上一跳，掌風正好擊中她剛才站的地方，炸得一片風沙飛起。

屈彩鳳雙刀一橫，衝著冷天雄吼道：「你做什麼！」

冷天雄打著旋落下地，沒有理會屈彩鳳，身形一閃，搶到停下來的沙痕前，探手插向沙中，向上一提，一個人像被拔蘿蔔似地從地裡被拉出，可不正是宣府總兵仇鸞。

仇鸞的嘴裡被塞了一塊布，身上明顯給點了穴道，在那裡「嗚嗚」個不停，冷天雄連忙拿開他嘴中的布。

只見仇鸞狠狠地吐了一口沙子，破口大罵：「沒用的東西，本將叫你們是來護衛的，你們不好好盡自己的職責，差點要了本將的命！嚴閣老從哪裡找來你們這幫廢物！」

冷天雄一面解開仇鸞身上的穴道，一面連聲抱歉道：「對不起，仇總兵，剛才我們擒賊心切，唐突了您，那個賊人呢？」

仇鸞蹦跳著叫道：「什麼賊人不賊人的，我只看到有個護衛跑了進來，說蒙古人是在耍我們的，然後就是那三個蒙古人開始動手，那個護衛一刀打退了蒙古人，再然後你們就跑了進來，不去抓蒙古人，卻跟那個護衛動起了手，大帳就掉了下來，然後我就什麼也不知道了，兩眼一黑，身體也動不了，嘴裡被人塞了布，在沙子裡拱來拱去，這到底是怎麼回事？」

冷天雄跺腳道：「那小子不是我們的手下，是混進來的奸細。」

仇鸞正待開口，突然一支羽箭帶著淒厲的嘯聲向他射來，屈彩鳳連忙雙刀一擋，那支箭離著仇鸞不到一尺的地方被擊落，仇鸞大罵一聲：「他奶奶的。」一眼望去，原來是幾個蒙古騎兵正彎弓搭箭，向著自己以連珠箭的手法發射，被屈彩鳳一一擋下。

這時候的營地內部，已經殺得天昏地暗，英雄門三個門主出帳之後，所有的蒙古人就和冷天雄與屈彩鳳的那五百手下近身肉搏起來。

赫連霸以為天狼是冷天雄一夥的，出帳後就下令格殺勿論，這會兒正手持黃金長槍，殺入人群，大開殺戒呢，趁著冷天雄和屈彩鳳追殺天狼的這會兒功夫，他一個人已經刺倒了五六名中原高手。

在他的帶領下，蒙古高手們個個出手如風，失去指揮的魔教和巫山派高手們被這一輪突襲擊倒了四五十人，劣勢盡顯。

冷天雄對屈彩鳳喝道：「不管那廝，先殺出去！」雙足一點，身形兩個起落，就奔到了廝殺的人群之中，直接對上了赫連霸，雙掌連揮，把勢如狂獅的赫連霸逼得後退了幾步，急道：「赫連霸，聽我說，這是個誤會，有人挑撥！」

赫連霸哪還聽得進去，手上絲毫未停，冷笑道：「誤會！老子死在你手上才叫是個誤會！你以為你勾結那個錦衣衛天狼我不知道嗎？受死吧！」

赫連霸長槍連點，招式大開大合，橫掃一片，說話間，一名魔教弟子想從側面偷襲，卻被他看都不看，斜著一槍刺出，那教徒用的乃是單刀，想按常規的招數撥開槍尖，可是赫連霸手臂一震，按了槍柄的一個開關，黃金長槍突然暴漲一尺多，「噗」地一聲，直接把那魔教弟子扎了個透心涼。

死的這人乃是冷天雄的親傳弟子劉一峰，人稱「雪花魔刀」，是魔教這幾年的後起之秀，冷天雄悲呼一聲：「一峰！」雙目盡赤，額頭上的紅色符咒變得如血一樣殘紅一片，出手再無顧忌，一柄黑色的幽蘭劍在手，朝赫連霸直接攻了過去，盡是奪命招數。

赫連霸大吼一聲：「來得好！」黃金長槍一縮，從中一分，又變成了兩截短槍，幻起萬千槍影，揉身而上，一團金氣和一團藍氣瞬間撲成了一團，強勁的內息碰撞，炸得地上的沙土飛揚，三丈以內漸漸無人能接近。

屈彩鳳這會兒成了仇鸞的貼身護衛，高遮低擋，連續撥打外圍的蒙古騎兵射來的弓箭。

仇鸞看了一眼裡面的戰團，急道：「喂，屈寨主，現在我們被幾千蒙古人包圍，你趕快帶本將突圍，不要戀戰！」

屈彩鳳一邊擋著密如飛蝗的弓箭，一邊冷冷地說道：「不行，今天不殺了那狗賊，我說什麼也不離開，仇總兵，這是我們江湖人的私人恩怨，你不要管，要走的話，你先走。」

仇鸞急得一拍大腿：「你這婆娘，怎麼不知好歹，那人早就在沙裡跑了，你現在這樣擋箭，早晚要累死，先脫離這險地再說，而且，你不管手下人的死活了嗎？」

屈彩鳳心中一動，偷空看了後面一眼，心如刀絞，只見自己的巫山派弟子已經倒下了三四十人，這些都是她這幾年精心訓練，歷經無數次大戰存活的精銳高手，也是她的老本，這次本以為是要攻擊少林派或者華山派，才帶到北方來的，沒想到這一戰下來就折損了這麼多，而且死得毫無意義，怎麼讓她不肝腸寸斷。

屈彩鳳畢竟這種大場面的搏殺已經經歷了無數次，這會兒理智戰勝了衝動，空手接了一支箭，以流星趕月的手法將箭擲出，正中一名蒙古騎兵的心窩，那人慘叫一聲倒斃馬下。

周圍的二十幾名蒙古騎兵沒見過如此神技，不由得微微一愣，屈彩鳳趁機用腳踢起地上的幾支箭，雙刀一揮，以天狼刀氣把長箭擊射而出，勢如閃電，四五名蒙古騎兵紛紛中箭身亡，餘下的十幾個見勢不妙，趕緊打馬散去。

屈彩鳳趁著這當口，趕緊以手指嘬嘴，長嘯一聲：「風緊，扯呼！」說完便拉著仇鸞，向一匹死了主人的戰馬跑去。

仇鸞畢竟是大將，雖然武功不行，弓馬還算是嫻熟，離著馬四五步一個跳躍，穩穩當當地上了馬。屈彩鳳則跳到馬鞍前面，正坐在仇鸞的身前。

那些巫山派的弟子們也紛紛向著這個方向突圍，屈彩鳳正待指揮眾人時，卻聽到後面的仇鸞呼哨一聲，緊接著就是一馬鞭狠狠抽在馬屁股上的聲音，那馬負痛長嘶一聲，四蹄如飛，飛奔而去，百餘名巫山派弟子追之不急，很快埋沒在馬蹄帶起的滾滾黃沙之中。

屈彩鳳又驚又怒，連聲大叫：「停下，快停下！」可是仇鸞的雙臂卻像兩道鐵箍一樣緊緊地環著她的腰。

屈彩鳳突然發現自己全身酸軟，腰間一麻，竟然是被點了腰陽穴，這下子全身的內力都如泥牛沉海，半點也使不出來。

屈彩鳳萬萬沒有想到背後的仇鸞居然還會武功，大驚之餘，趕忙穩定了心神，沉聲道：「你想做什麼？我的人還在裡面，再不濟，我也得把他們接出來才是。仇總兵，我保證不影響你突圍，再說，你帶了一個人也不方便跑啊。」

仇鸞冷冷地說道：「本將還有事跟你商量，屈寨主，就暫時委屈你一下吧。」

他的聲音突然變了，赫然正是天狼的本來嗓音。

屈彩鳳如同五雷轟頂，兩眼一黑，差點沒有暈了過去，半晌才反應過來，咬著牙顫聲道：「怎麼會是你這惡賊！」

「仇鸞」哈哈一笑：「屈姑娘，剛才你出手可是真狠啊，我在沙裡差點給你的刀氣劈死，怎麼，上次讓你打成那樣了還不解氣嗎？我們可是有過肌膚之親了，你謀殺親夫可真是眼皮都不帶眨一下的。」

天狼恨屈彩鳳出手毒辣，這會兒大功告成，心情舒暢，決定逗她一逗。

屈彩鳳兩眼噙著淚水，拼命想要掙脫，可是這會兒她內功全失，根本動彈不得，全身只剩下一張嘴還能動，於是破口大罵起來：「淫賊，這回你休想得逞，老娘就是拼了這條命不要，也不會再讓你碰我一根手指頭。」

天狼嘲諷道：「又想要咬舌自盡是不是？你儘管咬，信不信你咬完了以後，我照樣把你剝光了，掛在城門口示眾？現在我是錦衣衛，你是朝廷重金緝拿的女匪，按大明律令，抓到了就得處死，然後裸身示眾一個月。」

屈彩鳳嚇得一激靈，她知道天狼對自己絕不會憐香惜玉，現在自己還有許多事要辦，可不能就這麼死了，於是再也不敢提自盡二字，改用各種她所想到的字眼大罵天狼，滔滔不絕，一連一個多時辰沒有停下。

一路上，天狼開始還回罵幾句，後來實在是罵不過了，索性閉口。

奔了兩個時辰後，離剛才的大帳也有六七十里地了，天狼耳邊只剩下呼嘯的風聲，那匹馬也跑得氣喘吁吁，口吐白沫。

他停下馬，把屈彩鳳抱到地上，脫下了身上的甲冑，露出裡面原來穿的黃色沙行衣，舒服地伸了個懶腰，把臉上的面具一抹，露出了本來的面目，衝著屈彩鳳咧嘴一笑：「屈姑娘，咱們又見面了。」

屈彩鳳這一路上罵得也有點累了，見天狼停下馬，心中就是一驚，每次見到天狼，都要被他占一次便宜，雖說都是自己主動挑釁在先，但事後想來卻是羞不可抑，又見天狼下了馬就開始脫盔甲，立時驚呼道：「你，你，你想做什麼?!」

天狼在屈彩鳳的面前蹲下，道：「你剛才不是要殺我嗎？現在我給你個機會，如何？」

屈彩鳳咬著紅脣，反問道：「你敢解我穴道？就不怕我殺了你？」

天狼搖搖頭：「我有充分的信心能勝過你，屈彩鳳，你別以為你練成了天狼刀法就能贏過我，一會兒我會讓你見識什麼才是正宗的天狼刀法。」

說著，一指伸出，解開了屈彩鳳的穴道。

屈彩鳳從地上彈了起來，身形暴退兩丈，雙手一揮，將藏於衣內的兩把一長一短的雪亮雙刀抄在手上，柳眉倒豎，杏眼圓睜，長刀指向天狼，厲聲道：「李滄行，今天不取你性命，老娘誓不為人！」

天狼站直了身子，絲毫不懼地說：「在動手前，我有些問題想問你，當然，如果你有問題也可以問我，今天我帶你來這裡，就是**想了結我們的恩怨**，至少在分出勝負之前，你我都不要留下什麼遺憾，我解開你的穴道就是示誠，明白嗎？」

屈彩鳳粉面如同罩了一層寒霜，斥聲道：「有屁快放。老娘會讓你當個明白鬼的。」

天狼先問：「你這一頭白髮是怎麼回事？還有，我發現你已經打通八脈了，上次你可沒這麼高的功夫，短短一年，你有什麼奇遇嗎？」

屈彩鳳的表情變得異常憤怒，吼道：「我這一頭白髮全是拜你所賜，上次你在武當後山，那樣……那樣欺負我，吸我真氣，天殺的徐林宗又將我無情拋棄，我心痛欲碎，醒來後就發現自己一頭青絲全變成了白髮，李滄行，這都是因為你！可是上次你吸我真氣的同時，也誤打誤撞地以你體內的真氣打通了我的生死玄關，李滄行，我正好想問你，為何你的體內也有天狼真氣？還有，你這天狼刀法從何學來？」

天狼兩手一攤道：「我也不知道，上次我真的不是有意輕薄你，而是你的真氣進入我體內，喚醒了我前世的記憶，我前世就學會了天狼刀法，借著你的真氣，我也打通了生死玄關，恢復了我前世的武功和記憶，如此而已。」

屈彩鳳瞪大了眼睛：「怎麼可能？天狼刀法是我師父所創，你就算有前世，又怎麼可能學到？」

「屈姑娘，我沒有興趣騙你，當天我恢復記憶時，我自己也不相信，但是事實就是如此。如果是因為我的原因害你變成這樣，那我只能跟你說聲抱歉了，只是你那天也狠狠地打了我一頓，還想廢我武功，我想這是你應該付出的代價。」

屈彩鳳恨聲道：「李滄行，你永遠只會這樣占人便宜，我捅你一刀，你就殺我數十名姐妹；我打你一頓，你就要這樣毀我清白，還說這是我應該付出的代價！李滄行，你師父沒教過你萬惡淫為首嗎？」

天狼搖搖頭：「我說過，那只是個意外，再說，我吸你真氣又不是毀你清白！你說我殺你的姐妹，若不是你先帶人突襲，想害我們性命，我也不會出此重手，再說了，你在落月峽殺過我們正道多少人，我向你復仇，有什麼不對嗎？」

屈彩鳳銀牙一咬，雙刀擺開架式，全身的紅氣運行周身：「說了半天，還是手下見真章，李滄行，今天不是你死就是我活！」

天狼伸手一阻，道：「且慢，我還有一件事沒問清楚，你是怎麼一眼就看出我的，我明明戴了面具。」

屈彩鳳忿忿地說道：「就你這雙色瞇瞇的賊眼，老娘一輩子都不會忘！李滄行，你不管再怎麼易容，就是燒成了灰，我都能認出你這惡賊來！」

「那我扮成仇鸞，你又為何認不出？」天狼問。

屈彩鳳臉微微一紅，啐了一口：「你這奸賊詭計多端，當時老娘和神尊只顧著查看仇總兵是不是受了傷，壓根沒往這方面想，而且老娘確實料不到你居然這麼快就能易容改面，還能換了仇將軍的盔甲。」

天狼點了點頭：「原來如此，現在回答你的問題。仇鸞的面具我在出發前就準備好了，就是為了緊急時候用的；至於他的盔甲，我根本沒有來得及換，只是在沙裡戴上了他的頭盔，順便把他的將袍扯了下來，罩在外面，你們自己沒有看仔細罷了。」

屈彩鳳定睛一看，果然天狼身上穿的是李行天穿的那種普通護衛的魚鱗鎖子甲，並非大將所穿的明光大鎧，只是把那身將袍罩在外面，屈彩鳳也不精通軍中的盔甲戰械，加之當時情況緊急，夜色幽暗，天狼又是從沙中鑽出，這才給天狼蒙混了過去。

屈彩鳳撇了撇嘴道：「你這狗賊一肚子壞水，老娘哪有你這麼多花花腸子。」

屈彩鳳說到這裡，突然想到了什麼，又道：「你怎麼入了錦衣衛？而且剛才你胡扯些什麼要把我們剿滅之類的話，可是你的總指揮陸炳現在卻是跟我們聯手，甚至這幾年錦衣衛一直幫著我們看守總壇，李滄行，就你也能代表陸炳作決定？還是朝廷對我們巫山派的態度有了變化？這件事你要給我說清楚。」

天狼回憶起往事道：「那天在小樹林裡，除了你我二人外，其實陸炳一直在一旁潛伏，後來我離開樹林後，他就尾隨而至，你知道我跟陸炳的恩怨的，見了以後二話不說就開打，我當時身受重傷，被他所擒。」

屈彩鳳譏笑道：「就你這身皮糙肉厚的，畢竟不是鐵打，給老娘打成那樣還能跟陸炳過招，實在是不自量力。」

天狼搖搖頭：「屈姑娘，我一直很奇怪，以你的聰明，為什麼會恩仇不分？

殺你師父的是錦衣衛達克林，你不去向真正的仇人報仇，卻跟錦衣衛為伍，與伏魔盟為敵，究竟是為什麼？」

屈彩鳳幽幽地說道：「哎！我何嘗不想向錦衣衛報這大仇！只是我個人恩仇事小，巫山派數萬弟兄，數萬老弱婦孺事大，我不能因為一己之私就置他們的生死於不顧，向錦衣衛復仇。落月峽一戰，我們巫山派已經和伏魔盟結下不解深仇，被迫投向魔教和錦衣衛，如果沒有錦衣衛的幫助，可能我們在幾年前就被伏魔盟消滅了，不會有今天。先師在世時，多次教導我一定要以大局為重，不可因為自己的感情而廢了大事，一定要保護好巫山派，必要時不惜犧牲自己，所以我這樣做，我想師父的在天之靈也能理解的。」

「這麼說，你跟錦衣衛也只是互相利用罷了，若是有機會，還是要考慮報仇的事，對不對？」

「不錯，至少我一定要找機會手刃達克林，以他的人頭來祭奠師父的在天之靈，不過，這一切肯定是消滅伏魔盟以後的事了，現在我還不能跟錦衣衛翻臉。跟伏魔盟戰鬥了這些年，雙方已經結了無數的仇，根本不可能化解了，就連我和……徐林宗的感情都只能無奈地割捨。李滄行，這點你應該清楚。」屈彩鳳神情變得堅毅起來。

天狼忽然心中一動，問道：「你有沒有想過，錦衣衛為什麼要保護你們？要說以前你們力量弱小，非要錦衣衛的護衛才能抗住正派的攻擊，可現在你們已經緩過了勁，為什麼錦衣衛還在幫你看家護院？」

屈彩鳳冷笑道：「李滄行，你跟了陸炳這麼久，又是他倚重的心腹，難道他從來沒跟你透露過此事嗎？」

天狼搖搖頭：「我加入錦衣衛也才一年，而且執行的任務從來和你們沒有關係，但我以前聽說過，**你們巫山派有什麼太祖錦囊，那又是什麼東西？**」

屈彩鳳哈哈一笑：「李滄行，你的狐狸尾巴終於露出來了。哼，還說什麼以誠相待，弄了半天，就是想騙我的太祖錦囊，我告訴你，休想！」

「當年我在三清觀的時候，聽說過這個什麼太祖錦囊的事，傳說當年寧王起兵，就是靠這個太祖錦囊幾乎奪取了天下，而令師之所以能從容建立巫山派，這麼多年官兵不敢圍剿，也是因為太祖錦囊，看來傳言是真的，陸炳跟你們合作，一直派人駐守在你們總壇附近，只怕也是為了尋機奪取此物。」天狼恍然道。

屈彩鳳冷笑道：「李滄行，被我戳穿了你的詭計，現在就開始顧左右而言他了嗎？告訴你，你的那點伎倆逃不過我眼睛，陸炳這些年一直派那些駐守在我總壇的部眾們暗中搜查，就連他本人也明察暗訪過多次，你以為我不知道嗎？」

天狼頭：「你和陸炳是你們之間的事，與我無關，屈彩鳳，你應該知道我一向對權勢沒有興趣，加入錦衣衛只是想實現我師父的遺願，報國保民，造福天下蒼生而已。」

屈彩鳳語帶譏諷：「是麼？我看你當年鑽進尼姑堆，出入花叢，倒也是造福峨嵋眾生啊，怎麼，把那些騷尼姑們玩膩了，就出來拯救世界了？」

天狼的眼中寒芒一閃：「屈彩鳳，說話別這麼難聽，我李滄行做人俯仰天地，無愧於心，哪有你說的那麼不堪，我若真是個淫賊，你早就失身了，還會等到現在？當年我加入峨嵋，是為了破解陸炳的那個青山綠水計畫，我在三清觀，武當，都是做同樣的事情，而且我也不瞞你，當初加入峨嵋之前，我還考慮過想辦法加入你們巫山派查內賊呢。」

屈彩鳳眼波流轉，上下打量著天狼，最後點點頭：「好吧，姑且信你一次，不過我們巫山派你就不用考慮了，我們這裡都是多年的老部下了，尤其是在總壇，不會像那些偽君子門派為了收徒不擇手段，才會混進奸細的。」

天狼哈哈一笑：「我看你真的是太低估陸炳的手段了，他那個計畫全是二十年前就訓練各種孤兒和精英進入正邪各派當臥底了，就連我師父澄光真人都是他派進武當的臥底。」

屈彩鳳聽得臉色大變：「這怎麼可能？」

天狼想到自己的師父，就是一陣心痛：「如果不是這個原因，我又怎麼可能加入錦衣衛？師父的遺書裡讓我要珍惜自己，為國效力，我進錦衣衛不求榮華富貴，只求能成為師父教導的那樣，一個對國對民有用的人。」

屈彩鳳半晌無語，輕輕嘆了口氣：「你們男人一個個都是這樣，總是心裡又是國家又是蒼生的，不然就是什麼門派的，就是從來不考慮自己，李滄行，還好沐蘭湘沒有跟你，不然她也是一輩子受苦受累的命。」

天狼的瞳孔猛的收縮了一下：「屈彩鳳，不要跟我提她。我也不會跟你提徐林宗，這件事上，我們最好都別互揭傷口。」

屈彩鳳眼中也開始淚光閃動：「男人沒一個好東西，李滄行，你問完了沒有，你問完的話，我可就不客氣了。」

天狼深吸了一口氣：「最後一件事，你應該從上次我在京城外大戰金不換一家時，就能猜到我李滄行就是錦衣衛天狼了，為什麼不把這個消息散佈開來？」

屈彩鳳冷笑道：「不錯，李滄行，**老娘那天在小樹林裡就暗暗立誓，一定要**

親手殺了你，你的命是我的，誰也不能取走，所以從那天開始，我就在暗查江湖上有誰使用天狼刀法。皇天不負有心人，當我聽到一個多月前京城南郊有個叫天狼的錦衣衛現世，大戰金不換一家，又與司馬鴻賭劍，名動江湖的時候，我就知道那一定是你。雖然我不知道你怎麼會進了錦衣衛，但不管你躲到哪裡，我都不會放過你，這次我之所以會來北方，**一半是為了嚴閣老的命令，還有一半就是找機會殺了你。**」

天狼冷冷地道：「你就這麼確信一定能殺了我？再說，把我是李滄行的消息散佈出去，對你的復仇計畫沒什麼壞處吧。」

屈彩鳳斷然道：「不，你進錦衣衛一定是為了躲避我的追殺，如果我把你的身分公佈了，你就會再度躲起來，老娘再想找你就難於上青天了。再者，我不能公開殺你，這幾年江湖上有不少有關你我難聽的話，儘管那些亂嚼舌頭的，老娘見一個殺一個，但也止不住這些謠言的傳播，我若是把你是李滄行的消息一公佈，更是坐實了這些風言風語，那我就更沒臉在江湖上混了。」

天狼哈哈一笑：「我還沒說我一個堂堂武當弟子給你這土匪婆娘敗壞了名聲，你居然倒嫌起我的不是了。好了，屈彩鳳，你跟我的恩怨已經是剪不斷，理還亂了，落月峽那麼多冤死同道，峨嵋派的血海深仇，還有我李滄行的悲慘命

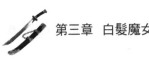

運，今天就一併找你算帳！」

屈彩鳳暴喝一聲：「拿命來！」全身紅色氣勁一下子暴漲，兩隻秋水為神的美麗眼睛一下子變得碧光閃閃，左右兩手的雪花鑌鐵亮銀刀幻出滾滾刀光，裹起漫天的風沙，向天狼捲來。

第四章

正邪對決

天狼一笑：「不錯，雖然我跟他在製造正邪對立，
引起江湖仇殺這點上持不同看法，
我更傾向於團結武林共禦外侮，
他堅持分裂混亂的江湖才不會對朝廷造成威脅，
可是在對付蒙古人這點，我們態度卻是一致的。」

天狼緊盯著屈彩鳳的一舉一動，儘管屈彩鳳八脈全通，天狼刀法也練到了第八層的破劍境界，但離自己現在的武功還稍稍差了一些，天狼刀法是天下至剛至猛的武功，需要極強的爆發力，更需要神兵利器來配合自己的刀勢，才能威力倍增。

屈彩鳳手中的雙刀，雖然也是上等鎢鋼鑌鐵打造的一流兵器，但畢竟不是斬龍刀這樣的上古神兵，威力就弱了一個檔次，加上她還沒有突破天狼刀法的第九層破氣，武功大概與鳳舞在伯仲之間。

天狼本來恨極了屈彩鳳，今天見到她時，確實存了殺她之心，但是聽了她與冷天雄的對話後，改變了看法，發現這個暴躁凶蠻的女匪首也有善良的一面，並不像冷天雄那樣十惡不赦，心中又漸漸地改了主意。

自入錦衣衛以來，**天狼見慣了江湖紛爭不休，國家在南北同時面臨外敵入侵的窘狀，靠著已經爛到骨子裡的衛所軍，哪怕是九邊的邊軍，基本上是指望不上的，需要江湖武者們能放下紛爭，殺賊報國，這才是武者應盡的本分。**

為了達到這個目的，天狼願意和屈彩鳳放下仇恨，魔教的仇是一定要報的，但如果巫山派能斷絕和魔教的關係，那他也願意為巫山派和伏魔盟的停戰盡自己的一份力量，儘管這個可能性不大，但他至少想試試。

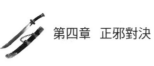

還有那個神秘的太祖錦囊，如果落到野心家手上，就會成為發動叛亂的道具，到時候外有強敵，內有叛亂，那可真是天下大亂，不知有多少百姓會流離失所，無家可歸。

天狼腦子裡迅速地閃過這些想法，這讓他更堅定了收服屈彩鳳的念頭，屈彩鳳並不是一個自己原來想像中那種任性而為，不顧後果的女人，與伏魔盟的爭鬥很大程度上也是騎虎難下。

與她仇最深的還是峨嵋派，以自己與峨嵋的淵源，如果能勸得峨嵋派放下恩怨，與巫山派就此言和，那大局可定，但要做到這一切之前，只有讓屈彩鳳先放下仇恨，這首先得讓她過了自己這一道門坎。

屈彩鳳雙刀的刀氣在沙地上四濺，天狼的一頭亂髮被這刀氣拂得飄揚起來，有些髮梢末處的鬚髮更是被刀氣斬斷，化成片片黑絲，隨沙飛舞，可他的人卻如峙淵嶽停般一動不動，心中沒有任何雜念，雙眼死死地盯著屈彩鳳手中雙刀的來路。

屈彩鳳眼中碧光大盛，嬌叱一聲，左手一招天狼迴旋舞，短刀在手中快速地旋轉，幻出一片耀眼的刀光，直取天狼右側十餘處穴道，右手的長刀被她注入了內力，刀身變得一片通紅，帶著滾滾熱浪，直刺天狼胸腹處的七處要穴。

與此同時，屈彩鳳腳下踏起萬里狼行的上乘步法，飄忽的身形隱藏在漫天的沙塵之中，若隱若現，呼嘯而過的刀聲取代了大漠月夜下的風聲，聲聲催魂。

天狼眼睛一亮，屈彩鳳的雙刀來勢洶洶，狀若長江大河，可由於她沒有練到破氣境界，刀法還是只具其形，未得其神，反映在她這一輪的出刀上，左右雙手都是精妙之極的招數，可是時間上卻略略差了一點點。

大概屈彩鳳自己也體會到了這一點，所以特意把兩柄刀打造得長短不一，以求左手先發，右手後發，雙刀能同時而至，即使如此，由於她體內陰盛陽衰，陽極天狼勁還差了一點點火候，還是讓左手的刀稍稍快了一點，這就使得她那看似無懈可擊的雙刀之間有了那麼一絲的縫隙。

於是天狼渾身的天狼勁鼓起，全身瞬間被血紅的天狼戰氣所包圍，顏色就像是噴血一般，比屈彩鳳的周身已經大紅的氣勁還要鮮豔三分，雙眼也變得血紅一片，即使是在漫天的沙塵之中，也像是兩枚跳動著的火焰，透過刀風沙礫，直刺屈彩鳳的雙眼。

緊接著，天狼的身形動了起來，他凝氣於雙爪，對著屈彩鳳左右雙刀中那一點點轉瞬即逝的微小間隙，右手打出一招天狼半月斬，爪勁帶出一道沙痕，在地面上飛速地衝去，就在屈彩鳳右手刀砍出第七刀，合上與左手刀之間那道不過一寸的縫隙前，爪勁透過這道縫隙，直撲屈彩鳳的前胸而去。

屈彩鳳何等高手，處變不驚，左手的短刀暫態收刀回撤，那一道輪轉迅速地轉向自己前胸三寸處，而右手長刀則連續斬出三刀半月斬，分襲天狼的上中下三路，阻止其跟進襲擊，這一下乃是臨危不亂的自保之招，也是屈彩鳳進擊前就做好的後招，儘管她怒火萬丈，但並沒有失去一個頂級武者的本能與直覺。

「砰」地一聲，屈彩鳳的左手短刀與天狼的爪勁半月斬撞了個正著，風沙四溢，屈彩鳳的周身紅氣也為之一散，向前的身形登時停了下來，巨大的沙塵中，只見天狼那通紅的雙眼就像兩顆夜空中的孤星，就這一瞬間搶到了屈彩鳳身前不到三尺的地方。

屈彩鳳近乎本能地做出了反應，距離太近，右手的長刀已經指望不上，她的左手短刀迅速一揮，對著天狼那兩隻眼睛下方一尺左右的胸腹處連刺七刀，右手一按長刀的刀柄機關，三尺半的雪花長刀「叮」地一下縮短到一尺半，比左手的這柄短刀還要短了半尺，在手上一招「天狼虛空斬」，以匕首的手法反手疾揮，直刺天狼血紅雙眼邊的太陽穴。

只一招的功夫，屈彩鳳便反攻為守，雖然招數依然極為精妙，但在這種頂級高手的對抗中，已經可以算得上是盡失先機。

沙塵中那兩點紅紅的光芒突然一閃而沒，天狼周身的那一團如血般的天狼戰氣也一下子失蹤不見，就在屈彩鳳轉攻為守的同時，沙塵中的天狼幾乎是瞬間失去了蹤影，連氣息也捕捉不到。

屈彩鳳慢慢地閉上了雙眼，大漠中的冷風拂著她額前那如霜雪一般的白髮，衣袂和腰間的飄帶也在風中亂舞，她停立原地，雙刀守緊門戶，不停地變著方位，感受著天狼那隨時可能出現的突然一擊。

已過丑時，大漠中的氣溫漸漸地高了起來，不似深夜的時候那種氣溫降到零下，衣服上都要結冰的情況，屈彩鳳和天狼都是頂級高手，內力驚人，只是屈彩鳳一路之上被天狼點了穴道，無法運力，又不願意出聲求救。

這一路上，其實屈彩鳳也受了不少罪，寒冷入骨，就連她的眉毛、頭髮和衣服上都結了一層薄冰，在路上被天狼那樣攬在懷中時，她卻也感覺到了一種許久未有過的溫暖，那種男人寬闊溫暖的胸膛，讓她有著異樣的安全感，可以暫時放下一寨之主的所有責任與矜持，做回真正的女人。

這種感覺，多年前在徐林宗的懷裡時她曾有過，甚至那兩次被李滄行陰差陽錯的摟在懷中時也有過，這讓她對天狼愛恨交加，明明想要極力掙脫，身體卻又不覺自主地想要依偎過去，只希望能多溫存一段時間。

屈彩鳳這會兒運起了氣，周身的寒冷不適感覺一掃而空，火紅的真氣裡，摻雜著一股股白色的水氣，正是霜雪覆體後被火性天狼勁蒸發後的情況。

屈彩鳳感到自己的心有點亂，砰砰地跳，這種感覺非常奇特，只有在自己見到徐林宗時才會有，她突然反應過來，自己這樣心心念念地必欲置天狼於死地，**原來不是因為自己真的有多恨他，只怕是對他已經暗生情愫**，而自己在與他生死相搏的時候，芳心早亂，無法真的下死手全力發揮，就像自己在面對徐林宗時一樣，相愛相殺，但最後那一下，卻是無論如何也出不了手。

屈彩鳳的身子不自覺地開始發起抖，她不敢相信自己會移情別戀，李滄行有什麼好？粗野，濫情，更是不愛洗澡，身上總有一股濃烈的男子氣息，與徐林宗那種溫潤如玉般的公子，根本是兩個概念，可以說，除了沒有山寨那些土匪身上那種十步外都能聞得見的沖天酒氣外，李滄行就是一個標準的江湖漢子，自己做夢也不會喜歡上他。

屈彩鳳心裡大叫：不可能，我不會喜歡上李滄行的！但另一個聲音卻說道：**為什麼不會？為什麼不可能？他豪爽，英雄，俠義！這些難道不是江湖人士最值得稱道的嗎？**屈彩鳳，枉你身為巾幗英雄，女中男兒，卻連這點也看不清嗎？

屈彩鳳的呼吸變得急促起來，心裡如翻江倒海一般，騰起陣陣滔天巨浪，兩個聲音在腦子裡不停地作拉鋸戰，讓她頭痛欲裂，淚水卻沿著緊閉著的秀目不由自主地流了下來。

天狼的聲音在屈彩鳳的背後冷冷地響起：「你的心亂了，怎麼回事？」

屈彩鳳猛的一回身，只見天狼抱著雙臂，玉樹臨風般地站在自己的身後三尺之處，悄無聲息，但在這個距離，以他的功力，剛才如果起了殺心的話，這會兒自己已經是個死人了。

屈彩鳳長嘆一聲，雙刀棄之於地，無力地道：「我輸了，你殺了我吧。」

天狼目光炯炯有神，反問道：「我為什麼要殺你？」

屈彩鳳恨恨地說道：「落月峽一戰，你多少同門死於我手，你的師父澄光真人雖然是死在神教中人之手，卻也跟我脫不了干係，就是剛才，你不是說要跟我一決生死嗎？」

天狼嘆了口氣：「既然你都可以做到為了保護巫山派的老弱婦孺，暫時放下殺師之仇，與錦衣衛合作，我堂堂男兒難道還不如你嗎？師父之死，是魔教之人下的手，這筆帳不會算在你身上；至於你殺的正道同門，我也殺了你不少巫山派之人，也算是一筆勾銷，不然這樣糾纏下去，冤冤相報永遠無休無止，我們身為江湖兒女，就應該有拿得起放得下的覺悟。」

屈彩鳳側過臉，輕輕地拭去了眼淚，粉顏一寒：「李滄行，你有什麼打算直說吧，不過我醜話說在前面，太祖錦囊事關我巫山派上下幾萬人的生死，你無論用什麼手段，我拼著一死也不可能跟你說這件事。」

天狼搖搖頭：「你誤會了，這麼多年錦囊在你們巫山派手裡，並沒有造成寧王之叛那樣的天下大亂，這樣很好，比落在某個野心家手上要好得多，如果有必要的話，我會助你繼續保住此物，不會讓陸炳得到它。」

屈彩鳳聽了為之一愣：「你是陸炳的手下，為什麼要幫著我對付你的上司？」

天狼哈哈一笑：「你覺得我是衝著榮華富貴才進的錦衣衛？徹底地變成一條走狗，只會聽命行事嗎？實話告訴你，就是我師父，也不是這樣的人，他雖然是錦衣衛，身負臥底武當的使命，但把我像親生兒子那樣養大，教我做人的道理，如果他真的是心術不正之輩，我也不會是今天這個樣子。」

屈彩鳳認同道：「這個我倒是相信，澄光真人也是我一向很景仰的。」

天狼正色道：「我進錦衣衛，是為了完成師父保國安民的宏願，以前我是為了我師妹活著，後來知道了師父的事情之後，我決定要活得更有意義一些。屈彩鳳，你的眼中只有巫山派上下幾萬婦孺，可你為什麼不想想天下的億萬蒼生呢？

你不知道自己的行為會造出多少家破人亡的孤兒寡母嗎？」

屈彩鳳臉色微變：「你胡說什麼，我怎麼就造出孤兒寡母了？李滄行，我們巫山派雖然出身綠林，但也是盜亦有道，從不亂來的，你休得誣衊！」

天狼質問道：「我在錦衣衛尚能守住自己的原則，不會為虎作倀，而你自命綠林好漢，卻是勾結韃虜，引狼入室，這算什麼？你不知道蒙古的鐵騎一旦踏入關內，必將生靈塗炭，死於蒙古馬刀之下，淪為異族奴隸的，會有多少人？」

屈彩鳳的心猛的一沉，說話的氣勢也弱了幾分：「我這回沒有引蒙古人入關，我們只是護衛那個姓仇的總兵出來和蒙古人談判罷了，你不要亂扣帽子。」

天狼的聲音如金似鐵，鏗鏘有力：「你真的以為仇鸞只是和蒙古人談判的？他是邊將，**蒙古人是想要入關的狼，你見過有耗子和貓談事情的嗎？**實話告訴你，**他們要談的，不過是一樁骯髒的交易**，仇鸞重金賄賂蒙古人，換取他們不從宣府方向突破，而是改從被抽調了大半守軍的大同方向入關，目標直指京師。」

屈彩鳳對於軍國之事一竅不通，但也知道京師的重要性，秀眉微蹙，眼波流轉道：「京師是大明的首都吧，哪這麼容易給攻下來？再說，那個大同是在東邊幾百里，離著京師應該還有六七百里，就算突破了，也不至於亡國吧。」

天狼語氣嚴峻地道：「以蒙古騎兵這種來去如風的高度機動性，你看看我們兩個人騎一匹馬，這兩個時辰都能跑出去五六十里地，要是換成一人雙馬的蒙古精騎，六七百里也不過就是一兩天的功夫。我大明是以步兵為主，這點時間，各地的勤王部隊根本來不及救援，京師外面的三大營早已腐敗不堪，我親眼見過那些衛所兵的垃圾戰鬥力，面對剽悍凶殘的蒙古兵，根本不堪一擊，如果真的像仇鸞所說那樣，京師淪陷，社稷傾覆，絕非虛言。」

屈彩鳳倒吸一口冷氣：「真的有這麼嚴重？」

天狼點點頭：「我這次來宣府就是為了此事，前一陣子嚴嵩通過仇鸞的告密，陷害仇鸞的前任上司——三邊總督曾銑，進而將曾銑的盟友，前內閣首輔夏言夏閣老扳倒，這仇鸞得了嚴嵩的勢，占了這宣府總兵的位置，他禦敵無能，又怕自己這裡出事，就暗中賄賂俺答，企圖花錢買平安。屈姑娘，你們是綠林出身，如果有一家大戶人家主動花錢給你們進貢，你們會怎麼做？」

屈彩鳳一笑：「這種在我們的切口裡叫肥羊，是送上門來的貨，我師父在收服那些綠林山寨前，有不少山寨碰到這種主動送來的肥羊，不僅會把他們送上來的錢照單全收，而且還會年年加碼，若是有些手黑手狠的，更是會趁著年關除夕時突襲這種大戶人家，全家滅門。」

天狼譏刺道：「不是說盜亦有道嗎，怎麼又玩這種黑招？」

屈彩鳳搖搖頭：「上山落草的，都是手狠心黑的亡命之徒，固然有不少是被官逼民反，本性良善之人，但也有不少是真正邪惡歹毒、心如虎狼之輩，當年先師在收服各山寨時所剿滅的，多是這種真正的世間惡魔。

「李滄行，你是沒見過那些生吃人心，以人肉為糧，逼良為娼的傢伙，所以先師當年一怒之下，把那些喪盡天良的山寨盡數屠滅，一個不留，外界也因此謠傳先師手段毒辣，狠毒殘忍，只是其中的是非曲直，那些被先師救下的婦孺自知，而我巫山派現在的多數兄弟姐妹，也都是被先師救下的這些孤兒。」

天狼點點頭：「我相信你的話，我師父曾說過，令師雖然行事乖張，卻也很少殺好人，所以正道各派對令師有相當的尊敬，並不是像對付魔教那樣必欲除之而後快。」

屈彩鳳繼續說道：「還是回到剛才的那個問題，如果換了現在的巫山派，我會收下這錢，以後不去打劫這種富戶，但要是換了一般的綠林好漢，至少會把這種肥羊年年加價盤剝，因為他們主動送錢上山，就是示弱的表現，不搶他們搶誰?!」

天狼嘆道：「你說這**仇鸞的所作所為，又和這種主動送錢的大戶有何區別？**唯一的不同就是，蒙古人可是比任何綠林土匪更凶殘，更貪婪的強盜，你越是送錢，越是無法滿足他們的要求，只會激起他們更強烈的搶劫欲望。」

「這個道理你我都明白，仇鸞身為朝廷大將，他又怎麼可能不懂？他就不知道這樣做只會招來惡狼嗎？」屈彩鳳不禁問道。

天狼恨恨地說道：「這個混球只想著自己的防區不出事，俺答這些年來一直和關內的白蓮教勾結，早把邊關的情況摸了個一清二楚，我這次出關就是走的白蓮教秘密挖的地道，內賊難防，良將又被朝廷冤殺，換上了這個廢物。所以仇鸞知道若是蒙古大軍攻關，此處必破，以大明律，守將失地者必斬，為了保自己的命，兩害相衡取其輕，他寧可賄賂蒙古人，哪怕讓他們從別的地方突破，自己也可無罪，只是這樣一來，就會苦了大同到京師的萬千百姓。」

屈彩鳳有些聽明白了，秀目閃動道：「難道大同那裡就沒有守將嗎？我雖是女流，也知道宣府和大同都是邊關要地，只要死守不出，依託堅城，總是可以擋一擋的吧。」

天狼嘆了口氣：「仇鸞的最大罪行就在於此，為了保住自己這裡，他的交易中包括的條件是抽調大同總兵的部下來援，他是宣大總兵，有調兵之權，大同守將也只能從命，現在大同的守軍不到三千，是萬萬抵擋不住十萬蒙古大軍的。」

屈彩鳳默然無語，天狼上前一步，加重語氣道：「蒙古韃子殘忍凶暴，以前元朝統治的時候，把人分成四等，漢人是最低的一等，連自己的名字也不許有，就連我朝太祖當年也只能叫朱重八，你應該聽說過吧。」

屈彩鳳咬著唇，點點頭。

天狼繼續說道：「還有，蒙古人殺一個漢人，只要賠一頭驢，我們漢人要是傷了蒙古人，卻是要全家抵命，每村每戶都會有蒙古人的保長，哪一家嫁了新娘子，第一夜都不是跟自己的丈夫過，而是要把貞操給那個蒙古保長，這叫初夜權，屈姑娘，你可知道？」

這些屈彩鳳早就從評書列傳裡聽說過，這會兒聽得柳眉倒豎，杏眼圓睜，氣得拔出插在地上的雙刀，狠狠地在地上亂砍一通，直斫得沙塵橫飛，恨聲道：「只恨我沒有早生兩百年，殺盡這些魔鬼韃子！」

天狼道：「現在蒙古人雖然已經退到關外，但本性仍然和他們的祖先一樣，草原上無禮儀廉恥，崇尚武力，勝者為王，部落間的征戰都是以掠奪人口，搶佔草場為目的，就算他們攻不下北京城，也會把沿路攻破的城池，掠奪的村莊裡的百姓當成奴隸，一路驅趕回草原，到時候妻離子散，家破人亡，也不知會有多少子女失去父母，多少老人失去兒女，多少漢人淪為異族的奴隸。屈姑娘，這一切將要發生的慘劇，你都是始作俑者之一！」

屈彩鳳一聲尖叫，捂住了自己的耳朵：「不，這不關我的事，我什麼也不知道，我只是聽神尊、聽冷天雄的命令行事！而且這些是當朝閣老嚴嵩、邊關守將仇鸞做的事，他們這些將相不管，你卻讓我一個不懂軍國之事的弱女子來承擔，算是男人嗎？你真要殺，要報仇，應該去找仇鸞，找嚴嵩才是，為什麼要這樣說我?!」

「這些居於朝堂之上的衣冠禽獸，我自然會找機會讓他們付出代價，剛才我就恨不得殺了仇鸞，可是轉念一想，現在殺了仇鸞，邊關必亂，軍心動搖，只會被蒙古人破關，所以我留他一命，以後再取！」

天狼看了一眼屈彩鳳，繼續說道：「你剛才說得很清楚，天下人人皆知嚴嵩是個什麼貨色，你卻為了保自己的巫山派，不惜與他們同流合汙，也許你不知道仇鸞的計畫，但你又怎麼可能不知道嚴嵩的為人？屈姑娘，**你敢摸著自己的良心，說自己無愧於心嗎？**」

屈彩鳳反駁道：「我這也是迫不得已，再說了，跟我合作的是錦衣衛的陸炳，嚴嵩直接指使的是日月神教的人，我只是和他們聯手行動而已，李滄行，我的心裡還是有一桿秤的，不會做違反我原則的事，這幾年跟神教合作，我們也只是和伏魔盟正面對抗，並沒有幫嚴嵩什麼事，你想多了。」

天狼冷哼道：「**現在江湖的爭鬥，就是朝堂的爭鬥在武林中的延續**，那些反對嚴嵩的清流大臣們支持少林武當這些正派，嚴嵩則扶持魔教和你們對抗，我不知道你有沒有替嚴嵩做過別的什麼事，但以我在錦衣衛的經歷來看，現在的江湖爭鬥絕不只是門派間的仇殺，搜集對方官員的罪證，栽贓陷害，這已經是慣用的伎倆了，比如你們上次攻擊洞庭時，你以為你就是簡單的劫鏢？就是簡單的占了一個分舵？」

屈彩鳳顏色大變：「不就是搶了那個姓商的貪官嗎，再就是占了大江幫的總堂開了一個分舵，神教的兄弟們幫著我們助守一下，這又怎麼幫到嚴嵩了？」

天狼沒有想到屈彩鳳對朝堂之事真的是一無所知，點破道：「那個姓商的，原來是嚴嵩的死對頭，夏言夏閣老提攜的，算是清流大臣中的一員，所以嚴嵩要你打劫他，你上次清查了他當官幾年貪汙的錢，又把這些銀子全部劫獲，可謂人贓並獲，這難道不是幫了嚴嵩？」

屈彩鳳義憤填膺地道：「這明明就是個大貪官，才當幾年的巡撫，就貪了十幾萬兩銀子，李滄行，你說這還叫什麼清流？若是天下的官員都是這樣搜刮民脂民膏，那就應該發現一個查辦一個，絕不留情才是，我才不管是不是嚴嵩的對頭，或者是他的下屬呢。」

天狼搖頭道：「按理說是如此，可是你知道不知道，大明現在官員的俸祿還是一百多年前太祖皇帝時留下的呢，一百多年過去，官員的俸祿卻沒有增加，你想想這一百多年物價都漲了多少？開國時一個大餅一文錢，現在都要五文錢了，你要官員完全不貪不腐，那就得讓他一家老小全餓死才行。」

屈彩鳳沒有想過其中的理由，不可思議地道：「這麼說，這些官員貪汙腐敗還是有理的了？」

天狼理解地說：「寒窗十年，一朝中舉，出人頭地，本是光宗耀祖的事，當官後，要有自己的班子，要有自己的幕僚，就是個縣官，都得有自己的師爺、當差，還要養家眷，屈姑娘，你也是一寨之主，應該知道要養活一寨幾百上千口人需要多大的開支吧。你們巫山派沒了錢可以去搶，可以去找鏢局吃抽成，那當官的也能跟你一樣拿刀去搶劫嗎？」

天狼所說的，完全顛覆了屈彩鳳以前的認知，但她還是不信地搖頭道：「我不同意你說的話，**若不是這些貪官汙吏搜刮老百姓，天下又怎麼會有這麼多人流離失所，無家可歸？我們巫山派又怎麼會收留這麼多可憐的老弱婦孺？**」

天狼正色道：「這是因為立國一百多年以來，土地兼併不斷，豪強的田地越來越大，我朝祖制，皇田不交稅，士大夫之田不交稅，所以一百多年下來，天下的可耕之地越來越少，越來越多地集中到這些皇家宗室和士大夫家裡，而大量的百姓卻破產後被迫賣掉自己的田地，生生世世給大戶人家當佃戶，長工，加上像嚴嵩這樣的奸臣把持朝堂，買官賣官，那些嚴黨的奸賊得官之後，為了收回買官時的投資，就會變本加厲地搜刮百姓，這才會讓朝綱崩壞，天下百姓身在水深火熱之中。

「屈姑娘，像那個姓商的巡撫，當官十幾年，全部身家有個十幾萬兩，真的算不得大貪，在官員中算是有良心的，你可知像嚴嵩一黨的那些官員，每年都要撈個三四十萬兩白銀？到時候**你把商巡撫這樣的清流官員全給扳倒了，最後換上的全是嚴嵩一黨的巨貪，這些人只會刮地三尺，最後苦的還是地方的百姓**。湖南巡撫前年換成了嚴嵩的人，你覺得湖南的百姓過得比以前好了嗎？」

「聽我在湖廣的那些寨主們說，這兩年湖廣百姓流離失所，日子過得比以前苦多了，也正因此，我們在湖南一帶的勢力發展得很快，因為有大量的百姓加入，原來是這個原因。李滄行，是我錯了，我真的是為虎作倀。」屈彩鳳聽了懊惱不已。

「不知者不罪，嚴嵩用你們這些江湖門派，絕沒安什麼好心，而是想要抓對方的把柄，最後跟他作對的那一派清流大臣全被打壓下臺，換上他的人，你既然知道其中內情了，以後就不要再幫嚴嵩為禍天下了。」

屈彩鳳氣憤地道：「只恨那老賊守衛嚴密，我無法刺殺，不然，我真恨不得現在就飛到京師，取這老賊的項上人頭。」

天狼道：「你有這心就是好事，老賊難殺，而且他的黨羽遍佈天下，即使真的殺了老賊，嚴黨中的其他人也會占了他的位置繼續為惡，真的想要扳倒這個奸賊，只有搜集他的罪證，讓皇帝以為他有謀反之心，才會將他的黨羽連根拔起。屈寨主，此事我還需要你的幫忙。」

屈彩鳳一愣：「我能幫上什麼忙？這老賊，我既殺不了他，又抓不住他的罪證，能幫到你什麼？」

天狼正色道：「其實很簡單，只要你能想辦法斷絕和魔教的聯繫，與伏魔盟各派休戰，那就是對老賊的沉重打擊！魔教的勢力現在是在雲南和兩廣一帶，長江一帶的七省綠林完全是你們的勢力範圍，如果你們就此抽身，那嚴黨就奈何不了這七省的清流官員。」

屈彩鳳臉色一變：「不行，現在我們跟伏魔盟仇恨已深，哪這麼容易休戰，就算我可以放下恩怨，這麼多年來，我們這麼多兄弟姐妹死於伏魔盟之手，他們的親人朋友也不可能這麼輕易地放棄報仇的。何況，你又有什麼本事能讓伏魔盟同樣放下仇恨？我和徐林宗以前試過，最後還是以失敗告終了。對了，既然你說陸炳一直在正邪各派挑起紛爭，他又能同意你的做法嗎？」

天狼眼中寒芒一閃：「我是我，他是他，不是我加入了錦衣衛就得無條件地受陸炳的擺佈，屈姑娘，此事確實困難重重，但不能因為困難就不去做，伏魔盟那裡我會想辦法，只是我希望你能盡力脫離魔教，脫離嚴嵩，可以嗎？」

屈彩鳳秀眉一蹙：「李滄行，我是巫山派的掌門，首先要保護的，一定是全派十幾萬人的生命，**你要我單方面的停戰，要我現在就和神教斷了關係，那誰來保護我們？你能保證我們的安全嗎？**」

屈彩鳳覺得自己的語氣重了些，稍稍平復自己的情緒，緩緩說道：「我相信你是正義的俠士，但也不可能因為你的空口白話就按你說的辦，以前徐林宗也對我做過同樣的許諾，可現在他還可能做得到嗎？」

天狼沉吟道：「你和徐林宗約定停戰，應該是徐林宗重出江湖以後的事吧？此事正是我一直想知道的，**你們是怎麼碰上的？他這些年去了什麼地方？又是怎麼學了一身蓋世的武功？**」

「具體情況我也不太清楚，林宗在這方面守口如瓶，只說要先回師門稟報，在合適的時機再跟我說。你知道徐林宗說話做事極有分寸，即使在我面前，不該說的也是一個字都不會透露，所以我也沒有追問。」屈彩鳳亦是愛莫能助。

「可是你不覺得奇怪嗎？原來我以為在武當給紫光真人下毒的內奸是陸炳派的，但陸炳卻發誓與此事無關，因為陸炳希望保持江湖勢力的平衡，不讓一方過強，嚴嵩完全壓倒清流大臣，魔教獨霸江湖，也是他不想看到的，所以這件事上，我相信陸炳。」天狼說出心中疑惑。

屈彩鳳雙眼一亮，急道：「你的意思是，武當山暗害紫光道長，斷絕我們巫山派和武當派和解的，另有其人？」

天狼點點頭：「應該如此，你想想，如果你和武當停戰，進而和整個伏魔盟停戰了，誰的損失最大，誰最不希望看到這種情況？我認為是嚴嵩，絕不是陸炳。只是我沒有任何證據證實此事，只是心中猜測而已。」

屈彩鳳聽了心中一喜，上前抓住天狼的手，激動地說道：「李滄行，你的意思是我和林宗還有復合的可能？」

天狼不禁感嘆，屈彩鳳始終都想著徐林宗，即使嘴上再怎麼說恨他，一旦能有破鏡重圓的機會，哪怕只有一點點，還是不肯放棄，真是個癡情女子！因而說道：「屈姑娘，我知道你和徐林宗之間有許多誤會，最大的一點就是紫光真人的死，如果能真相大白，至少武當派和你們巫山派能化干戈為玉帛，如果武當派肯出面說明，伏魔盟其他各派也會給武當一個面子，和你們停戰的。」

屈彩鳳激動地點著頭，突然想到了什麼，全身如遭電擊，一下子鬆開了天狼的手，眼神又變得黯淡下來，幽幽地道：「我和林宗不可能了，他已經有了妻室，又怎麼可能再回來找我？」說著，眼眶中熱淚盈眶，竟然掩面而泣。

天狼想到徐林宗和自己心愛的小師妹已成伉儷，也是心痛得無以復加，但他看到屈彩鳳這個樣子，馬上提醒自己萬萬不可陷於兒女情長，便冷冷說道：「屈姑娘，別這樣，現在我們說的是大事，你和徐林宗不管以後會如何，就算做不成夫妻，至少也不要做仇人，對不對？」

屈彩鳳沒有理會天狼，自顧自地在地上蹲著哭了好一會兒，才慢慢地站起身，拭乾了眼角的淚水，平復情緒道：「剛才我一時失態，以後不會了，繼續說你的正事吧。你說得對，林宗上次對我是手下留了情，不然我早已死在他劍下了，而且當時他並不知道他的師父並非我所殺，所以我相信如果事情能真相大白，那他一定會和我停戰的。」

天狼點點頭：「所以我希望屈姑娘回去後，盡量約束屬下，不要主動與伏魔盟起衝突，魔教拉你們做的事，儘量推掉，漸漸地劃清界線。」

屈彩鳳眉頭一皺：「在我們最危難的時候，神教救我們於水火之中，如果我們主動放棄和他們的聯繫，疏遠和他們的同盟，那無異於背信棄義，在江湖道義上是行不通的。」

天狼道：「當年落月峽一役，本就是陸炳和嚴嵩聯手的詭計，你們被捲入，也是因為中了奸人的暗算罷了，本來你們完全可以置身事外，兩不相幫，我知道你們和峨嵋派起了衝突，很大程度上是因為你們想在蜀中一帶擴張勢力，遲早都會起衝突。可是你想過沒有，如果峨嵋派與魔教大戰，又怎麼可能有餘力在蜀中阻止你們呢？只要你們別做得過火，滅人滿門之類，正道各派是不會跟你們正面衝突的，你師父創立巫山派幾十年了，可曾和正道各派有大的恩怨嗎。」

屈彩鳳聽了，道：「確實是這個道理，可是畢竟事已至此，天下盡人皆知是神教援助了我們巫山派，於情於理，我們都需要報答他們。李滄行，**你還有別的什麼辦法，能讓我們既不失江湖道義，又能和他們漸漸脫離關係的？**」

天狼想了想，說道：「這次一戰，只怕你的手下會損失不少，這些人都是你的精銳部下，到時候你就說傷了元氣，需要重新培養和訓練新人，畢竟你們巫山派只有巫山一個總舵，下屬的各寨都是從屬關係，不是像魔教那樣可以直接控制的分堂，如果你這些山寨不願意出戰，那魔教也無法強求。」

屈彩鳳一聽，杏眼圓睜道：「李滄行，這次你故意挑事，引發我們的人和那些蒙古人互相仇殺，又帶著我跑到這裡，我的手下若是全給你害死了，我絕不會與你善罷甘休，就算前面的帳我可以跟你一筆勾銷，這一筆也絕對不會放過的！」

天狼道：「從我們突圍後，你的人應該就不會有什麼損失了，我在來之前作了安排，讓仇鸞的副將領兵出關，我這裡一旦得手，我的同伴就會發出信號，把大軍引來，那些蒙古兵數量並不多，也就是數千人，到時候要主動逃命的就是他們了，你的人也能得以保全。」

屈彩鳳心下稍安，她知道天狼智慧過人，向來算無遺策，所以點點頭道：「只靠你一個人，沒辦法調動千軍萬馬吧，這次應該是陸炳的安排，對不對？」

天狼一笑：「不錯，雖然我跟他在製造正邪對立，引起江湖仇殺這點上持不同看法，我更傾向於團結武林，共禦外侮，他卻堅持只有分裂混亂的江湖才不會對朝廷，對國家造成威脅，可是在對付蒙古人這點上，我們的態度卻是一致的。現在夏言已死，嚴嵩獨控朝堂，陸炳也不願意嚴黨勢力過大，危害國家。

「就像這個仇鸞，陸炳也在他身邊安排了人，查知他勾結蒙古，賄敵自保的事情後，便安排我搜集仇鸞的罪證，因為他也認為仇鸞這樣的人是不能放在邊關要地的，只是我們的行動還是慢了點，沒有料到事態已經如此嚴重，所以陸炳派我來攪黃仇鸞和蒙古大汗俺答汗的會面，阻止蒙古騎兵向東攻擊大同，威脅京師。」

屈彩鳳聽了說道：「如果是這樣的話，**看來你的計畫失敗了，俺答汗一直沒有出現，你們並沒有抓到仇鸞的現行罪證；這樣一來，你們便打擊不了嚴嵩，更要命的是，俺答汗沒出現，又會去哪裡？**」

天狼的表情變得異常嚴肅：「我擔心的正是此事，現在俺答只怕也是虛晃一槍，得知仇鸞已經把大同守軍調離後，就親率大軍直撲大同了。不瞞你說，本來我最希望的，就是能借這次機會刺殺俺答，逼蒙古退兵，現在這一點看來是做不到了，只能退而求其次，讓仇鸞和蒙古人廝殺起來，徹底翻臉。」

屈彩鳳眨了眨眼：「翻臉後又如何？仇鸞難道會良心發現，率軍星夜馳援大同嗎？」

天狼分析道：「不，他應該清楚蒙古大軍速度比自己快，他是追不上的，現在去大同只怕已經來不及了，但是仇鸞會害怕俺答把他的罪證公諸於世，讓皇帝知道他通敵叛國的事，所以為了殺人滅口，也會盡起宣府之軍，在俺答大軍的後面尾隨追擊，斷其糧道，使其無法放手突襲北京城，這樣就會給各路勤王之師彙集京城爭取到時間，運氣好的話，還可以關門打狗，把蒙古大軍盡數殲滅於北京城下。」

屈彩鳳疑惑地說：「李滄行，你剛才把仇鸞怎麼樣了？他可不會武功，若是在沙子裡給你悶死了，那豈不是前功盡棄？就算你留他一命，只點了穴道，可是他一個不會武功的傢伙在那種殺場，你能保證他活下來？」

天狼哈哈一笑：「我走的時候，給這廝留了出氣口，還解開了他的穴道，他是不會給悶死的。只是會不會在亂戰中給人砍死，我就不能保證了，身為堂堂的邊關大將，要是在這種地方戰死，那也趁早別去率領千軍萬馬了，其實在我內心裡，倒真希望這惡賊死了拉倒。」

屈彩鳳臉上露出難得的笑容，眼睛笑成兩彎月牙：「你既然這麼恨他，為什麼不乾脆一刀殺了他呢？要是換了我，才不管這麼多，直接白刀子進，紅刀子出，給這惡賊活下來的機會，還不知道要害多少人呢。」

天狼嘆了口氣：「我雖然有一萬個要殺他的理由，但現在不是時候，蒙古大軍壓境，邊關大將如果一死，一定會群龍無首，聽陸炳說，宣府的幾個副將平時也是暗中較勁，各不買帳，仇鸞身為嚴嵩死黨，那些副將不敢得罪他，所以才會聽命行事，比如這次馳援的大同總兵就是如此。但如果仇鸞死了，只靠某個副將下令，其他眾將一定不會聽命的，陸炳雖然貴為錦衣衛總指揮使，但無權調動軍隊，到時候各將率部自保，更談不上追擊俺答的大軍了，只會誤了國家大事。」

屈彩鳳恍然大悟道：「原來還這麼麻煩，那仇鸞這個賣國的奸賊就這麼放過了他嗎？我還是不服氣。」

天狼笑道：「將來總會跟他算總帳的，但現在首要的是國事，我們先把這筆帳給記下，等打退蒙古人後，我們錦衣衛再奏明皇上，把仇鸞勾結蒙古人的罪證奉上，到時候只怕就連嚴嵩也會和他劃清界線。屈姑娘，如果那時我們需要證人的話，可能還要你出面。」

屈彩鳳想了想道：「這件事我暫且不能答應你，因為指證仇鸞就是背叛嚴嵩，我得權衡利害後再作決定，畢竟你現在跟我許的都是空頭承諾，甚至你連讓伏魔盟就此停戰都做不到，更不用說影響朝堂了。」

屈彩鳳看了看天邊初升的太陽，說道：「好了，李滄行，你跟我說的話，我會好好考慮的，但是我不保證回去後就能停戰，你要知道，我也不可能一聲令下就捆住兄弟們的手腳，讓他們打不還手。只是我會下令讓巫山派儘量不主動攻擊伏魔盟，這是我唯一能做到的了，嚴嵩和神教那裡，我也會虛與委蛇，但要一下子斷了和嚴嵩以及和神教的聯繫，那我做不到，至少在能確保我們巫山派的絕對安全之前做不到。李滄行，對不起。」

天狼道：「我理解你的立場，屈姑娘，能做到這點，已經很不容易了，回去之後，我也會盡力在伏魔盟斡旋，爭取讓他們和你們休戰，等查明紫光真人之死的真相之後再作定奪。」

屈彩鳳突然問道：「江湖上知道你身分的，除了我以外，還有誰？」

「錦衣衛中，知道我身分的也只有陸炳一人而已，天狼刀法並沒有在江湖上流傳，當年能練成這功夫的，只有你師父，所以，我想在江湖上，沒有人會想到我就是李滄行，只會以為我天狼可能跟你巫山派有聯繫。」

屈彩鳳不禁問道：「你既然隱瞞自己的身分，又能以什麼理由去接近伏魔盟？李滄行，當年你是奉了紫光真人的密令，潛伏各派清查錦衣衛的臥底，現在你自己卻成了錦衣衛，又讓人如何信你？少林華山就不說了，就是你出身的武當，你又如何能讓徐⋯徐掌門還有你的⋯⋯沐蘭湘這些中堅弟子們信你？」

天狼的眼神變得黯淡起來，他自己也想過這問題，思前想後，以自己現在的身分，確實很難取信武當，甚至連沐蘭湘都不一定會念舊情，為自己證明當年是奉了紫光的命令到各派臥底的，也許在武當上下的眼裡，自己只不過是一個被逐出師門，後來又甘為朝廷鷹犬的棄徒罷了。

天狼無奈地道：「這件事上，我確實無法作出承諾，屈姑娘，我只能見機行事，盡力而為，先不提和你們巫山派全面停戰的事，只說調查紫光真人的死因，我相信那個在武當的內奸遲早會按捺不住，主動現身的，只要抓到他，一切自然可以真相大白。」

屈彩鳳點點頭，一抹晨曦映在她的絕世容顏上，飄飄的白髮，別有一番風情，彷彿是一個穿了紅衣的仙子。

第五章

三道秘旨

屈彩鳳道：「玄機就在這裡了，這種秘旨，
不可能只靠一個錦囊就可以作數的，
太祖當年留下了三道秘旨，藏於皇宮檔案館中，
就是三次允許起兵後的軍戶們能把在王位爭奪戰中
落敗的宗室和士大夫們的田產拿出來分配的聖旨。」

只聽屈彩鳳說道：「時間也不早了，我們回宣府吧，只是你我不宜一路同行，到時候我從秘道回去，你就委屈一下，騎馬回關吧，不然要是讓冷天雄看到我們在一起，只怕會有麻煩。」

「你這麼一說，我倒是想到一個問題，回去後，你如何解釋突圍後的事？」天狼忽然道。

屈彩鳳微微一愣，陷入思考道：「你有什麼好的說詞嗎，總不能說是仇鸞本人帶我突圍的吧。」

天狼眼珠子一轉，笑了起來：「其實也很容易，到時候就說救你的是陸炳，當時他戴了仇鸞的人皮面具而已，畢竟陸炳武功蓋世，親自出馬參與這次行動，不會有人覺得奇怪。」

屈彩鳳點點頭：「這件事很關鍵，我們得把說詞串好才行，否則讓冷天雄看出破綻，我就不好辦了。你確定陸炳不會親自帶兵去突擊那個談判營地嗎？如果冷天雄後來見過陸炳，那我們的謊言不是不攻自破？」

天狼搖搖頭：「按我們原來的計畫，我看到營地裡打起來，就發信號，讓已經在關外遊蕩的宣府騎兵過來接應，帶隊的不可能是陸炳，他那時候正帶著錦衣衛的主力追蹤白蓮教和英雄門一夥呢，不會出現在這裡。」

屈彩鳳秀眉一動：「白蓮教？這個組織我聽說過，這兩年在北方崛起，很神秘，手段聽說也挺毒的，他們怎麼會和蒙古人扯到一起？」

天狼一想到白蓮教那些殘忍行徑就怒髮衝冠，不覺地捏緊了拳頭，道：「這白蓮教乃是中原武林的敗類，漢奸，為了實現自己的皇帝夢，不惜勾結蒙古人，這些出關秘道就是他們挖的，本來我這次的主要目的是要調查白蓮教和仇鸞私下的聯繫，結果陰差陽錯，深入了白蓮教的一個秘密基地，探知他們與英雄門聯手，準備攻打鐵家莊的事，這才星夜馳援鐵家莊。」

屈彩鳳驚訝道：「鐵家莊可是山西一帶勢力極大的一個莊子，聲勢還超過這一帶的恆山，莊主鐵震天更是成名已久的老英雄，白蓮教居然敢直接攻擊鐵家莊？膽子也太大了吧。」

「他們就是想通過這種方式揚名立萬，順便震懾敢於和蒙古人對抗的江湖義士！要知道歷代外族入侵，即使朝廷的兵馬無法抵擋，民間的豪傑們也會組織義軍與之周旋，鐵家莊就有這個能力，更不用說鐵震天以前就幾次刺殺過蒙古大將，破壞過蒙古入侵的企圖，更是他們的眼中釘，肉中刺了。」天狼不恥地道。

「好了，屈姑娘，我看這樣吧，你回去後先打聽冷天雄他們是如何脫身的，這問問你的部眾們就行了，如果是陸炳到場，那你就說是被錦衣衛殺手天狼所救，反正現在我的身分成謎，冷天雄一時半會兒也查不出；但如果陸炳沒來，你就說是陸炳把你帶走，跟你商談接下來合作的事情，這點你放心，我回去後會跟陸炳把口徑對好的，即使在嚴嵩面前也不會穿幫。」

說到這裡，天狼想到了一件事，問道：「對了，屈姑娘，那冷天雄可知道你們巫山派擁有太祖錦囊的事嗎？」

屈彩鳳搖搖頭：「他從沒有提過，但我感覺得出他是知道的，應該是嚴嵩告訴過他。你那年跟著司馬鴻和峨嵋派的人一起突襲我們巫山派總壇的時候，可曾記得當時是冷天雄親自率領神教全部精英在助守？」

天狼想到那次給屈彩鳳捅了一刀的往事，左肩不自覺地感到一陣疼痛，本能地縮了縮。

屈彩鳳看到他這舉動，也不禁想起當時的情形，歉意地說：「對不起，那次我真的是一時激動才出手傷了你，事後也挺後悔的，你如果咽不下這口氣，也捅我一刀好了。」

天狼哈哈一笑：「男子漢大丈夫，我怎麼會跟你計較這點小事，過去的事就過去了，不用再提。你剛才說冷天雄帶了魔教的人在你們巫山派蹲守，難不成他們也是衝著太祖錦囊才來的？」

屈彩鳳懷疑道：「我當時就有這種感覺，一開始我也以為冷教主他們是出手相助，可是我發現自從他們來了以後，半夜裡總是有些身分不明的夜行人暗中查探我們巫山派的四周，還有一些神教弟子在巡邏時會借著出恭、方便等各種名目到處亂逛，我覺得不太對勁，若不是收到了消息，峨嵋和華山的人要聯手突襲我們總壇，而當時我們的力量根本無法抵擋，我是準備禮送冷天雄他們離開的。」

天狼大膽猜測道：「想必是嚴嵩跟他們透露過這太祖錦囊的事，讓魔教中人想辦法從你們那裡取得錦囊，看來魔教跟你們也談不上真心合作，純粹是借機搜索罷了。屈姑娘，**這太祖錦囊究竟有何魔力，能讓錦衣衛和嚴嵩這樣的人都趨之若鶩呢？**」

屈彩鳳臉色微變，話中帶了幾分警覺：「李滄行，我跟你說過，不要打聽錦囊的事，此事事關我巫山派幾萬人的生死，不要說是你，就是徐林宗，我也不可能對他透露半個字的，你如果不想和我翻臉，就別再問了。」

天狼意識到自己失言，趕忙鄭重地道歉：「在下一時失言，還請屈姑娘見諒。」

屈彩鳳的臉又變得如冰霜般冷豔，就像李滄行第一次見到她那樣，現出一股高傲不可接近的感覺，「哼」了一聲，轉身向那匹馬走去，突然想到了什麼，回頭道：「李滄行，這馬你騎，我走回去就是。」

李滄行意識到，她一定是不好意思和自己同乘一馬，回想到這一路上確實有些唐突佳人，雖然是情急所迫，但現在話已說開，想要再共騎一馬，確實讓人感覺難堪，於是笑了笑：「屈姑娘，這馬還是你騎吧，就當是我為了來時路上的舉動對你表示的歉意好了，再說了，我一個大男人總不可能看著你一個姑娘走路，自己卻心安理得的騎馬吧。」

屈彩鳳冷冷地道：「別爭了，我讓你騎馬不是因為別的，而是軍情如火，你說俺答汗很可能已經率領大軍撲向東邊的大同了，你現在不去趕快通風報信，卻是和我在這裡浪費了一個晚上，現在又婆婆媽媽的為了那點男人的面子而不騎馬，你覺得我就算回了宣府，能幫你向陸炳通風報信嗎？」

天狼想想也是，臉微微一紅，正色行了個禮：「姑娘所言極是，確實是我拘泥小節，不懂變通了，只是這一路離那談判的營地有六十多里，大漠之中又難辨方位，你真的沒有問題嗎？」

屈彩鳳從懷中摸出了一個小型的指南針，臉上閃過得意的神情：「進沙漠時，我已經做了準備，只要有這指南針，一路向南走，總能到邊關，你不用擔心我，快走吧。」

天狼略一思索，走到那匹馬的身邊，把馬鞍上掛著的一個大水囊解下，蒙古騎兵一向來去如風，日行千里也不是沒有過，大漠之中最缺的就是水，所以任何一匹蒙古馬都會帶著一個大水囊，像大汗衛隊、怯薛軍之類的精銳部隊，更是一人雙馬，副馬除了背乾糧給養以外，還要背上兩到三個這種大水囊，以維持蒙古騎兵的高機動性。

天狼的這匹馬只帶了一個水囊，他把水包解下，遞給屈彩鳳，道：「你要走出這荒漠，還有很長一段路，在沙漠裡沒水可不行，屈姑娘，你既然不肯和我同乘一馬，就把這個拿著吧，對你總有幫助的。」

屈彩鳳大方地接過水囊，說道：「那你可得抓緊時間，萬一你在沙漠裡迷了路，沒有了水，就算騎了馬也不行。」

天狼微微一笑，也從懷裡掏出一個指南針，說道：「我在進沙漠前也想到了這一點，而且一路行來，默默記下我一共經過了十七個沙棘，三個水泊，我自信除非起沙塵暴，不然我不會迷路的，好了，就此別過，有事的話，我會主動找你。」

屈彩鳳從懷中摸出一塊權杖，遞給天狼，道：「沒有大事不要找我，如果有緊急事情，可以找到我們巫山派的弟子，只要我在方圓三百里以內，就會過來與你相會。當然，如果我本人在巫山派，你可以直接來，以你的武功，夜裡來我的房間也不會讓人察覺吧。」

天狼接過權杖，向屈彩鳳揮手作別，一個空翻，輕巧地坐上了馬鞍，一拍馬臀，飛快地向著東邊奔去，很快就只剩下一個黑點絕塵而去。

屈彩鳳看著天狼一人一馬遠去，輕嘆了口氣，喃喃地自語道：「我究竟是怎麼了？為什麼會這樣相信他？」

言罷，搖搖頭，運起輕功，也向著天狼遠去的方向奔去。

天狼奔出去十餘里後，一切都和昨天來時的路一模一樣，他心裡默默地數著，正好是經過第三個大沙棘了。

天狼眼力過人，記性又極佳，這幾株沙棘的大小、高度全部爛熟於心，再向前走五里地，就會是一個水泊了，到時候自己正好可以歇息一下，洗把臉，再重新上路。

突然，一陣如驚雷般的風聲掠過，天狼突然覺得眼前一黑，天色像是暗了下來，抬頭看去，心中一驚，只見萬千隻沙漠中常見的禿鷹，還有專門吃死屍的烏鴉，正成群結隊，黑鴉鴉地一大片向著南邊飛過，遮天蔽日，日光也被擋得嚴嚴實實，偶爾從巨大鳥群的翅膀間透出的幾絲陽光，顯得那麼地微弱。

天狼從沒有見過這種奇景，再看向北邊的天空，滾滾的雲層已經壓得低低的，烏雲如同滾滾大浪朝向自己的方向移動，剛才寧靜的沙漠，不知什麼時候起了風，離自己三十里處的地方，隱約可見一道巨大的沙塵，如大海中的驚濤怒浪，迅速地向這裡捲來。

天狼心中暗叫一聲不好，**這一定就是邊關之人口中說的可怕的沙塵暴。**

這種沙塵暴往往能持續幾個時辰，甚至是一整天。由於廣闊大漠上無邊無際，也沒有樹林遮擋，因此只要形成氣流就可以捲起一路上的沙塵，形成排山倒海般的沙塵暴，甚至可以移動整個沙丘，把商隊或是大軍完全吞沒。

天狼突然想到屈彩鳳人還在後面，她一個弱女子，又無馬匹，怎麼可能擋得住這滔天沙暴？是自己把她帶到這個地方的，現在明知她有危險而不去救，又如何能說得過去？至於通風報信的事情，想必昨天晚上鳳舞應該也能及時地調來援軍，並不是非自己不可，眼下最重要的，還是回去救屈彩鳳。

天狼主意既定，轉身一撥馬，飛速地向著來處奔去。

跑出六七里時，遠遠地只看到大漠中一襲紅裝，正向著南方疾奔，在她身後七八里處，數丈高的滔天沙浪已經撲天蓋地的捲來，摧毀著一路上遇到的每一樣東西。

天狼快馬奔向屈彩鳳，遠遠地叫道：「屈姑娘，是你嗎？」

此時屈彩鳳急奔得頭都顧不得回了，只能從腦後的風聲大致判斷沙塵暴離自己還有多遠，聽到天狼的聲音後，看到那匹棗紅馬離自己越來越近，急喊道：「你做什麼？快回去！不要管我！」

天狼不再答話，雙腿一夾馬腹，馬鞭一揚，重重地在馬屁股上抽了一鞭，那馬負痛長嘶一聲，四蹄如飛，六七里的距離一蹴而就，很快就追上了屈彩鳳。

天狼也不下馬，直接伸出了手，這會兒屈彩鳳也顧不得什麼男女之別了，趕緊搭上天狼伸出的那隻手。

她自從看到沙暴以來，一路狂奔了七八里地，縱是她內力精純，輕功頂尖，也不可能跑過這隨著狂風而來的沙暴，加上心中緊張，這會兒已是香汗淋漓，上氣不接下氣，天狼在這關鍵時候前來救援，她嘴上雖然不說，心裡卻像吃了蜜糖一樣地甜蜜。

只覺天狼這隻胳膊孔武有力，天狼大喝一聲，右手內力一吐，屈彩鳳順勢一個步步登雲，身形沖天而起，在空中畫出一條優美的曲線，穩穩當當地落在馬鞍上，正好坐在天狼的身前，就像來時那樣，二人共乘一馬，飛速向南奔去，而身後那如驚浪駭浪般的沙浪，離他們已經不到五里。

屈彩鳳上得馬來，嬌喘吁吁，剛才一陣狂奔，她跑得太猛，用了平時十二成的功力，有些脫力了，更要命的是，剛才奔跑中開口說話，連運氣也微微有些走岔，若是天狼不來，只怕片刻不到就會葬身在這沙暴之中。

天狼感覺到屈彩鳳的情形有些不對勁，看了她一眼，只見她臉色慘白，呼吸不暢，明顯是內息混亂的前兆，訝異道：「屈姑娘，你怎麼會這樣？」

屈彩鳳痛苦地說道：「我強練天狼刀法，有走火入魔的現象，每次過度運功時，都可能氣亂經脈，剛才我跑得太急，一時運岔了氣，李滄行，你不要管我，把我丟下，自行逃命去吧！」

天狼沒有說話，回頭看了眼身後的沙塵，這匹馬雖是良駒，但畢竟不是千里汗血寶馬，只是普通蒙古騎兵的坐騎，加上負載了兩個人，昨天夜裡又奔了一整夜，水草未進，這會兒已經是氣喘吁吁，漸漸有些跑不動了，而那呼嘯著的沙塵，離自己已經不到兩里了，按這個速度，只怕跑不了多久就會被追上。

天狼咬了咬牙，抱住屈彩鳳，從馬鞍上凌空而起，一個大旋身迅速地落下，這會兒呼嘯的風聲已經讓他聽不清懷裡的屈彩鳳的話了，他大聲說道：「屈姑娘，能不能躲過這一劫，就看命了！」

說話的功夫，兩人落了地，天狼右手一揮，雙眼紅光一現，在地上生生炸出一個大沙坑，深達五尺，他和屈彩鳳落入沙坑之中。

以這沙塵暴的速度，足以把任何路上遇著的東西捲上半空，任你武功再高，沒有依託的話，也會被拋到半空再扔到地下，最後活活摔死，所以天狼在地上打出一個大坑，與屈彩鳳鑽入其中。

屈彩鳳這會兒已是臉色慘白，臉上汗出如漿，分明是走火入魔的症狀，她氣若游絲，吃力地說道：「李滄行，你，你這又是何苦？陪我死在這裡，有什麼意義？」

天狼沉聲道：「是我把你帶來這裡的，我不會眼睜睜地看著你死，你現在能龜息嗎？」

屈彩鳳虛弱地道：「不行，我好冷，現在什麼氣也運不了，李滄行，你還是……」

天狼緊緊抱住屈彩鳳的嬌軀，正色道：「屈姑娘，得罪了！」然後張開嘴，一下子對上了屈彩鳳那對嬌豔欲滴的紅脣。

屈彩鳳的臉漲得通紅，曾經熟悉的濃烈氣息再次襲來，她徒勞地想要推開抱著自己的這個男人，卻聽到一個聲音在自己的身體裡響起：

「屈姑娘，你內息已亂，無法龜息，這沙塵太過凶猛，你我這樣只會被埋進沙中，不龜息的話只會送命，在下迫不得已只能權宜行事，之後一定任由姑娘處置。」

還沒等屈彩鳳反應過來是怎麼回事，只感覺一道灼熱的內息從天狼的嘴裡運行至自己的經脈，天狼環抱著自己，右手按在自己背心的命門穴上，一股陰柔綿長的內力透出，一陰一陽，一熱一冷兩道真氣從督脈和任脈兩條經脈分別注入，彙集在小腹的氣海穴，變成一股溫暖的暖流漸漸地行遍自己全身。

屈彩鳳體內原本亂竄的真氣被這道暖流衝過，變得平靜下來，漸漸地，她感覺自己的四肢又開始有力氣，真氣在丹田中漸漸地生出，四肢那種冰冷僵硬的感覺慢慢地消失不見。

屈彩鳳的視線中，只見天狼緊閉著雙眼，表情沒有一絲淫邪，他的身子雖然緊緊地和自己貼合在一起，但沒有徐林宗抱著自己時的那種火熱難以自控的衝動，顯然，他沒有半分男女之間的想法，純粹只是為了救自己。

坑外風沙滿天，沙暴已經掠過兩人所在的這個坑，屈彩鳳甚至遠遠地看到那匹馬被颶風捲起，飛到半空中，四蹄無力地翻飛著，然後重重地砸在地上，緊接著再次捲起，繼續向前飛，轉眼間就無影無蹤。

屈彩鳳意識到天狼的右手緊緊地摟著自己，左手則插到沙子中，運起十足的內力，牢牢地扒著地底，靠著這個辦法，兩人才沒有被風沙吹走，像那匹可憐的棗紅馬一樣，變成風暴中一粒可憐的塵埃。

天狼的聲音又在屈彩鳳的體內響起：「屈姑娘，抱元守一，穩定心神，氣運全身。」

屈彩鳳心中大驚，**李滄行怎麼跑到她體內說話了？難不成他就是那個傳說中可以鑽進人肚子裡的孫猴子？**屈彩鳳越想越怕，甚至回想起那次在渝州城外的樹林裡被李滄行訊問的時候，他該不會也趁機鑽進自己的體內了吧，那自己的周身內臟都給他看了個通透，以後還怎麼有臉見人?!

屈彩鳳羞不可抑，「嚶嚀」一聲，想要推開壓在自己身上的李滄行，她本來已經平穩的真氣，因為心裡起了漣漪，又開始不受控制地亂竄了。

天狼知道屈彩鳳一定是因為不明白自己的聲音為何會在體內響起，胡思亂想，才會控制不住已經壓制住的真氣，於是沉聲道：「屈姑娘，你別誤會，我是靠胸膜的震盪，加上真氣入你體內，這才能讓你聽到我的聲音，並非別的，請不要驚慌，如果你不信的話，請照我的口訣一試便知。」

天狼便把腹語術的秘訣教給屈彩鳳，屈彩鳳天賦極高，人又冰雪聰明，天狼幾句口訣和運氣法門一說，馬上就掌握了要領，試著一震自己的胸膜，果然聽到自己的聲音在對方的體內響起，心中驚喜不已，連忙問道：「你這功夫是哪裡學來的？怎麼以前林宗也不會？」

天狼道：「這是我之前在峨嵋時，林掌門與我練功時教給我的，並不是武當的功夫，所以徐師弟也不知道。」

屈彩鳳不高興地說：「林瑤仙？你跟她又是什麼關係？也是像現在這樣嗎？哼，李滄行，你還真是出入花叢，獵豔峨嵋啊。」

天狼道：「屈姑娘，你覺得在下是個輕薄之徒嗎？當時是為了練幻影無形劍，必須要學冰心訣，時間倉促，只能在極寒冰潭下四掌相對，互相功行全身，那時候我冰心訣未成，性子靜不下來，林掌門這才教了我這個法子，練功之餘還可以說話，這樣也不至於沉悶乏味。」

屈彩鳳半晌沒有說話，這會兒風沙越來越大，兩人的身體已經被沙子埋了起來，屈彩鳳一震胸膜，說道：「李滄行，我已經可以自己控制內息了，謝謝你救了我，可是畢竟男女授受不親，現在可以從我身上移開了嗎？」

天狼一收功力，身子一個側滾，移到屈彩鳳的身邊，右手離開屈彩鳳的背後命門穴，改握住她的左手，密語道：

「屈姑娘，剛才實在是得罪了，出去之後，你想如何處罰我都可以，只是現在你的內息還沒有完全恢復，我還不能鬆開你，現在我們置身沙堆裡，流沙滾滾，萬一你被流沙捲走，我可就找不到你了，還請見諒。」

屈彩鳳的手心盡是汗水，她的內心深處其實很受用這種被人保護的感覺，一種異樣的情感漸漸地浮上心頭，道：

「李滄行，你我都是江湖兒女，不必拘於這種小節，你剛才是為了救我，我只會感激，而且你確實是正人君子，我又怎麼可能責怪你呢？只是我想問，你在峨嵋既然和林瑤仙有如此親密的關係，又為何會離開峨嵋？」

往事一幕幕地在眼前浮現，天狼緩緩說道：「我加入峨嵋是為了查探錦衣衛在峨嵋的內鬼，得蒙了因師太和林掌門不棄，授我冰心訣和紫青劍法，但我畢竟是武當弟子，而且當時我心中只有我的小師妹，所以在查出了內鬼是前峨嵋大師姐許冰舒之後，我就離開了峨嵋，前往下一站。」

屈彩鳳訝異地道：「許冰舒居然是錦衣衛的內鬼？這實在是太出人意料了，我還奇怪為什麼在小樹林時她還是好好的，兩天後卻傳出了死訊呢，想不到是因為這原因，難怪這些年峨嵋對此事一直隱而不提。」

天狼說道：「是的，陸炳那個打入各派的計畫，名叫青山綠水，二十年前就已經發動了，當年他挑選了許多小孩子送入正邪各派學藝，成為他監控各派的臥底，直到正邪大戰後，他才開始啟動這些棋子，讓其在各派內興風作浪，挑動正邪仇殺，以維持江湖勢力的平衡，這點你應該知道了。」

屈彩鳳嘆了口氣：「知道了又能如何？事已至此，已經不可能回頭了，不過聽你這麼一說，我還得回去好好清查內部。對了，李滄行，你為何要回來？你有更重要的事要辦，若是陪我死在這裡，豈不是前功盡棄？這與你一向的俠之大者，為國為民的理想不一樣吧。你當年連沐蘭湘都能扔下，今天卻為何要回頭？」

天狼道：「屈姑娘，不一樣，你一個人的命是命，天下蒼生的命也是命，本質上並沒有區別，而且，你是我帶到這裡的，讓你陷在沙塵暴裡，完全是我的原故，無論如何，我不能眼睜睜地丟下你，萬一你有個閃失，我即使活著，也會良心不安的。」

屈彩鳳幽幽地道：「李滄行，你真的很傻，其實你回來了，也未必能救得了我，兩個人一起死在這裡，還不如你一個人跑掉，更何況你身上還有重要的使命，為了我，棄萬千百姓於不顧，你實在是分不清楚輕重緩急。」

天狼慨然道：「不一樣的，即使我不回去，陸炳也會逼著仇鸞去追擊蒙古大軍，多我一個少我一個關係不大，但你的命如果因為我而失去，那我這輩子都不得心安，屈姑娘，即使真的和你埋骨黃沙，我也沒有遺憾，更不會後悔。」

屈彩鳳嘆息道：「李滄行，**到今天我才算認識了你，你是真正的大俠，英雄**，只可惜我以前一直都誤解了你，現在我內力不濟，就算風沙停下，只怕也無法走出這大漠了，而你內力精純，一定可以走出去的，**現在我要告訴你太祖錦囊的事，你一定要記牢了，萬萬不可告訴別人。**」

天狼心中一驚，幾乎要脫口而出，剛一張嘴，就是一堆沙子要灌進來，連忙閉緊了嘴巴，改用腹語說道：「屈姑娘，萬萬使不得，這太祖錦囊事關你們巫山派上下十幾萬條性命，萬萬不能洩露的。」

屈彩鳳沉聲道：「李滄行，我是經過深思熟慮的，絕非一時起意，我相信你是個真正的俠士，絕對不會為禍天下，現在的狀況是，你我兩人不一定都能生離此地，為了保證巫山派不至於在我死之後被嚴嵩和陸炳趁機消滅，我只有把這個秘密告訴你，如果萬一真的我死了，你一定要活著保住這個秘密。而且你要答應我，絕不可為一己私利而置巫山派上下於生命危險中，可否做到？」

天狼道：「這個責任太重，我不想負，但此事有可能扳倒嚴嵩，破獲他的整個陰謀，看在這份上，我且答應你，不過，如果你也能生離此地的話，那這太祖錦囊我絕不會動一根手指頭。」

屈彩鳳幽幽地說道：「李滄行，你聽好了，**那個太祖錦囊不是別的東西，而**

是一道秘詔，詔命還天下軍戶以自由，每戶按軍籍的不同，賜田十畝到一百頃不等，如果不想當軍戶的人可以領了這地，自謀生路。」

天狼驚得目瞪口呆，幾乎要鬆開屈彩鳳的手，感覺到屈彩鳳的氣息轉弱，連忙握緊她的手，密語道：「據說能奪取天下的太祖錦囊，怎麼會是一道詔書？」

屈彩鳳道：「一開始連我師父也沒弄明白，後來陸炳跟師父說，這事關我朝的根本，就是當年太祖建立大明時立下的軍戶制度。大明起兵之初，雄兵百萬，席捲天下，但是立國後，安置這百萬將士就成了頭疼的問題，而且歷朝歷代到了中後期，都是一兵難招，天下承平日久，再無可戰之兵。洪武太祖英明神武，想到了一個絕妙的**解決辦法，就是讓這百萬將士全部轉為軍籍，常在軍營，卻不必像一般的農戶一樣種田交租。**

「只是天下既安，大明立國之初又無外患，空養這百萬將士，實在是國家的沉重負擔，於是太祖改革軍制，拿出一部分的田地作為軍田，由衛所軍們平時承擔耕作任務，不用交稅，只需要養活自己，自食其力即可。當年太祖皇帝曾經得意地向群臣們說，朕不用國家一文錢卻可養雄兵百萬。

「在我大明建國之初，這個法子確實不錯，只是隨著時間的推移，這個制度也開始漸漸地崩壞，李滄行，你應該知道，這衛所軍戶乃是世襲，老子老了以後，兒子仍然是軍戶身分，世世代代都要從軍，而且國家承平日久，軍事訓練也開始廢弛，除了北邊的九邊地帶，大量的內地衛所兵形同虛設，開國時還是一年六個月訓練，六個月種田，到了現在，只怕一年連六天的訓練時間也沒有了，純粹就成了種田的老農民。

「普通的人家種自己的田，種了十斤稻穀，交出去三四斤的租稅後，自己還能留下一半自用，這樣日子雖然過得貧苦，好歹有個盼頭；但那些衛所兵，無論種了多少穀子，都會被一粒不剩地搜刮走，只留下僅夠糊口的微薄口糧，連種子都沒有。到了現在，當年的那些軍官們搖身一變，個個成了地主，而那些大頭丘八們，卻成了連奴隸都不如。」

這個軍戶制度，他也聽陸炳提起過，多少知道一些普通軍戶們的疾苦，但沒有這麼透澈，聽了屈彩鳳的話，這才恍然大悟道：

「原來如此，這樣看來，這道允許軍戶自由轉籍的命令，實在是不折不扣的仁政，只是**還有兩個問題，一來是這麼多兵士轉為農夫，那誰來入伍作戰？二來，要放這麼多人成為農戶，即使是最底層的士兵也能一家分到十畝地，這幾千萬畝的耕地又從哪裡來？**」

屈彩鳳微微一笑：「這就是太祖的英明之處了，當年他立的祖制，說是皇室宗親的皇田不用付稅，士大夫的田產不用付稅，所以這百餘年下來，天下一半的田地都歸到了皇室宗親和士大夫的手裡，無數的貧民百姓只能賣掉自己的田去租種這些田地，這些是你在沙漠裡和我說過的，你怎麼忘了？」

天狼心中一動：「所以太祖的意思，就是讓這些軍戶們去分皇室和士大夫的田地？這怎麼可能？那不是教唆天下的百姓來造他老朱家的反麼？」

屈彩鳳嘆道：「玄機就在這裡了，**這種秘旨，不可能只靠一個錦囊就可以作數的，太祖當年留下了三道秘旨，藏於南京的皇宮檔案館之中，就是三次允許起兵後的軍戶們，能把在王位爭奪戰中落敗的宗室和士大夫們的田產拿出來分配的聖旨。**

「大明立國至今，三道秘旨已經被用過兩次了，**一次是成祖朱棣起兵的靖難之役**，當時他是到南京城朝見建文帝的時候，**派當世第一高手，也是他的頭號謀臣，有『黑衣宰相』之稱的姚廣孝，根據手中的太祖錦囊潛入檔案館，取得了第一道秘旨**，也正是因為這個轉兵為農的號召力，成祖直接免除了當時還歸附於我朝的蒙古朵顏三衛的軍戶，放其自由，由此蒙古三衛感激成祖，為其效死力，靠著這些精銳剽悍的蒙古騎兵，成祖才一路高歌猛進，最後攻克南京，成就帝業。

「只是成祖取得天下後，卻不打算把剩下的那兩道秘旨保留，也不打算完全兌現取消所有軍戶軍籍身分的承諾，於是他在攻下南京之時，**第一件事就是去捉拿建文帝，第二件事就是派人去銷毀這道秘檔。**

「只是人算不如天算，建文帝後來也得知了秘旨之事，還從老宮人手裡得到了剩下的兩道密旨，當年成祖打的是清君側的旗號，而不是除昏君，所以不想親手殺了建文帝，只是想等他自己投降禪讓，或者是自盡，可是建文帝卻選擇了他做夢也沒有料到的方式，帶著那兩道秘旨，從小路逃了。

「成祖之後追悔莫及，多年來一直派錦衣衛四處追查建文帝的下落，甚至聽說他逃到海外，還派了心腹太監鄭和七下西洋去尋找建文帝，更是想追回那兩道秘旨，畢竟這兩道秘旨就是合法的政變詔書，成祖靠此得天下，卻不願意自己的後世子孫再被別人用此詔書奪取皇位。」

天狼慨嘆道：「想不到靖難之役居然還有這麼多曲折，後來成祖朱棣獸性大發，殘殺建文帝的一眾大臣們，更是滅了方孝孺的十族，想必也是追查太祖錦囊不可得的洩憤之舉吧。」

屈彩鳳道：「不錯，正是如此，朱棣為人殘忍暴虐，言而無信，當初他綁架了自己的兄長寧王朱權，又靠了太祖錦囊的秘旨，策反了朱權手下戰鬥力最強的蒙古朵顏三衛，奪得天下後，他權衡利害，給蒙古人重重的賞賜，解除了他們的軍戶身分，准其依託長城自由放牧，但不必像以前那樣世代從軍效力，對於關內的軍戶，則是沒有解除其軍戶身分，仍然是子孫世襲。

「結果這些蒙古人得了自由之後，便開始與北逃大漠的原北元舊勢力勾結，五十多年後，北元的殘部，蒙古瓦剌部太師也先，就以蒙古朵顏三衛為前部，攻克宣府大同，打到北京城下，若不是有兵部尚書于謙的力挽狂瀾，只怕大明在那時就已經亡了。」

天狼「哼」了聲：「蒙古人個個人面獸心，忘恩負義，朱棣引狼入室，自取其禍，只是苦了我大明的萬千百姓。對了，那太祖錦囊和兩道秘旨又如何了？」

屈彩鳳繼續說道：「太祖錦囊一直被朱棣的子孫們保管著，**只有錦囊和秘旨同時出示，才是有效的太祖秘旨，缺一不可**，所以建文帝失蹤多年後，那兩道秘旨也就一直沒有下落，直到武宗皇帝的時候，太祖錦囊和秘旨才再一次出現人間。

「寧王朱權當年被成祖朱棣綁架，被迫起兵之後，最後被調離了原來邊關的封地，封到了南昌，因為寧王英勇善戰，在邊關威望極高，所以成祖也對其多方忌憚，把他調到了沒有強兵的內地，料他也不可能掀起風浪。可惜他漏算了一件事，寧王雖然把仇恨隱藏了起來，但是他的子孫卻代代記下了這個深仇，也一直惦記著那個太祖錦囊。

「明武宗在位時荒淫享樂，不理朝政，大太監劉瑾一手遮天，把持朝政，殘害忠良，天下民不聊生，於是沉默了百餘年的寧王後裔覺得自己的機會來了，時任寧王的朱宸濠陰養死士，招納幕僚，企圖發動叛亂，當時他重金結交天下英雄，聽從謀士的建議，對正邪各派都廣施金錢援手，就連當年初創巫山派的家師，也得了他的不少好處，因此在他出兵時也助過他一臂之力。」

寧王謀反的事，天狼當年就聽說過，這回聽屈彩鳳主動提起，不禁說道：「陸炳之所以要分裂江湖，使正邪各派互相仇殺，說白了也是因為寧王謀反的原故，江湖的力量讓朝廷也望而生畏，只是此事跟太祖錦囊又有什麼關係呢？」

屈彩鳳一口氣說了太多話，體內的真氣又變得有些散亂，天狼感覺到她的手又變得冰涼，體內的真氣也再度不受控制，連忙運起真氣，內力行遍屈彩鳳周身兩個周天，折騰半天，才總算讓她又恢復了正常。

天狼擔心地道：「屈姑娘，你現在情況不穩定，還是別說了吧，等沙暴結束，我們出去後，你先調理好，有機會再跟我說這事。」

屈彩鳳抓緊了天狼寬厚的手掌，厲聲道：「不，我不知道我還能不能看到外面的太陽了，趁我現在還清醒，太祖錦囊的事我一定要跟你交代清楚才行，你聽好了。

「明武宗朱厚照是少年脾氣，喜歡到處遊玩，他的身邊也有兩個近臣，一個是內侍強尼，另一個是護衛江彬，兩人一直爭寵，後來強尼漸漸地失勢，每天惶恐不可終日，因為明武宗是說翻臉就翻臉，說殺人就殺人的，常憂自己小命不保。

「結果這時候寧王朱宸濠找上了強尼，朱宸濠家世代有反叛之心，只是手下沒有雄兵，又無起兵的大義名分，所以多年來只能隱忍不發，到了朱宸濠這一代時，碰上了朱厚照這樣的昏君，覺得機會來了，沒有軍隊，就在江湖武林門派中尋找支持，這是其一，結交近侍，掌握朝中的動向，這是其二，暗中尋找失蹤多年的太祖秘旨，進而偷取太祖錦囊，取得起兵的大義名分，這是其三。

「皇夫不負有心人，當年建文帝的後人不知道出於何種考慮，把第二道秘旨給了寧王朱宸濠，於是寧王加緊了叛亂的準備，重賄強尼，讓他偷出太祖錦囊，等這兩樣東西齊備後，他便在南昌起兵，準備先取南京，再詔告天下太祖錦囊之事，自然從者雲集，大業可定。

「只可惜寧王天運不濟，碰上了蓋世英才王守仁，在最危急的時候調動了南昌一帶的地方軍隊，又使用了各種兵法計謀，讓寧王沒有去進攻南京，而是回師與王守仁軍在江西決戰，最後寧王戰敗，被滿門抄斬，寧王一系，就此斷絕，太祖錦囊也物歸原主，回歸皇宮大內。

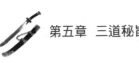

「當年我師父曾經協助過寧王起兵，事敗之後，懼怕官府以此為由追剿我巫山派，於是冒死獨闖皇宮，當時正好朱厚照離奇地駕崩，皇宮內暫時無主，守衛空虛，因此被我師父僥倖得到了太祖錦囊，後來我師父與朝廷當時的首輔楊廷和秘密談判，保留錦囊，但嚴格要求不得對外洩露此事，以換來朝廷不進剿我巫山派的條件。」

天狼奇道：「楊首輔怎麼會和令師做這種交易？」

屈彩鳳冷笑道：「因為朱厚照死時剛剛年過三十，沒有皇子，因此繼任的皇帝是從宗室中挑選的，當今的嘉靖皇帝，就是因為聰明過人，有賢名於外，才被幾個重臣合議後迎立為帝，可是楊廷和後來發現，這位小皇帝人極聰明，根本不受這幾個老臣的控制，一進京就跟他們大爭他生父生母的名分，其實爭名分是假，把幾個老臣趕出朝堂，脫離控制才是真。

「天狼，你不是在北京親手抓捕前內閣首輔夏言嗎？由此可知宮廷鬥爭是多麼的狠，多麼的絕了吧，楊廷和如果不給自己留點後路，以制約這皇帝，只怕下場會比棄市菜市口的夏言還要慘，所以他跟家師達成了這種秘密協定，一旦皇帝對他楊家下手，先師則要依諾，憑太祖錦囊起兵反抗。」

天狼萬萬沒想到其中還有如此玄機，驚道：「只是空有太祖錦囊，沒了那秘旨，又如何起兵？」

屈彩鳳搖搖頭：「當時楊廷和曾說過，只要我們打出太祖錦囊的名義，建文帝的後人一定會帶著第三道秘旨過來與我們會合，到時候我們只需要扶他登上王位即可。」

天狼不解：「為什麼還要等建文帝的後人登上皇位？沒有他，你們自己不可以起兵後自立為皇嗎？」

屈彩鳳嘆道：「如果你有機會看到那太祖錦囊就會知道了，洪武太祖可不會傻到讓異姓人奪了他朱家的江山。李滄行，你記好，**那太祖錦囊就在我巫山派總舵外面的那把大刀的刀柄裡。**」

天狼大驚：「怎麼會放在那裡啊？那不是很顯眼，任何人都可能把那大刀取走嗎？」

屈彩鳳笑道：「這就是家師的過人之處了，**最危險的地方也是最安全的。**所有人都以為我們會把太祖錦囊藏在什麼隱秘之處，我們就偏偏放在最顯眼的地方，這麼多年一直安全得很，沒有出過問題。」

天狼想起當年在巫山派外大戰的時候，冷天雄神兵突現，站在那大刀的刀柄上時，自己突然有一種異樣的感覺，總覺得像是有什麼東西被奪了去，後來恢復前世記憶時，**自己最後是死在那把大刀之下，不知道這藏身於刀柄中的太祖錦囊跟自己又有何淵源？**

天狼一時想得出神，屈彩鳳不知道他在思索什麼，心中驚道：該不會他是起了奪取太祖錦囊的歹念吧，氣由心生，心境一亂，真氣也開始紊亂，再度陷入半昏迷的狀態。

等天狼回過神來，才發現屈彩鳳情況不對，這會兒被層層沙子蓋住，無法轉動身子，情急之下，周身運氣天狼勁，大喝一聲，蓋在兩人身上重逾千斤的沙塵一下子爆裂開來，天狼也抱著屈彩鳳飛出了那個沙坑。

天狼本以為外面是風沙滿天，不曾想震開身上的沙土後，發現已經風平沙靜，只是星光滿天，竟然又已入夜，原來是兩人在沙坑裡談得忘了時間的流逝，不知不覺竟然整整一個白天過去了，那肆虐大漠的沙塵暴也不知何時平息了下來，大漠中又恢復了寧靜，彷彿什麼也沒有發生過。

遠處大約兩里外，那匹棗紅馬的屍體已經被埋了一半，但清風仍然吹拂著牠的鬃毛，以天狼的眼力，即使是在這星光滿天的大漠之夜裡，仍然能看得清清楚楚，他的心裡一陣難過，因為自己的決定，屈彩鳳得救了，這匹馬卻死了。

可是天狼現在來不及為棗紅馬哀悼，屈彩鳳剛才口鼻中又嗆進了不少沙子，這讓她陷入了昏迷，根本無法運氣，天狼扶著屈彩鳳的嬌軀坐下，自己坐在她的身後，雙掌疾出，抵著她背後的命門穴，左右兩掌的陽極陰極兩道內力，源源不斷地輸入屈彩鳳的體內，一邊壓制她體內亂竄的真氣，一邊啟動她體內本身的真氣，以喚醒已經陷入昏迷的屈彩鳳。

第六章

沙漠奇遇

天狼站起身，這三天他精力損耗過巨，
滅毒人基地徒手格殺三百多白蓮教眾，
接著又在鐵家莊連場惡戰，然後大戰蒙古營地，
又跟屈彩鳳在沙漠裡有一番奇遇，為了救屈彩鳳，
自身功力損耗極巨，剛才全是憑一股氣在支持。

如此這般，功行三個周天，屈彩鳳終於悠悠地醒了過來，櫻口微張，「哇」地一口吐出一嘴的沙子，剛才這些沙子卡住她的喉嚨，差點沒有把她悶死，直到吐出來，人才恢復了意識，感覺到自己體內又充滿了天狼那和煦溫暖的真氣。

天狼見屈彩鳳醒來，連忙把她半抱在懷中，一隻左手仍然源源不斷地用真氣輸入她體內，右手在懷中摸出一個青玉瓷瓶，倒出兩粒武當派的內傷聖藥：九花玉露丸，塞到了屈彩鳳的嘴裡，金丹玉口，自化瓊漿，屈彩鳳終於有了一些力氣，勉強坐了起來，氣息奄奄地說道：「李滄行，謝謝。」

天狼道：「屈姑娘，你本來已經控制住了，怎麼突然一下子又變成這樣？出什麼事了嗎？」

屈彩鳳粉臉微微一紅：「我看你知道了錦囊的下落後不說話，還以為你起了什麼別的心思，一時胡思亂想，所以……」

她雖然剛剛恢復意識，但看到天狼並沒有把自己丟下，而是全力救治自己，馬上意識到自己又錯怪了李滄行，心中頓生歉意。

天狼反應過來，哈哈一笑：「事到如今，屈姑娘還不曾完全信任我啊，不過這也難怪，誰讓我李滄行以前在江湖上名聲不太好呢！也罷，我再賭咒發誓你也不信，只有用事實證明我的誠意了。」

屈彩鳳擺了擺手，有氣無力地說道：「不，是我錯怪了你，你不要誤會，我身在巫山派，又被徐林宗背叛，即使是名義上和我結盟的日月教和錦衣衛，也都是各打算盤，存心不善，李滄行，我瞭解你不過一天的功夫，以前還有那麼深的成見，又怎麼可能一下子完全信任你呢？不過事實證明我想錯了，我真心的向你道歉。」

她一口氣說了許多話，又是一陣劇烈的咳嗽。

天狼輕撫她的背，幫屈彩鳳順了順氣，道：「好了，屈姑娘，你的擔心我能理解，畢竟是事關你們巫山派十幾萬條性命的事情，謹慎一點也是應該的。剛才我之所以會微微一愣，不是因為我起了歹念，而是我前世的記憶裡，我就是死在那柄大刀之下，所以你一提到太祖錦囊在那刀柄裡，我大吃一驚。」

屈彩鳳道：「你說的可是事實？怎麼我聽起來像是神話一樣？」

天狼道：「我沒必要騙你，那把大刀我當時看到就有異樣的感覺，總感覺內心極度厭惡此刀，可是卻又說不上原因，後來我誤打誤撞，恢復了前世的記憶後，才明白自己為何討厭此刀，屈姑娘，以前在下恨屋及烏，因為討厭這把刀，連你也一起恨上，還請見諒。」

屈彩鳳搖搖頭：「不妨事，反正我以前也不喜歡你，呵呵。」

屈彩鳳笑過之後，說道：「我本不相信什麼前世今生的說法，只想要好好珍惜這一世，可是聽你這樣一說，我又覺得自己以前想的是錯的，李滄行，你的前世為什麼最後會被我們巫山派的大刀砍死呢？難道上一世，你和我們巫山派是生死對頭嗎？」

天狼想到自己上一世作為耿紹南時的經歷，搖搖頭道：「說來話長，以後再慢慢跟屈姑娘說吧，現在我先幫你調理內息，恢復功力，然後再想辦法走出這大漠，這才是首要之事。」

屈彩鳳點點頭，不再說話，凝神屏氣，閉上雙眼，漸入物我兩忘的狀態。

這回二人相對而坐，掌心相對，天狼的內力從屈彩鳳左掌入，運行全身後從右掌而出，功行三個周天之後，屈彩鳳體內的所有經脈全部恢復，內力也源源不斷地在體內流轉。

屈彩鳳長出一口氣，長身而起，這回她恢復了全部的功力，身輕如燕，全身又充滿了力量，這一夜她從死到生，在鬼門關走了一個來回，經歷之坎坷，絕無僅有，高興之餘，也唏噓不已。

天狼也站起身，這三天他精力損耗過巨，滅毒人基地，徒手格殺三百多白蓮教眾，接著又是在鐵家莊連場惡戰，然後大戰蒙古營地，又跟屈彩鳳在沙漠裡有著一番奇遇，為了救治屈彩鳳，自身功力損耗極巨，剛才全是憑一股氣在支持。

這會兒看到屈彩鳳生龍活虎地重新站了起來，心中一塊巨石落了地，突然覺得胸口一陣劇痛，低頭一看，被沙子磨過的前胸已經敞在外面，前天那道被趙全所傷的創口又滲出黑色的血液，他暗叫一聲不好，兩眼一黑，幾乎要暈了過去。

屈彩鳳興奮之餘，一回頭，猛的發現天狼癱倒在地，馬上奔過去扶起天狼，著急道：「你怎麼了？」

天狼嘴唇變得深紫，已經說不出話，臉色發青，整個人都麻住了，顯然是中毒已深，屈彩鳳久歷江湖，一看就知道他**中了劇毒**，眼光頓時落在他裸露的前胸，只見濃密的胸毛中，**一條黑色的傷痕正向外流著黑血，腥臭難聞。**

屈彩鳳二話不說，出手如風，連點天狼胸口的十餘處要穴，阻止毒氣的進一步蔓延，同時迅速地搭上天狼右手的脈門，真氣入體，立時探出了天狼中的乃是蠍毒，蛇毒，蟾毒等多種劇毒混合，又似乎加入了腐屍的屍毒，毒性極烈，更是難以根除，即使前一次逼出毒後，殘存的毒毒仍會存留於五臟之內，等到真氣受損時就會再次發作，傷人於無形。

屈彩鳳行走江湖，巫山派又是以毒藥和暗器聞名於江湖，因此對於天下各門各派的毒藥極為精通，屈彩鳳本人也是用毒的行家，在多年的江湖征戰中，更中過無數次淬毒暗器，幾次都差點沒命，後來都是靠著精深的內力，超強的體質和上等的解毒藥而逃過一劫，因此若說對於天下毒物的瞭解，很難有人超過年紀還不到三十的屈彩鳳。

但即使是以屈彩鳳的見多識廣，碰到天狼現在所中的厲害劇毒，仍是為之色變。

她探手入懷，掏出了幾瓶用皮革裝著的小藥囊，這是為防打鬥時瓷瓶破裂而特製的皮瓶，倒出了青色、黃色、藍色不等的三色粉末，放在掌心，眼中碧芒一閃，素掌貼著天狼胸前的傷口催動內力，三色粉末立時被內力所催動，開始迅速地滲入天狼的體內。

天狼胸口傷處的黑血仍然是止不住的流，這回比上次更慘，由於運功過度，內力大損，他自身的功力已經無法壓制住體內的毒素，而且這次劇毒已經走遍他的全身，就這一會兒功夫，連他的手腳也變得發青，嘴脣已呈深紫色，七竅之中都隱隱有黑血滲出。

屈彩鳳沒有想到這毒竟然如此厲害，秀眉一皺，又從懷中掏出了兩包藥丸餵天狼服下，可是天狼看起來仍然沒有什麼起色，只是七竅中的黑血暫時止住，胸前傷口處流出的血液仍然沒有半點見紅的跡象，反而從剛才的黑血變得帶了些綠芒，昭示著此刻他體內的屍毒也開始發作。

屈彩鳳倒吸一口冷氣，暗道：好厲害的毒，實乃平生未見！

這會兒天狼雙目緊閉，人已經陷入半昏迷狀態，根本無法自行運功壓制毒素的發作。屈彩鳳咬了咬牙，從腰間掏出一把匕首，在自己的玉腕上割開了一道口子，內力一催，鮮紅的血液頓時汩汩地流了出來，她把天狼的身子扶坐起來，躺在自己的臂彎之中，右腕湊上了天狼的嘴，血液開始灌進天狼的嘴裡。

屈彩鳳從小接觸多種毒藥，在巫山練功時，也曾經多次被毒蟲蛇蠍所傷過，功成之後行走江湖，更是中過許多淬毒暗器，無數次從毒發身亡的邊緣挺了過來，血液中早就帶有各種各樣的毒素和解毒藥，自身也近百毒不侵之體，如果是常人接觸到了她的血液，沒準會中了劇毒，可是現在對於已經重度中毒的天狼來說，這血無異於救命的瓊漿玉液。

屈彩鳳感覺自己的內力隨著血液開始迅速地流入天狼的體內，已經失去意識的天狼張著嘴，就像嬰兒一樣貪婪地吸吮著，他的嘴唇從剛才的深黑深紫色變得漸漸地淡了，臉色也從那種可怕的青黑稍微有些血色，顯然是這血起了效果。

屈彩鳳終於可以仔細地端詳起懷裡的這個男人，高高的鼻梁，墨染般的濃眉，稜角分明的臉形，還有脣上和頷下那充滿了野性和男人味道的鬍碴，雖然和徐林宗是完全不同的兩種風格，可是這個男人絕對稱得上英俊帥氣。

屈彩鳳看著天狼的臉出了神，幾次與這個男人的恩怨情仇，讓自己和他有了親密的身體接觸，**不知不覺，她的心裡已經有了天狼的一席之地**，就像當年自己愛上徐林宗，也是因為被金不換追殺時，兩人一起墜入水裡，肌膚相親因而產生情愫。

她忽然醒悟，自己是自視極高，視天下男人於無物的女中豪傑，要想征服自己，除非跟自己有過這種親密的接觸，才能讓她產生愛意。

屈彩鳳看著天狼，幽幽地嘆了口氣，這個男人對自己小師妹的深情讓人感動，就像自己對徐林宗的感情一樣，甚至有過之而無不及，然而他和沐蘭湘，就跟自己和徐林宗一樣，再無可能，**他有可能喜歡上別人嗎？他知道自己已非完璧之身，還會愛上自己嗎？**

屈彩鳳的心情隨著心中所思所想上下起伏，臉色也是一變再變。

突然聽到昏迷中的天狼喃喃說道：「小師妹，不要走。」這句話對屈彩鳳無異於晴天霹靂，在這種無意識的情況下，一個人說的話才是最真實的想法，**原來李滄行到現在心裡還是只有沐蘭湘一個人！**

跟他有過肌膚之親的女人，並不是沒有，像林瑤仙或是自己，可是在這生死存亡之際，他口中喊的仍然是沐蘭湘。

這一剎那，屈彩鳳知道了天狼的心裡沒有別人的位置，此生只怕也不可能愛上他人，不知不覺開始淚流滿面，也不知道是憐惜自己，還是羨慕沐蘭湘，抑或是兩者兼有。

片刻之後，天狼突然「哼」了一聲，雙眼無力地睜開，只感覺嘴邊鹹鹹的，又有一陣淡淡的幽香鑽進自己的鼻子裡，轉眼一看，登時驚得幾乎要坐起，只見一隻蓮藕般粉嫩的玉臂正湊在自己的嘴邊，玉臂上一道深達半寸的傷口正源源不斷地流出鮮血，灌進自己的嘴裡，那種鹹腥的感覺正是來自於這些鮮血。

天狼耳邊傳來屈彩鳳有些沙啞的聲音：「李滄行，不要動，你體內的毒太厲害，我只能用這辦法給你解毒，你現在亂動，就是前功盡棄！」

天狼無法開口說話，渾身酸軟無力，只能勉強運起體內殘存的一點內力，振動胸膜，用腹語說道：「屈姑娘，這怎麼可以呢？在下何德何能，受姑娘如此大恩！」

屈彩鳳冷冷說道：「李滄行，你今天救我一命，我又怎麼能看到你就這麼死掉，我從小遍嘗毒物，已是百毒不侵之體，現在你喝了我的血，一會兒臉色好轉，可以自由地運功逼毒之後，我再把手拿開。」

天狼眨眨眼睛，表示自己明白了，閉上眼睛，慢慢地感受體內的內息變化，丹田開始漸漸地能騰起一點灼熱的氣息，氣息雖然微弱，但漸漸地走遍全身的經脈，因為劇毒發作而導致體內血塊的凝結，堵塞住了不少經絡，隨著這灼熱的天狼勁的遊走，開始慢慢地消融，融化掉的毒血塊化成青黑色的毒血，從天狼胸前的傷口源源流出。

隨著天狼體內的內力越來越強，傷口處流出的毒血顏色慢慢變淡，已經不似一開始時的那種帶著撲鼻惡臭，泛著碧光的深黑色了，天狼這會兒感覺丹田處燃燒了起來，自身的內力回復了六七成，他突然意識到自己的頭枕著軟綿綿富有彈性的東西，正是屈彩鳳高聳的胸部，連忙坐起了身，滿臉通紅。

屈彩鳳收回玉腕，連點手臂的幾個穴道，流血自止，她悄悄地拭去滿臉的淚痕，聲音也恢復了一貫的沉穩鎮定以及那種身為一派之主的大家風範，平靜地道：「李滄行，你趕快運功，我幫你護法。」

「有勞屈姑娘了。」說完後坐直了身體，抱元守一，功行全身，頭頂也開始「嘶嘶」地冒起白氣。

半個時辰後，天狼睜開雙眼，胸前已經結起一道鮮紅的血痂，拋開他超人的自癒能力不說，血痂本身的紅色就說明體內的毒血已經全部被逼出，這從他運功時內力可以順暢地流轉，全無阻滯，可以得到證明。

天狼一躍而起，活動了一下四肢，只覺使臂如意，周身上下已經沒有一點氣息不暢之處，看來毒素已經徹底排除，心中一喜，看向站立一邊，手持雙刀的屈彩鳳，行禮道：「多謝屈姑娘救命之恩。」

屈彩鳳臉色有些發白，勉強擠出一絲笑容：「不用謝，你之前也捨命救過我，就像你說的，我也不可能眼睜睜看你毒發身亡。對了，你怎麼會中這麼厲害的毒？以你的武功，又有誰能這樣傷到你？我看你中毒的部位是胸前的那道傷痕，毒血正是從這裡流出。」

天狼道：「那是被白蓮教主趙全的毒劍所傷才會如此。」

他接著把白蓮教霍山裡的那個毒人基地，和那天在鐵家莊裡大戰趙全時的情況大略地說了一遍，聽得屈彩鳳眉頭連蹙，咋舌不已。

屈彩鳳大嘆道：「想不到世間竟然有如此邪惡歹毒的門派，還有如此猛烈的毒藥，若不是我從小遍嘗毒物，煉成百毒不侵之身，只怕也要著了他們的道兒了。」

天狼點點頭：「不瞞屈姑娘，本來我還想混進那個毒人基地，然後裝著變成毒人到塞外，趁機刺殺蒙古大汗的，我以為憑我這身功夫可以防毒於無形，看來我還是太過於自大了。幸虧在那毒人基地時，我眼見活人給煉成毒人的慘狀後，憤怒得無以復加，出手將那裡的白蓮教徒盡數殺掉，也省了這泡藥缸之苦。」

屈彩鳳微微一笑：「這倒不會，如果是泡在毒藥水裡，以你的護體內力，那些毒是傷不了你的，即使有些毒氣會從口鼻中吸入，你高深的內功也足以把毒氣逼出。**你之所以會被趙全劍上的毒傷到，是因為毒劍劃破了你的皮膚，毒素直接進入血液，然後又進入你的臟腑，才會讓你中這猛毒。**」

天狼聽得連連點頭，突然想到了什麼，說道：「我記得我在鐵家莊時，運功逼出了毒，最後也看到從傷口流出的血液變成了紅色，因為心憂同伴為我捨身抵擋，趕忙又起身應戰，這次會不會也像上次那樣，看著血已經變紅色，可是毒素卻還殘留在體內呢？」

屈彩鳳略一思忖，搖了搖頭：「這種可能性不大，一來上次你並沒有完全驅毒，只是感覺內息又可以運行就起來繼續戰鬥了，事實上，**只有在體內內力運行的情況下結了痂，才是毒素除盡的標誌**，你這次並沒有像上次那樣勉強，而是運了三個周天的功，我覺得應該沒有後患了。

「第二，我的血液裡也有劇毒，如果你沒有中毒，那飲我血無異於服毒，但是這下子正好以毒攻毒，你的血液裡也有了我血液的一部分，以你的功力，三兩天內就能把我的毒素和抗毒素運遍全身，變成百毒不侵之身，那時候就算殘存的毒素再次發作也傷不到你了。

「第三，你中的這毒，從每種毒物上分開來看，並不難解，五步蛇、血蠍、碧睛蟾蜍，這些雖然是猛厲的毒物，但在我這裡並不是無藥可救，就算比較厲害的屍毒，也是可以透過高深的內力逼出，你回錦衣衛後，可以再找良醫，尤其是用毒的高手，查看體內是否還有殘餘毒素，最多吃兩帖瀉藥，洗洗腸胃，應該就沒事了。」

天狼聽了屈彩鳳的解說，這下放了心，笑道：「想不到這回我因禍得福，竟然成了百毒不侵之身，屈姑娘，飲了你的血液後真有這種神效嗎？我還是有些不太信。」

屈彩鳳道：「我也不敢打包票，但是徐林宗以前也中過毒，後來飲了我的血後，便成了百毒不侵之身，這是我親身經歷過的，你跟他既然都是武當的功夫，想必這種轉血為己用的功力還是有的吧。」

她說到這裡時，俏臉微微一紅，沒有再看天狼，而是不經意地看向了別處。

天狼心中微微一動，**今天屈彩鳳很難得地把自己和徐林宗相提並論，以前在她面前只要提到徐林宗，她都要翻臉殺人，可這一天來卻幾次主動提及，加上這兩天**

自己和她的親密接觸的程度，難道兩人之間擦出了什麼火花？

天狼搖搖頭，甩開這個奇怪的想法，自從他被沐蘭湘傷過之後，已經斷情絕愛，即使是鳳舞這樣對自己捨命相救，也只不過是偶有心動的感覺，眼下多事之秋，自己還是應將眼光放於拯救天下蒼生於水火的大事上，不宜兒女情長，與屈彩鳳產生感情更是萬萬不該。

屈彩鳳剛才的那個舉動，大概也是和他有同樣的體認，因而天狼忙道：「屈姑娘，眼看又快要天亮了，咱們在大漠中也耽擱了一天兩夜了，趁著太陽還沒有升起，這會兒不算太熱，我們先趕回關內吧，還是按我們昨天商定的辦法行事，若是冷天雄問起，你就說沙漠中遇到沙塵暴，為了躲避，耽誤了一些時間。」

「嗯，昨天你給我的水囊，我在逃命的時候扔掉了，這下沒水了，我們得抓緊時間，一路向南直接入關，如果向東走到原來的營地，再分頭走秘道，只怕是來不及了。」

「行，就這麼辦，我身上有錦衣衛的龍組腰牌，向邊軍出示即可，只是要委屈屈姑娘你了，到時候我先入關，再出來接應你。」

屈彩鳳立即身形一動，大紅的身影一下子飛到了十餘丈外，她的聲音遠遠地隨風傳來：「天狼，我們一較輕功，看誰先到邊關！」

天狼暗道：這些女俠們怎麼都喜歡跟人比輕功呀，他二話不說，黃色的沙行衣鼓滿了風，如同一隻蒼鷹在空中展翅高飛，緊跟著一騎絕塵的屈彩鳳向南奔去。

兩人的輕功都很出色，只用了三個時辰，就奔出了近百里，這一帶的長城由於直面大漠，向後彎了一些，天狼和屈彩鳳奔行百里之後，終於遠遠地看到四五里外一道巍峨的長牆，隔著里餘就有一個烽火台，正是宣府鎮附近的長城。

天狼讓屈彩鳳留在原地，自己奔到城牆下，立時就看到一支響箭破空而來，「噗」地一聲，射到自己身前六七步處，天狼明白這是邊關守軍的鳴響箭示警，對來路不明的人作出警告之用。

天狼攤開雙手，把懷中的錦衣衛權杖抓在右手，運起丹田之氣，朗聲道：「我乃錦衣衛正六品龍組成員天狼，有要事入關，爾等速速開關放行！」

城牆上傳來一個不大的聲音，道：「一個人走到牆下，把你的權杖抛上來，蒙古大軍壓境，兄弟們為防奸細，奉令如此應對，還請見諒。」

天狼點點頭，張開雙臂，右手拿著權杖，讓城牆上的兵士看清自己別無長物，慢慢一步步走向城牆，城牆的垛口後，他很清楚地看到有百餘名士兵已經彎弓搭箭，只要自己有任何異動，上百支利箭就會立即把自己射成刺蝟。

走到離牆角不到五十步的地方，天狼停下腳步，手運內力，雙眼紅光一現，以八步趕蟾的手法把那塊權杖激射而出，權杖如同迴旋鏢一般，「砰」地一聲，竟生生地嵌進了城垛的磚石之中。

城牆上的守軍哪見過這種神技，一個個驚得目瞪口呆，好一會兒，一個軍官模樣的人才命令兩個小兵放下弓箭，把這塊權杖拔了下來。

那名軍官仔細地看了權杖後，高聲道：「天狼大人，你能告訴末將，為何在這個時候出現在關外？你又是如何出關的？」

天狼沉聲道：「蒙古大軍壓境，我等錦衣衛被秘密派出關偵察蒙古大軍的動向，現在軍情緊急，若是再推三阻四，誤了我的大事，你這顆腦袋還想不想要了！」

那名軍官遲疑了一下，對左右說道：「快，放下繩索，讓大人入關。」

天狼擺擺手，高聲道：「先扔個水袋給我，我還有個同伴受了點傷，離這裡很近，我得先救人再入關，不用放繩索，我自己可以跳進關內。」

軍官連聲稱是，扔下兩個水囊，天狼接過水囊，轉身向著來路奔去，兩個起落間就不見了蹤影，城牆上的小兵們一個個看得咋舌不已，直呼神人。

天狼這兩夜一天也是水米未進，雖然他內功精純，練過辟穀之術，但兩天以來經過了連番惡戰，尤其是剛才毒發幾乎喪命，血也流了許多，只靠出關前吃的一點乾糧支撐到現在，剛才一路奔來，狂行百餘里，一停下來，便有些渴了，拿起水袋先喝了兩口，只覺入口甘甜，這輩子從來沒有喝過這麼好喝的水，一路走著，就把那袋水喝了個大半，最後乾脆把剩下的小半袋子水從頭上淋下，權當洗了個澡，通體說不出的清涼爽快。

屈彩鳳的紅色倩影被太陽照出一個長長的影子，映在這沙漠之中，她雖然站在五六里外，但以她的目力，在這無邊無際的沙漠中，早就看得清清楚楚。

天狼走到近前，把水囊拋了過去，屈彩鳳不禁說道：「李滄行，你在江湖上行走這麼多年了，怎麼還是這麼不小心，拿到手就喝，萬一人家在水裡下毒怎麼辦？」

她一邊說，一邊從懷中掏出了一個小布包，從裡面取出一枚銀針，插進水囊中，過了片刻後取出，眼看銀針沒有變色，才放心地喝起水來。

屈彩鳳也是兩天沒喝水，失血又極多，驗明水沒有問題後，一陣子牛飲鯨吞，很快也是半囊水進了肚子。

天狼笑道：「幾個邊軍小兵怎麼可能害到我，再說，他們都是大明的官軍，又驗明了我的身分，自然沒有害我的必要，我行走江湖到客棧或者酒店的時候，自然是要驗明飲食是否有問題。屈姑娘，看不出你大大咧咧，卻是如此謹慎。」

屈彩鳳喝了半囊水後，也學著天狼一樣，把剩下的水兜頭淋下，如霜雪般的白髮這下沾了水，更是像瀑布一樣飛瀉而下，一串串的水珠子凝在她的髮上，如同一顆顆珍珠，在陽光下閃著眩目的光芒，水淋在身上，使衣衫緊貼在身上，更是曲線畢露，讓天狼看得也有些呆了。

屈彩鳳感覺爽快到了極點，長出一口氣，晃了晃頭，將髮上的水珠抖了出去，看到傻盯著自己的天狼，笑道：「怎麼了，你可以這樣半囊水澆下，我為什麼不行？」

天狼咽了口口水，大著舌頭道：「你現在這樣子，不知道會迷死多少男人，就這麼入關，不太合適吧。」

屈彩鳳微微一笑：「反正你李滄行是不為美色所動的，所以我只把你當兄弟，既然是兄弟，這樣做當然沒什麼關係；至於入關，我當然不能就這麼進去，你不是會變臉嗎？能不能幫我也變一變？」

天狼聽了，道：「屈姑娘，那個不叫變臉，而是叫易容術，是用豬皮製成的面具，套在臉上，就能變成別人的模樣了，只是那人皮面具需要跟自己的臉形符合，你看我的臉和你的臉大小明顯不一，我這幾張面具是戴不到你的臉上的。」他探手入懷，拿出兩張面具遞給屈彩鳳。

屈彩鳳一看那面具，薄如蟬翼，在內側裡還墊了一些黃泥之類的東西，奇道：「你這面具裡面為啥還要放泥巴？」

天狼笑道：「有人的臉顴骨高，有人的臉比較平，需要根據不同人的臉，結合自己的臉部曲線，在面具裡面加以修正，仇鸞的鼻子很平，顴骨卻略高，就得在豬皮面具上把鼻子給做矮，然後在其他部位墊高一些，這樣我這個高鼻梁戴上去才會顯得鼻子扁平，反之顴骨那一塊就得墊高。」

屈彩鳳嘆為觀止道：「真是巧奪天工，想不到你這麼個粗手大腳的男人，還會這麼細的活兒，真是難為你了。那你看現在怎麼辦？」

天狼從懷中摸出一把小刀，笑道：「好在我的臉比較大，屈姑娘的臉卻小了一號，把這幾張面具裁剪一下便可以戴上。倒是你這一頭白髮無法遮掩，這可怎生是好？」

屈彩鳳略一思索，從懷中掏出一個小包裹，從裡面拿出一塊黑墨，道：「這是上好的徽墨，塗抹在髮上，應該可以讓我的白髮如墨染過，至少瞞過那些守軍和城中的百姓不是難事。」

天狼讚道：「好辦法！只是這方法能維持多久呢？」

屈彩鳳道：「以墨染髮，沐浴之後就會洗掉，恢復成白髮了。」

天狼嘆道：「你以前那一頭秀髮真漂亮，現在這白髮雖然別有風韻，但畢竟跟黑髮不能比，**我料這白髮可能跟你體內的真氣走火入魔有關，如果能控制好體內的真氣，這頭白髮也許又可以變黑了。**」

屈彩鳳美目一亮，急道：「當真？」

天狼道：「記得我前世練天狼刀法的時候，極其痛苦，也是內力逆行，所以深知這走火入魔的滋味，你是女子，陰氣為輕，毒火上升，加上你血液中有劇毒，所以才會讓秀髮變白。天狼刀法在未成功前，真氣會在體內亂竄，你們女子下陰穴可以出氣，我們男子卻不可以，所以那裡疼痛欲裂，若不是誤打誤撞地後來練成了刀法，只怕會下體爆裂而亡。」

屈彩鳳俏臉通紅，啐了一口：「李滄行，你我畢竟男女有別，你跟我說這個，不臉紅麼？」

天狼正色道：「屈姑娘，在下絕無淫邪之心，只是想跟你說，這天狼真氣極難控制，會在體內不受控制地亂衝，尋找一切可以出氣的孔穴衝出，對男人來說，修煉不當，有斷子絕孫之厄，對女子而言，便是青絲變成白髮，我想只要你能把天狼刀法走火入魔的事情給解決好，應該就能恢復秀髮了。」

屈彩鳳又驚又喜，連忙說道：「李滄行，你練成了天狼刀法，現在完全沒有走火入魔之事，是怎麼做到的？方便告訴我嗎？」

天狼點點頭：「上一世我練習天狼刀法，純粹是個意外，是我的一個手下抓了一個會背誦天狼刀法的女子，以她心愛之人的性命相要脅，逼她默寫這個天狼刀法，然後再給我練習。可是那女子在寫內功心法時，故意顛倒了順序，讓第九層破氣和第一層的破掌互換，本想令我走火入魔，但我逆練神功，卻誤打誤撞地練成了。」

「不錯，破掌和破氣形似而神非，若是換個次序，即使是內家高手也很難分得清，難怪我的破氣一層總是練不上去，**看來是練錯順序了**。只是我從小練習天狼刀法，破掌更是已經練成二十多年了，現在想要從頭學這功夫已不可能，看來你的辦法雖好，卻不適合我。」屈彩鳳嘆道。

天狼安慰道：「世事無絕對，也許以後還會有別的辦法呢，現在時間緊急，無暇分身，不過我答應屈姑娘，以後我有空，會去巫山派找你，有關天狼刀法的事，我一定會盡力幫你的，至少會幫你壓制體內紊亂的真氣。我相信只要你體內的真氣不再走火入魔的話，想要白髮變回青絲至少容易許多。」

屈彩鳳點點頭，盤膝坐下：「好了，你先幫我做面具吧。」

天狼把一張人皮面具套到屈彩鳳的臉上，根據比例，把面具取下，又進行了一番裁剪，然後捏起一些沙子，用水囊裡剩下的一點水和了，以內力一捏，形成泥團，墊在面具內部，再套上屈彩鳳的臉稍加修改，天狼又奔回城牆，向守城的軍士們要了一身皮甲軍裝，屈彩鳳換上皮甲後，立馬變成守邊的士兵。

天狼還是原本的打扮，只是臉上套上一個中年紅臉漢子的面具，走到城牆，直接施展輕功翻上了城頭。

那個三十多歲，留了兩抹八字鬍，一臉精幹的軍官湊了上來：「末將宣府鎮李家堡一段長城守將，百戶馮之倫，參見千戶大人。」

天狼的這個龍組指揮是千戶級別，算是中級軍官，要比這個百戶的級別高一些，加上錦衣衛地位特殊，即使是平級的軍官也談之色變，這馮之倫剛才親眼見到天狼的蓋世神功，更加敬畏地報上自己的名號道。

天狼對屈彩鳳裝模作樣地說道：「你先回去通報指揮大人，把我們查到的事情向他稟報，請他早作決斷，我還要在這裡視察一下防線。」

屈彩鳳以男聲回道：「是，千戶，小人這就去。」臨別時眼中神光一閃，與天狼就此別過。

天狼見屈彩鳳離去，收拾起心神，轉頭對馮之倫道：「馮百戶，最近俺答大軍的動向可否查明？」

馮之倫興奮地道：「前天夜裡，仇總兵親率騎兵夜襲韃虜的營地，大破韃虜，斬首高達一千一百四十二顆，這可是我們宣大一線多年未有的大勝啊，那俺答汗經此大敗，聽說已經遠遁入沙漠，不知所蹤。」

天狼心下稍寬，想必是宣大副總兵帶領的援兵到了，將那些蒙古騎兵一陣截殺，只是以蒙古軍的剽悍迅捷，即使被突襲，也不可能損失超過千人的，多半是那些明軍把戰死的魔教和巫山派人眾的腦袋也砍下來算成是殺敵的數目，這種殺良冒功的事，天狼早有所聞。

但無論如何，那天騎兵出擊，還是把營地中的蒙古人給驅逐了，這馮之倫說是仇鸞率軍打敗蒙古人的，看來這個混蛋又活了下來，便沉聲問道：

「現在仇總兵何在？還有，我們錦衣衛的總指揮，左都督陸炳陸大人應該也到了宣府一帶，你可知道他現在人在何處？」

馮之倫臉上掛著諂笑道：「陸大人來宣府的事，末將還真是沒有聽說，大人也知道，這錦衣衛辦事向來是秘密行動的，我們這些普通的軍漢哪敢主動打聽錦衣衛大人的事情呢。」

天狼明白，錦衣衛向來是查獲謀逆大案，無論是朝廷重臣還是邊關守軍，皆視之如瘟神，避之唯恐不及，上次陸炳突然來到宣府，仇鸞想必也不敢把陸炳到來的事四處宣揚，馮之倫這種小軍官對此不知情實是再正常不過的了，於是點點頭道：「那仇總兵現在何處，你總該知道吧。」

馮之倫忙不迭地說：「知道，當然知道，那天仇總兵率五千騎兵大破韃虜之後，率軍得勝而歸，然後通告全軍，說是蒙古大汗受傷遠遁，部下潰不成軍，正是宜將剩勇追窮寇的時候，所以回城之後又點了兩萬騎兵出關追擊去了。仇總兵在臨走前，通告各處守軍，要我等嚴防韃子趁機偷襲，枕戈待旦，所有官兵全部上城防守，而且要隨時聽令徵調，作為援軍去接應仇總兵的騎兵。」

天狼反應過來，仇鸞肯定是知道了俺答已經率領十萬鐵騎直撲大同而去，由於心中有鬼，所以回城後點起兩萬騎兵尾隨俺答。野戰他是不敢的，但跟著騷擾俺答的糧道，劫殺一些落單的掉隊蒙古兵，再擺出一副忠心勤王的樣子，沒準還真能把這次的事情給蒙混過關。

天狼心中暗罵這仇鸞實在是滑頭，打仗沒本事，心思全用在這歪門邪道上，不過給他這樣一忽悠，宣府一帶的將士們看起來士氣不錯，俺答的主力已經遠去，看來這一帶是安全了，只是不知道大同那裡現在會是如何一個慘狀？現在最重要的事，還是跟陸炳接上頭，火速趕回京城一帶，協助京師三大營，準備再打一次北京保衛戰了。

天狼主意既定，問道：「仇總兵是何時出的關？從哪裡出的？」

馮之倫回道：「大人是昨天一早出的關，兩萬精兵直接從各地來援宣府的騎兵中抽調的，在宣化鎮方向打開了宣府的關門，直接向著大漠而去。」

天狼吩咐：「你等要好生防守此地，本將現在要去別處巡視，你們警惕性不錯，見到上官後，本將會特別言明的。」說完，身形一動，如閃電般地飛下城頭，向宣府鎮的方向奔去。

馮之倫帶著手下的士兵們站在城頭上，向天狼遠遠地抱拳行禮：「恭送千戶大人，祝大人馬到功成！」

天狼下得城牆，這一段的道路，他在一個月前多次查探，早已爛熟於心，稍稍辨認了一下道路後，只用了不到一個時辰，就進到了宣府鎮。

全鎮上下張燈結綵，一片喜氣洋洋的景象，酒樓和茶館裡擠滿了人，食客們個個喝得滿臉通紅，幾個軍士打扮的人被人群圍在中間，口沫橫飛地說著自己是多麼的神勇蓋世，跟著仇總兵如何大殺四方，大吹特吹，旁邊的幾個小兵點頭如搗蒜，引得周圍的酒客們頻頻大讚。

天狼搖了搖頭，在這宣化鎮上，鎮戶多是邊軍的家屬，口耳相傳，勝仗敗仗是瞞不了人的，好不容易贏了一回，即使明知是在吹牛，也寧願相信這些是真的。

天狼心中感慨，奸臣當道，武備弛壞，苦的還是這些邊關的百姓啊，每次蒙古軍打破宣府的時候，這宣化鎮都要被清洗一次，也不知有多少生靈塗炭，現在這宣府的百姓是安全了，大家可以殺豬宰羊，把酒言歡，只是不知道此時的大同那裡，又會是如何的慘狀。

天狼又想到，這宣化鎮上下全是興奮的本鎮軍戶和士兵，卻沒有看到一個江湖人士，仇鸞既然都能保了性命，那冷天雄就不會有事，如果那一千多個斬首裡真的有冷天雄和屈彩鳳的手下，他又怎麼可能同意呢？

天狼心中升起一個大大的問號，大同那裡，蒙古大軍的破關而入看來是不可避免了，**那晚自己走後戰況如何，是他眼前最關心的事**，若是能殺掉英雄門三個武功高強的門主，那更是意外之喜。

懷著這個心思，他走到鎮上最氣派的總兵府門外。

總兵府座落在宣化鎮的中心，這裡並沒有鎮上其他地方那種狂歡的氣氛，兩隊全副武裝的鐵甲衛士分列而立，挎刀執槍，一片肅殺之氣。朱漆大門上遍佈銅釘，上面是一塊燙金藍底的匾額，龍飛鳳舞地寫著「宣府總兵府」五個大字。

天狼走近總兵府，離大門還有十幾步，就被一個軍官模樣的人攔下，那軍官的手按在刀柄上，喝道：「來者何人，軍機重地，擅闖者格殺勿論！」

天狼從懷中掏出權杖，遞給那名軍官，說道：「錦衣衛千戶，龍組成員，代號天狼，有要事求見總指揮陸炳大人。」

那名軍官接過權杖，上下打量了天狼幾眼，把權杖交還給他，絲毫不讓地道：「這裡是宣府鎮總兵府，不是錦衣衛總部，你要找陸大人，得去京師的北鎮撫司才是。」

天狼眉毛一揚：「你這人，我若不是知道陸大人在此處，會跑來這裡找他嗎？三天前他就帶著大批錦衣衛進駐這裡了，你敢說不知道？實話告訴你，我來這裡是有軍機要事的，耽誤了軍務，你吃罪得起嗎？」

那名軍官亦是臉色一沉：「千戶，你雖然是錦衣衛，但無聖旨，也無權過問我們宣府將士的事，更不能隨便出入軍府，這裡沒有什麼錦衣衛總指揮使陸大人，如果你要找他，請上別處去，若是再繼續糾纏，休怪兄弟們不客氣了。」

話音剛落，二十多名剽悍的軍士立即圍了上來，一陣「嗆啷啷」的聲音，雪亮的鋼刀半出鞘，做好隨時把天狼拿下的準備。

天狼眼中寒芒一閃，手握緊成拳，眼睛也漸漸地變紅，既然文的不成，只好用武的打進府中了。

突然，一個清脆的聲音傳到天狼的耳裡：「哎喲，天狼，怎麼一回來就跟人劍拔弩張的？這大喜的日子多不好呀，這位軍爺說得不錯，總指揮不在這兒，來，我帶你去。」

天狼扭頭向一邊看去，只見鳳舞沖天馬尾，一身黑衣勁裝，黑布蒙面，正在街邊拐角處朝自己擠眉弄眼。

天狼狠狠地瞪了那軍官一眼，道了聲：「後會有期。」便衝著鳳舞走去。

只見鳳舞眼中喜色一閃而沒，二人隔著四五步遠時，壓低了聲音道：「總指揮讓我在這裡等你多時了，怎麼現在才來？」

天狼環視四周，除了大門外的那些軍士們還盯著自己外，這條街上幾乎沒什麼人，便也壓低聲音道：「此處非談話之所，走，找個說話的地方去。」

鳳舞點點頭，施展起輕功，一下子登上了屋頂，開始飛簷走壁，天狼一提氣，也上了屋頂，跟著鳳舞一起向著鎮東的方向奔行。

宣化鎮不大，二人片刻就出了鎮，來到鎮東五里處的一片小樹林裡，一條小河從樹林前經過，潺潺的流水聲是談話時最好的掩護。入林前，鳳舞更謹慎地在落滿葉子的地上伏耳細聽過，確認附近的安全無虞。

天狼方才開口道：「你怎麼會在這裡？」

鳳舞換回了那張蝴蝶面具，那張嬌豔欲滴的小嘴嘟了起來：「怎麼，不希望看到我嗎？」

天狼搖頭否認：「怎麼會，你不知道我看到你多高興呢，總指揮在哪裡？他真的回京師了嗎？」

鳳舞那雙水汪汪的大眼裡透出一絲幽怨：「哼，口是心非，和白髮美女朝夕相處了兩天兩夜，哪還會記得我這個冷血無情的殺人機器呢？」

天狼一下子明白過來，鳳舞一定是吃醋了，耐著性子道：「鳳舞，你誤會了，我是有要事和屈彩鳳商量，所以才會耽誤了些時間，絕非你想像的那樣。」

鳳舞的嘴唇被她編貝般的牙齒緊緊地咬著，聲音中竟然帶著一絲哭腔：「你騙人，天狼，你覺得我是傻瓜嗎？有什麼事能和一個女人商量兩天兩夜？你一定是和她風流快活去了。天狼，枉我這樣捨身救你，你卻，你卻……」

說到這裡，鳳舞再也說不出話，背過身開始暗暗地抽泣。

天狼看著她的嬌軀微微地發抖，幾次想上前扶著她的香肩安慰她，卻怕她會像沐蘭湘那樣一下撲進自己的懷中，他狠了狠心，冷冷地說道：

「鳳舞，你我不是情侶關係，用不著這樣對我撒嬌，且不說我跟屈彩鳳清清白白，就是跟她有什麼，也與你無關。」

鳳舞氣得轉過身來，眼圈紅紅的，指著天狼叫道：「天狼，你混蛋，說出這種狼心狗肺的話，還是不是人！」

天狼正色道：「你信不信我都沒關係，清者自清，我如果真的和屈彩鳳有什麼，還用得著回來找總指揮嗎？早就跟她走了。」

鳳舞擦了擦眼淚，冷笑道：「好，天狼，現在我是龍組的組長，你作為龍組成員，必須向我彙報，請你給我一個這兩天去了哪裡的合理解釋！而且總指揮走之前，特地留我在這裡等你，也吩咐過要問清楚你的下落。」

天狼面不改色道：「我劫走屈彩鳳，是為了了斷跟她過去的一段恩怨，你放心，這不是男女之情，而是江湖恩怨，你若是不信，回頭自己去問總指揮，我和屈彩鳳的事，他很清楚。」

鳳舞眼中波光流轉，似是信了大半，但還是不甘心地問道：

「好，就算你跟她有什麼恩怨要解決，用得著兩天兩夜嗎？難道是你跟白髮魔女大戰兩天兩夜，激戰一萬招，最後把她斃於斬龍刀下？天狼，你別想騙我，她沒這個功力。擋不了你一千招。」

天狼搖搖頭：「我沒有和她動手，而是曉之以情，動之以理，我跟她並不是不死不休的血仇，而是有許多誤會，這次就是為了消除這些誤會，以後再見面就不是仇人，而是朋友了，而且這只用了半夜，天亮之後，我就跟她分手了，準備回談判營地，結果沒一會兒，卻發現沙漠中起了沙塵暴，屈彩鳳是我帶到荒漠中的，於情於理，我都不能看著她葬身大漠，於是回去救她，待了整整一天才躲過沙塵暴。」

第七章

邊關失守

鳳舞道：「總指揮帶著弟兄們回京師，
昨天接到緊急軍報，大同已經失守，
守將趙大同和三千將士一起戰死，
十萬蒙古大軍長驅直入，
直奔三百里外的居庸關而去。」

鳳舞開始聽得眉頭漸漸舒展開來，聽到最後兩句，一下子柳眉倒豎，幾乎人都要跳了起來：「什麼，你就跟她兩個人挖坑待了一夜？天狼，你一定是跟她野合了，對不對！」

天狼厲聲斥道：「鳳舞，你不要以為救過我就可以隨意的侮辱我，一個女孩子家說話怎麼這麼難聽！沙塵暴來襲，撲天蓋地，所過之處寸草不生，我們挖坑躲進去，轉眼就被沙子埋得嚴實，是靠龜息功才好不容易躲過這一劫的，如果我現在把你跟個男人埋到沙坑裡，用沙子蓋上，你給我野合試試？」

鳳舞勾了勾嘴角，不服氣地說：「那還有一夜呢，你不要說走到邊關需要一天一夜的時間，沙塵暴過去了，生離死別，佳人在側，難免舊情復發，一夕纏綿，對不對？你看你這胸口的衣服都敞開了，不是野合又是什麼？」

「很好，你看看這是什麼！」天狼氣得一扯胸衣，把本來虛掩著的前胸露了出來，濃密的胸毛中，一道血紅色的新痂格外地明顯，比起邊上幾道已經轉為暗紅色的傷口，顯然是最近新迸裂的。

鳳舞尖叫一聲，捂住了眼睛：「天狼，你這流氓，光天化日之下想做什麼？」

天狼冷冷說道：「你仔細看清楚了，這道傷口，正是上次趙全傷我的地方。在沙塵暴中，我運功過度，體內沒有驅除乾淨的毒素再次發作，幾乎命都沒了，要不是屈彩鳳精通毒術，又損耗大量內力救我，只怕這會兒我已經成了大漠裡的一具骨架了。」

鳳舞放下捂著眼睛的手，一下子撲了上來，眼中盡是關切，焦急地道：「怎麼會這樣？上次不是已經把毒逼乾淨了嗎？」

「上次其實沒有逼乾淨，因為沒有結痂，毒素還殘存在五臟六腑之中，我內力充沛時暫且沒事，一旦內力損耗過巨，壓制不住毒性，就會再度發作。幸虧這次有屈彩鳳相助，不然你我已經陰陽兩隔了，你卻還在這裡無端的懷疑誣衊人家，像話嗎？」天狼沒好氣地道。

鳳舞撅起了小嘴，搖晃著天狼的手：「人家只是關心你嘛，要怪也只能怪你自己，你明明說叫我看到火起後來接應你，自己卻帶著別的美女先跑了，這讓我如何能信得過你？」

天狼發誓道：「我可不是有意騙你，去營地之前，我怎麼知道屈彩鳳和冷天雄在場，既然碰到了屈彩鳳，我便打算和她了斷多年的恩怨，並不是有意欺瞞你的，當時兵荒馬亂，情況緊急，我也不可能停下來等你，要不是我當時假扮仇鸞，她又怎麼會跟我同乘一馬，遠走高飛呢？」

鳳舞還是有些不開心，嘴邊勾了勾，質疑道：「你為什麼不乾脆把仇鸞殺了？以你這嫉惡如仇的個性，這實在讓我有些無法理解。」

天狼解釋道：「殺了仇鸞當然容易，可是仇鸞一死，軍心士氣勢必大衰，而且宣府鎮的幾個副總兵想必也不願聽命於其他人，到時候相互扯皮，拒不出兵，只會誤了大事，仇鸞的帳可以以後跟他慢慢算，但現在還是要以國事為重，他為了洗清自己，也會帶兵追擊俺答的，現在不正是如此嗎？」

鳳舞嘆了口氣：「你果然是這麼想的，總指揮大人真是沒看錯你，天狼，你的大局觀實在是出色，現在總指揮已經帶著弟兄們回京師了，昨天後半夜接到緊急軍報，大同已經失守，守將趙大同和三千將士一起戰死，十萬蒙古大軍已經長驅直入，直奔東邊三百里外的居庸關而去，**只要居庸一失，京城門戶洞開，無險可守**。」

天狼沒有料到大同竟然丟得如此快，失聲道：「一天都沒守住？怎麼可能！難道蒙古人都是天兵天將不成！」

鳳舞搖搖頭：「蒙古軍先是假扮了仇鸞的部下，接近城牆，然後再用毒人突襲，直接撞開城門，大同的守軍措手不及，才會被直接攻破城門，等到潮水般的蒙古軍湧入城門後，一切就都來不及了。」

天狼急得右拳重重地砸在自己的左掌上，恨鐵不成鋼地道：「身為邊關重

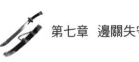

地，守將給這麼輕易就騙開了門，自己身死事小，害死幾千將士，危及全國，實在是罪無可恕！」

鳳舞幽幽地道：「總指揮本來是想等你的，可出了這事，無法停留，天還沒亮就先馳向京師，居庸關的道路已經被蒙古兵切斷，想要報信只怕也來不及了，為今之計，只有讓三大營撤回京師，全力固守，堅守到各路勤王部隊來援，方有轉圜的餘地。」

天狼雖然力求鎮定，但聽到這消息後，急得滿地亂轉，儘管料到大同可能失守，但他總覺得作為九邊之首的重鎮，再怎麼樣也能抵擋個十天半個月的，到時仇鸞的援軍趕到，再加上關內京師調來的增援部隊，不說擊敗蒙古，起碼守住大同並不是沒有可能。

現在倒好，大同一天就丟了，如果蒙古騎兵真的有十萬之眾的話，在九邊裡算是富庶的大同鎮一陣剽掠，根本不用擔心後勤補給的問題，到時候仇鸞不要說斷人後路，不給人設伏全部吃掉，就算燒了高香了。

天狼思前想後，也沒有一個好的辦法，陸炳現在急馳京師，通知皇帝，把京外的三大營全部撤入城中防守，似乎是唯一的辦法，那三大營天狼曾見識過，戰鬥力比起宣府的邊軍還不如，而且多為老弱，跟蒙古兵打起來，無異驅羊入虎口，只有靠北京城的高牆深池堅壁清野，才可能撐到各路援軍救援的時候。

天狼嘆了口氣，這種軍國大事已經超過了他的能力範圍，他看著鳳舞問道：「這些事情多想也沒用，只能祈禱上天相助了，那天我們離開後，營地裡戰況如何？冷天雄和赫連霸的一場大戰，最後誰勝誰負？聽鎮上人說，當時斬獲超過一千，又是怎麼回事？」

鳳舞道：「你走後不過片刻，宣府的援軍就到了，俺答留下的都不是精銳部隊，一看大部隊到來，就四散而撤，冷天雄和赫連霸打了一陣子，不分勝負，赫連霸看到我軍騎兵來襲，匆忙間和他的兩個兄弟搶了幾匹馬，向東邊逃跑了。

「仇鸞從大帳裡爬了出來，灰頭土臉的，他以為冷天雄和屈彩鳳是嚴嵩派來害他的人，跟自己的手下接上了頭，就命軍士反過來攻擊冷天雄等人，說他們是蒙古奸細，劫持他來到關外，冷天雄吃了個啞巴虧，最後和手下拼死殺開一條血路，衝出重圍，不知所蹤。」

天狼可以想見當時的驚心動魄，道：「也許仇鸞是怕冷天雄等人在自己的部下面前道破自己與蒙古人和談的事，這才先下手為強，想要殺人滅口，此人心思靈敏，腹黑如蠍，只可惜不用在正道之上。這次打退蒙古之後，首先要除掉的就是此人。」

鳳舞道：「那是以後的事了，眼前得先想著怎麼才能度過這次危機才是，天狼，總指揮讓我們留下來，想辦法阻止蒙古軍的前進，如果不行的話就回京師和他會合，他還說，這次我們都犯了大錯，這就當我們將功贖罪了，如果做得不好，二罪並罰，回京後要重重地處罰我們呢。」

天狼苦笑道：「怎麼又要重重地處罰了？明明在這次出關前我跟他約好，如果能攪黃了仇鸞和俺答的接頭談判，就算抵過了啊。」

鳳舞眨了眨眼：「你第一天認識我們的總指揮大人嗎？蒙古兵破關，所以我們的行動算是失敗了，雖然仇鸞和俺答翻臉，但是並沒有讓俺答停下攻擊大同、直取京師的步伐。現在總指揮自己回京保衛皇上，牽制蒙古軍的任務就只有指望你了，至於我嘛，是留下來監視你的。」

天狼哭笑不得地道：「你從京城的總部裡偷跑出來，罪可比我大多了，我好歹還獻了讓俺答與仇鸞自相殘殺的妙計，只不過是因為碰到沙塵暴回來晚了一天，就成了你要監視的對象了？還有沒有天理啊！」

鳳舞得意地說道：「嘻嘻，這個你以後自己跟總指揮大人解釋吧，他現在人反正已經走了，而且他在走之前你還沒有回來，當時他就很生氣，說如果是在戰場，就會把你給斬了，若不是我幫你求情，他這次真的會要你的命呢，畢竟現在國事如此，你還能指望他有多好的心情嗎？」

天狼默然無語，想想確實如此，道：「那你為何不跟著總指揮一起回去？你不是說要儘量和我拉開距離，以免讓他生出誤會的嗎？」

鳳舞的臉微微一紅：「你這呆子，現在錦衣衛上下，除了我，還有誰是看你順眼的？你現在可是錦衣衛裡響噹噹的頭號紅人，集總指揮的萬千寵愛於一身，多少人想借這次的機會狠狠地踩你呢。若不是我留下來，換了副總指揮達克林或者是慕容武留下，只怕你不死也得掉層皮。」

天狼眼中寒芒一閃，冷冷道：「我倒想看看誰有本事能取我天狼的性命！不怕死的大可以放馬過來。」

鳳舞搖了搖頭：「你看看你，又來了，不錯，你確實武功蓋世，他們害不了你的性命，可是要是給你故意使絆子，比如讓你去刺殺俺答，或者去燒蒙古人的糧草，做這種必死無疑的任務，你去不去？就算你能撿條命回來，只要完不成任務，一樣會對你軍法從事。天狼，**你現在是想要報國，而不是跟人賭氣，對不對？**」

天狼冷靜下來：「你說得有道理，我現在確實性格急躁，鳳舞，我今天聽到蒙古軍破關而入，方寸大亂，所以才會說這種話，抱歉。」

鳳舞勸道：「天狼，你聰明絕頂，只是性格還不夠沉穩，不過，這也是我喜歡你的地方，你若真的是心機深沉，喜怒不形於顏色，那也就失去你最可貴的率直純真了，那種戴著面具玩陰謀詭計的人，我見得太多，即使你武功再強，地位再高，我也不會稀罕。」

天狼看著鳳舞，她的面色平靜，顯然剛才這段話是深思熟慮後所說，並非一時起意，而她望向自己的眼裡，寫滿了愛意，就像是一個懷春的少女一臉癡情地望著自己的情郎。

天狼扭過頭，避開了她火熱的目光，換了個話題：「那你說我們該怎麼辦？能做什麼來牽制和打擊蒙古大軍？」

鳳舞說道：「我們首先要做的，就是**跟上蒙古軍**！然後，一是打聽敵軍的作戰計畫，**摸清他們的進軍路線**，通告我方；二是**伺機刺殺蒙古大汗或者是大將**，如果我們運氣好，能殺了俺答，那蒙古軍不撤也得撤了。」

天狼直呼：「談何容易，這回赫連霸三兄弟都在俺答的身邊，而且從這次俺答和仇鸞密談的現場看，那些蒙古武士也皆非弱者，實力至少有正邪大派精英弟子以上的水準，而且聽說蒙古人行軍作戰還多用替身來迷惑敵方，十萬大軍，上萬個蒙古包，連營數十里，我們又不通蒙古話，如何才能混進軍營，找到俺答並刺殺他呢？」

鳳舞眼中閃過一絲狡黠的光芒：「到時候你就看我的好了。」

十天後，京師附近的通州，蒙古軍的大營在城外連營數十里，數不清的蒙古遊騎來往其中，從附近洗劫歸來的蒙古騎兵，帶著一批批被捆成一串的青壯男女百姓，趕著成群的豬羊，打著得勝的呼哨，得意洋洋地回到營地。

通州城頭，體格高大健壯，一身狐毛大裘的俺答，正滿意地看著自己手下們的戰果，俺答臉上的幾道刀疤像蜈蚣一樣地來回扭曲著，巨大的酒糟鼻子占了臉的四分之一，還有四分之一被濃密的絡腮鬍子所覆蓋，一大一小的兩隻三角眼卻是被擠得眯成了兩條縫。

這副尊容，走在晚上的夜路足能嚇死人，看起來活脫脫一個山賊頭子，而不像是一方的霸主。

黃眉黃鬚的赫連霸已經換了一身鐵甲，持著那柄黃金蘇魯錠長槍，天神一般地立在俺答的身邊。

俺答用馬鞭指著城下來來往往的蒙古騎兵們笑道：「這回的收穫可真不小，自從攻克大同，破居庸關，由古北口攻入北京地區以來，斬殺明軍不下三萬，俘獲的明朝百姓超過十萬，即使當年也先入侵，也沒有這樣輝煌的戰果吧。」

周圍的眾將其實大多數是蒙古各部的首領們，紛紛喜色上臉，點頭稱是，幾個善於拍馬的傢伙更是來了一通「大汗神武，文成武德，成吉思汗的偉業，今天終於由您得以重現」之類的噁心馬屁，聽得連赫連霸都不禁歪了歪嘴。

俺答對這些肉麻的馬屁倒是很受用，眯著眼，面帶笑容地聽完了這些，擺擺手：「可惜漢人懦弱，我軍自入古北口以來，明朝京城外的大三營不戰而退，全部進入北京城防守，我京師附近沒有大片的森林，不好伐木攻城，而我軍又是騎兵，攻堅並非我所長，各位將軍，各位首領，現在大家有何良策，能攻入北京城，恢復我大元帝國的舊都呢？」

此話一出，各個將軍們全都面面相覷，蒙古騎兵長於騎射，剽悍迅猛，在平地裡來去如風，可是攻城奪隘，尤其是攻擊有著高城深池的大城市卻並非所長。就是眼下的這座通州城，若不是靠了白蓮教徒的裡應外合，在昨天的夜間騙開城門，只怕這會兒也無法攻下。

剛才一直沒說話的赫連霸開了口：「大汗，末將以為，北京城難以迅速攻下，我軍這回大勝，一路打到明朝的心臟地帶，嚇得明軍龜縮北京不敢出城，已經大長了我蒙古威風，**現在需要考慮的是退兵的事了。**」

俺答臉色微微一變：「赫連將軍，你說什麼？退兵？」

赫連霸壓低了聲音：「還請大汗摒退左右，末將有重要軍機相告。」

俺答眉頭皺了皺，揮揮手，對周圍的那些將軍們說道：「大家先去各自的營中清點一下今天的收穫，晚上我們再在城外大營的汗帳裡商議軍機。」

隨著蒙古將軍紛紛離開城樓，城頭上一下子空曠了許多，俺答的表情變得嚴肅起來：「赫連，到底怎麼回事，難道仇鸞這廝斷了我們出關的退路？」

赫連霸搖搖頭：「那倒沒有，他的三萬騎兵一路上只敢在後面遠遠地跟隨著，我軍後衛騎兵幾次一出擊，他就嚇得遠逃到百里之外，根本不敢和我軍正面對抗。」

俺答露出燦笑：「**那你說他既然不敢打，為何又要這樣跟隨呢？**」

赫連霸嘆道：「以仇鸞這傢伙的個性，爭功諉過是他的主要考慮，上次怕我軍進攻宣府，嚇破了膽，不惜私下和我們聯繫談判，甚至還調開了大同守軍，讓我軍入關，宣府安全以後，他卻帶著騎兵一路尾隨，做出忠心勤王的樣子，這樣，只要北京不丟，明朝不完蛋，日後查起來，他也是頭號忠臣。」

俺答反駁道：「赫連，上次仇鸞可是帶人突襲了我們談判的地方，這一點你又如何解釋呢？」

赫連霸道：「關於此事，開始我也以為是仇鸞在搞鬼，後來仔細一想，就仇鸞這種膽色的傢伙，怎麼可能孤身犯險？那天出手的那個小兵，我在出關前剛剛見過，雖然他易了容，可從他出手的那一招來看，分明就是錦衣衛裡一個叫天狼的傢伙，在鐵家莊和我們作對的，也是此人。」

俺答臉色一變：「你的意思是，**仇鸞是想真心和我們和談，破壞和談的是錦衣衛的人？**可是我聽說錦衣衛是明朝皇帝用來監控朝臣和大將的秘密組織，如果錦衣衛真的查到仇鸞和我們的關係，又怎麼可能讓他繼續領兵？就是我們草原上，假使哪個部落不忠於我，你不是也會第一時間幫我剷除這個不聽話的部落首領嗎？」

赫連霸嘆了口氣：「漢人的花花腸子很多，不像我們草原民族這樣簡單直接，也許是錦衣衛沒有直接把仇鸞拿下的權力，或是嘉靖皇帝怕在軍中動手，會激起兵變，也可能是現在他們需要仇鸞來指揮部隊和我們作戰，所以暫不動手。」

俺答拍了拍赫連霸的肩膀：「其實這個問題，我在攻破大同的時候就想到了，如果仇鸞真的跟我們搞鬼，大同不會如此空虛，我蒙古騎兵十餘萬，又全是自帶乾糧，還可以四處掠奪，根本不用擔心後勤的問題，他也根本不可能用關門打狗的辦法對付我們。還好那天我根本沒去談判現場，而是帶了大軍直撲大同，若是我知道談判時有這麼一齣，也許就會猶豫不攻大同了。」

赫連霸笑道：「這是天佑我們蒙古，只是剛才我所說的退兵原因，倒不全是因為北京城難以攻打或者是仇鸞率軍尾隨，主要原因還是在我們這裡。」

俺答眉頭一皺，疑惑地說：「我們這裡又有什麼問題？現在我軍連戰連勝，已經兵臨北京城下，明軍被嚇得不敢戰，難道還會有問題？」

赫連霸看著遠處軍營裡那些飲酒作樂，把一個個擄掠來的漢家女子抱進蒙古包裡的軍士，軍營裡到處是女子的哭喊聲和士兵的淫笑聲，嘆道：「大汗，您看看！現在我們的雄鷹們已經變成啥樣了？他們這個樣子還怎麼打仗？」

俺答不以為意地道：「戰勝後由勇士們任意處置自己的戰利品，這是草原千百年來的規矩，我就是大汗，也不可能改變這條規矩，在草原上我們就是這樣做的，為什麼你現在說這樣就不能打仗了呢？」

赫連霸憂心道：「大汗，草原上的部落相攻，無險可守，打下一個部落，基本上仗就打完了，事後隨便我們的戰士們姦淫擄掠，還可以激發他們的獸性，讓他們在下次作戰中更有動力。可是現在我們還沒有打進北京城，明朝的各路援軍都在集結，除了仇鸞這一路外，山東、河南、遼東方向的十幾萬軍隊已經上路了，這些情報，大汗都知道的呀。」

俺答豪氣干雲地用馬鞭一指城外的大營：「那些個衛所兵皆老弱不能戰，一見我蒙古勇士只有伸頭挨刀的命，就是來上一百萬，我也不放在眼裡！」

赫連霸苦勸道：「話雖如此，但**如果我軍已經搶夠了，不想作戰了呢？**昨天攻通州時，保定方向開來五千明軍企圖解通州之圍，城外拔都部磨蹭了好幾個時辰都沒有擊潰這股明軍，最後還是我們抽調了一部分攻城的部隊，才把明軍打退，大汗，您想想：拔謝部為何連這五千明軍步兵都拿不下？還不是因為沒攤上攻城後搶掠的好事，所以兵無戰心了嗎？」

俺答眉頭一皺：「我們蒙古的勇士一向如此，有仗打，有戰利品分，自然是精神百倍，反過來，沒有好處，自然不會盡力，這不是很正常的事嗎？這次我讓拔謝部打援，下次攻別的城時讓他們打頭陣，他們當然會盡全力的，攻大同的時候，我不是讓拔都部得到足夠的好處了嗎？」

赫連霸嘆了口氣：「大汗，攻大同時，各部各軍都沒有什麼戰利品，自然是一鼓而上，可現在呢？您看看，我們已經攻到了明朝最富庶的北京城一帶，這幾天分兵攻掠各州郡，通州、密雲這些重鎮都在我手，各部全都搶了個缽滿盆溢，現在光是搶來的奴隸就有十幾萬，看看城下的這些士兵們吧，他們所有的精力都用在喝酒玩女人上，還可能再拼死拼活地作戰嗎？」

俺答的臉漸漸陰沉了下來：「我的戰士們都知道，只有打下了北京才有最多的好處，跟攻下北京城後所得的相比，現在的一切都不算什麼。而且我的本部精銳這些天一直沒有投入戰鬥，看著這些僕從部落打些小州小縣就有如此的好處，你難道沒有看出我的本部戰士們，眼睛都已經快要生出火來了嗎？」

赫連霸小聲地說道：「大汗，**這就是我擔心的第二個理由，若是讓僕從部落搶了太多的好處，得到大量的金銀，奴隸，這可不是什麼好事。**這次作戰我們太順利了，那些僕從部落沒有什麼損失，反而得了許多人口，反過來我們本部卻沒有撈到什麼，您如果想要靠著五萬本部兵馬攻擊北京城，萬一打不下來，那可就賠大了，回到草原上，那些僕從部落可能不一定再遵您的號令！」

俺答沒有說話，臉上閃過一絲可怕的殺氣：「赫連，也只有你敢跟我說這個話，但是一路行來，明軍皆不堪一擊，攻不能攻，守不能守，北京城雖然有五六萬三大營的軍隊，但皆已喪膽，而且城市太大，四處防守，兵力不足，我軍只要想辦法突擊一處，未必不能攻下。現在我是壓著本部精銳的欲望，讓他們看著那些僕從部落們的戰利品眼紅，你看不出我的戰士們都像火山一樣，只等爆發了嗎？有這股勁，一定可以攻下北京城。」

赫連霸嘆了口氣：「大汗，不是我打擊您，這一路攻州克縣，多數是靠了白蓮教徒們的裡應外合，比如這通州城，就是城中的白蓮教徒們用毒人炸開了城門，我軍才一湧而入的，可是北京城就不一樣了，我剛剛接到消息，陸炳三天前回京後，在城中大肆搜捕白蓮教徒，已經誅殺了數百人，好不容易運進城的幾十個毒人也全給毀了，恕我直言，**內應已失，想攻下城只有靠強攻了。**」

俺答沒有說話，眼光看向遙遠的北京城，狠狠地一拳打在城垛上。

赫連霸繼續道說：「北宋初年，宋太宗曾經率幾十萬大軍圍攻當時屬於遼國的幽州城，也就是現在的北京城，結果一連數月，師老兵疲，被遼國從北方調來的援軍一舉擊潰，幾十萬大軍一夜崩潰，宋太宗也幾乎命喪亂軍之中。大汗天之驕子，自然不會像宋太宗那樣，但到時候我軍本部精銳攻城，僕從部落在外援阻援，以他們現在這個樣子，還會出死力嗎？

「他們這次南征已經搶了足夠的東西，士兵們也都想留著命回草原上享用，昨夜拔都部避戰不前，已經是個很好的警告，而明朝四處勤王的部隊，在皇帝的嚴令之下，卻是一定會拼死作戰的，就是那仇鸞，到時候在明朝皇帝的眼皮子底下，也會把渾身的本領拿出來，跟我們拼老命，到時候還想靠著那些僕從部落後援，只怕結果不容樂觀。」

俺答眼中寒光一閃，看著赫連霸：「赫連，你是我們草原上的第一勇士，如果連你都沒有取勝的信心，這仗也沒法打了，那你說怎麼辦，就此退兵的話，我在草原上會成為笑料，非但本部的部眾會對我失望，就是僕從部落也不會把我放在眼裡，只怕回到草原的時候，這些餓狼們會撲到我身上一陣嘶咬了。你有什麼辦法解決嗎？」

赫連霸微微一笑：「大汗，就這麼退兵當然是不行的，若不是有更好的選擇，我也不會和您說這些，只是現在有一個好機會，可以讓我們以勝利者的姿態回歸草原，而且我向您保證，您一定會讓本部的將士們個個滿意的。」

入夜，蒙古大營裡燈火通明，大大小小的蒙古包都在劇烈地起伏震動著，女人的驚嚇聲和男人的吼叫聲混在一起，不堪入耳。

三個蒙古兵騎在馬上，押著一群蓬頭垢面，哭哭啼啼的女子從營外歸來，守門的兩個小兵看也不看，直接揮手放行。

右邊的一個小兵對著馬上為首的一個麻子笑道：「乃顏哥，好運氣啊，又帶回二十多個女人，我看回蒙古的時候，你至少能搶一百個女人回去。」

那名叫乃顏的蒙古兵哈哈一笑，粗聲大氣地道：「南蠻子太不經打，男人全跑光了，這些女人跑得慢，全給我們逮了個正著，奶奶的，反正那些南蠻子一個個文弱得緊，我看帶回草原也不能做什麼，還不如搶些女人實在，至少可以生娃兒。」

說話間，乃顏和他的兩個手下趕著這二十幾個女人進了營地，除了看門的兩隊哨兵外，所有的蒙古人都在自己的蒙古包裡做著活塞運動。

乃顏下了馬，對身後的兩個隨從說道：「今天都辛苦了，這些女人你們挑幾個，別太累了，明天還要繼續去搶呢。」

兩個蒙古兵雙眼都在放光，一個稍年長點的諂笑道：「老規矩，乃顏哥你先挑，咱們有些剩的就可以啦。」

乃顏哈哈一笑，眼光落在這些女子當中，一眾臉上灰頭土臉的女人裡，有兩個人皮膚特別白皙細膩，雖然用頭髮蓋住了臉，卻一直試圖鑽在人群裡，其中的一個不經意地抬了一下頭，兩片如烈焰般的紅唇一下子映入了乃顏的眼簾。

乃顏的口水都快要流下來了，以他在草原上搶了幾十年的經歷來看，女人就和大米一樣，越白越好，蒙古女人身上都是一股子羊騷味兒，這陣子進了中原，他也玩弄了幾十個漢家女人，雖然一個個哭哭啼啼，了無情趣，卻是好聞許多，這兩個白嫩嫩的女人，身上更是有股香氣，跟那些蓬頭垢面的灰臉女人不一樣，可能還是些大戶人家的小姐呢。

想到這裡，乃顏再也忍不住了，感覺身體已經蠢蠢欲動，咽了一口口水，一手一個，把那兩個白皮膚的女人拉了出來。

那個紅唇女人的小手細細滑滑的，簡直就是塊溫潤的美玉，讓乃顏心花怒放，左擁右抱，直接摟著那兩個女人向自己的營帳裡走去。

那個紅唇女人的聲音嬌滴滴的，就像是羊羔在啼，雖然她說的漢話，這些蒙古人都聽不懂，但反正也沒人關心她說了些什麼。

很快，乃顏的蒙古包裡亮起了一點燈火，兩個女人趴在地上，發著抖，乃顏脫袍子的高大身影映在帳壁上，突然間，他發出一聲長嚎，餓虎撲食般地撲到其中一個女人的身上，兩聲慘呼伴隨著撕衣服的聲音傳來，燈熄了，蒙古包中只剩一陣地動山搖。

乃顏身邊的兩個蒙古軍士吞著口水，等乃顏走遠後，一個年長點的軍士恨恨地說道：「奶奶的，每次都把好貨自己先搶了，就剩下些大路貨留給咱們。」

年輕稍輕點的矮個子軍士附和道：「可不是麼。兩個白嫩嫩的女人，好歹也分我們一個嘛，真是的。」

二人說著，一人抱起一個女人，分別向營帳裡走去，其他的女人，則被捆成一串，牽到東邊的羊圈裡關了起來。

乃顏營帳裡傳出一陣粗野的吼聲，彷彿不是人類發出的，而那女子的慘叫聲開始很大，漸漸地便消失不見，只剩下乃顏的狂笑聲，以及半人半獸的那種粗野吼叫還在不停地出現。

隔了一會兒，營帳裡的響動漸漸停止，乃顏赤著上身，腰間只繫了一塊獸皮袍子，走了出來，嚷嚷道：「拿酒來！」

剛才那兩個軍士，個子稍矮的那個正在看守著羊圈裡的那些女人，看到乃顏走出來後，臉上堆著笑，抱起一大囊子酒跑了過去，一臉壞笑道：「乃顏哥，還爽吧。」

乃顏接過酒囊，一言不發，轉身回帳，擺了擺手，示意那矮個子軍士自便。矮個軍士看著乃顏的背影，往地上啐了一口，暗罵道：「奶奶個熊，操女人還擺譜兒，當心哪天被女人把那話兒給咬掉！」

乃顏進帳後，看著一邊正在地上挖坑的紅唇女，以及倒臥在地，下身的陽具被齊根剪斷的乃顏屍體，低聲道：「要多久才好？」

紅唇女已經換上一身夜行衣，臉上蒙著只露出兩隻眼睛和嘴脣的黑布頭套，連沖天馬尾也包在這個頭套裡，可不正是鳳舞！

此刻的她，正拿著別離劍，悄無聲息地在地下挖著一個大坑呢，就這會兒功夫，坑已經有半尺深了。

鳳舞的嘴裡發出陣陣慘叫與哭泣聲，可手裡的活兒一點沒停下，剛才扮成乃顏的天狼站起身，走到門口，一邊嘴裡發出陣陣狂吼，一邊扶著蒙古包的杆柱用力地搖著，顯得整個蒙古包又是一陣地動山搖。

鳳舞把乃顏的屍體狠狠地一腳踢進了坑裡，用劍尖挑著他被切下的那話兒，內力一催，碎成了一片血沫，落到乃顏那張死不瞑目的臉上，然後把四周的土堆到坑裡，用腳狠狠地踩平，對天狼點頭示意。

鳳舞嘴裡的呻吟聲漸漸變小，天狼心領神會，也慢慢地停下手中的動作，嘴裡的吼聲變成雷鳴般的鼾聲，接著漸漸沉寂下來，趁著這會兒工夫，他也換上了一身夜行衣，只留了兩隻炯炯有神的眼睛在外面。

天狼和鳳舞從宣化鎮出發後，因為沒有馬，到大同就走了三天，等趕到時，蒙古騎兵已經離開大同五天了，一路上只見到處是蒙古兵燒殺擄掠的慘狀，二人看在眼裡，怒火中燒，只能跟著蒙古兵的方向前行。

仇鸞的大軍卻是離蒙古軍一天左右的路程，不緊不慢地跟著，倒像是在一路恭送蒙古人，氣得天狼恨不得要去殺了仇鸞。

直到昨天，兩人才到了這通州附近，碰上保定方向開出的五千軍隊被蒙古軍擊潰，天狼在戰場上換上明軍的衣服，混戰中連殺一百多蒙古兵，稍稍阻止了蒙古兵的追擊。

這一戰也讓他第一次見識到了蒙古騎兵在戰場上來去如風的厲害，武功高強如他也幾乎喪命。

天狼和鳳舞商量一番，戰場上力敵看來不可取，自己力量再強也敵不過千軍萬馬，**看來只有混入軍營，趁機刺殺敵方重要人物這個選擇了**，正好碰到蒙古軍戰勝之餘，四處派兵出來搶掠，二人便將計就計，換上百姓的衣服，故意混在一堆逃難的難民中間，被三個蒙古兵抓起。

鳳舞特意把自己和天狼打扮得白白嫩嫩，以吸引敵軍的注意力，好便於行事，此計果然奏效，二人進帳後便突然暴起，殺了那乃顏。

鳳舞會說蒙古話，教了天狼一句拿酒來，讓他出去拿酒，順便轉一圈，以穩住外面的哨衛，現在這樣，看來整個晚上應該不會再有人進帳了，而黑夜，就是兩人最好的朋友。

鳳舞坐回到蒙古包內，在地上開始寫起字來，天狼蹲在地下，只見鳳舞寫道：「我看蒙古大營裡現在防守鬆弛，我們可以很方便行事，只是這裡連營幾十里，我們很難找到俺答的大帳所在。」

天狼眼中寒光一閃，寫道：「這些狗日的蒙古韃子，無惡不做，就算找不到俺答，咱們乾脆就在這裡放手大殺一陣，再放把火，怎麼著也能弄死幾百個韃子的。」

鳳舞搖搖頭：「這樣做，痛快是痛快了，但只怕會苦了附近的百姓，現在官軍已經不敢出城迎戰了，各地勤王之師的彙集還需要時間，你我這時候不可輕舉妄動，天狼，我是女子，比你更恨這些畜生，但現在，真的不是意氣用事的時候。」

天狼略一思索，寫道：「不管我們是不是放火，是不是夜襲，蒙古人都不會收手的，附近的百姓還是要遭殃，我們今天晚上還是按原定的計畫，能找到俺答的話，就宰了他，大汗一死，蒙古兵只能退兵，甚至群龍無首的蒙古人，我們還可以想辦法消滅，但如果找不到他，也不能空手而回，至少殺幾百個韃子，再解救一批婦女，還是可以做得到的。」

鳳舞嘆了口氣：「好吧，就聽你的。做完今晚這趟後，我們以後再想潛入，只怕也不容易了，到時候你想刺探軍情，只怕也不方便。」

天狼雙目炯炯，運指如風：「以後的事以後再說，現在我看到的罪惡，不能無動於衷，對了，你一個姑娘家，怎麼剛才學那些女子的慘叫聲這麼像？連那鞋子的叫聲也會？」

鳳舞透過黑布的臉似乎紅得能滴出血來，輕啐了一口，寫道：「我可是經過專門的訓練呢，天狼，你一個大男人，怎麼連這些都不懂，還要我去學那韃子鬼叫。」

天狼笑道：「看來這回帶上你真沒錯。走吧，接下來的事，就交給我啦。」

鳳舞搖搖頭：「說反了，是我帶上你吧。」她笑著，用腳把地上的字給抹平，別離劍入鞘，在帳篷的一角略略掀起一道口子，身形如靈貓一閃，就鑽入了茫茫夜色之中。

天狼緊跟著鳳舞出帳，營地裡沒有多少蒙古哨兵還在戒備，多數帳篷的那種地動山搖也已經完事，這些蒙古軍士折騰累了，一個個呼呼大睡，整個營地裡都是此起彼伏的鼾聲。

兩人一路潛行，對他們這樣的高手來說，百步內有巡邏軍士經過都會聽得一清二楚，然後迅速地隱身於暗夜之中，不會武功的普通士兵們根本無法察覺。

就這樣，兩人在大營裡尋來找去，經過了六七個營地，都是普通的軍營，連個像樣的大將營帳都沒有，兩人有些洩氣。

天狼抬頭看了眼已經奔向東側的下弦月，低聲道：「過了子時了，再找半個時辰，不行的話，就放火殺韃子吧，再拖時間只怕就來不及了。」

就在此時，遠處傳來一陣喧囂之聲，哨兵們遠遠地在用蒙古語問話，一支火龍向著營地移動過來。

天狼與鳳舞不約而同地閃到陰影之中，遠遠的，只見四五十個黑衣蒙面人打著火把，前簇後擁著一個戴著斗笠的矮胖子，在一隊蒙古騎兵的護衛下，向一個氣派的大營走去。

那個大營看起來防衛嚴密許多，門口站著兩隊全副武裝的蒙古哨兵，營地四周，每隔十幾步就立著一個高高的崗樓，上面的蒙古射手都是荷弓實箭，火把照得百步之內如同白晝。

鳳舞一眼見到那人，就不自覺地發起抖來，手緊緊地抓住天狼的手，天狼能感覺到她的強烈不安，因為她的手心開始出汗，一看，只見鳳舞的眼裡盡是恐懼與憤怒之色。

天狼很少見鳳舞這樣失態過，低聲道：「怎麼了？這個人你認識？」

鳳舞咬著唇點點頭，「是嚴世藩。」

天狼心中一驚，轉頭望了過去，果然，那人身形矮胖，與上次在京城南郊見到的嚴世藩一模一樣，雖然看不到他的臉，但從那種不可一世的囂張大步來看，正是權傾天下的小閣老。

天狼眉頭一皺，道：「這個時候他怎麼會來蒙古大營，**難道嚴嵩和蒙古人又有什麼勾結？**」

鳳舞眼神閃爍著，似乎完全不想看到嚴世藩，她的手變得冰涼，聲音也開始發抖：「天狼，我的感覺很不好，今天能不能離開這裡，別去了？」

天狼一愣，駁斥道：「怎麼可以呢？嚴世藩一定是和俺答有什麼見不得人的陰謀，我們既然看到了，又怎麼能離開呢？鳳舞，**你每次一看到嚴世藩就會怕成這樣，還說他是世界上最邪惡的人，你們以前有過什麼事啊？**」

鳳舞的聲音近乎哀求道：「天狼，我求你別問了，嚴世藩遠比你想像中的還要可怕，你我都不是他的對手，就是總指揮，只怕也很難鬥過他，這次又是在蒙古大營裡，萬一給他發現了，我們都不一定能逃得掉，聽我的，趁他現在還沒有發現我們，快走吧。」

天狼奇道：「怎麼，難道嚴世藩還會武功？他是嚴嵩的兒子，文人一個，看起來也不像會武功的樣子，還能勝過我不成？」

鳳舞咬牙道：「嚴世藩從上古奇書中學到了邪惡的秘術，專門靠著採陰補陽的方式來提高自己的內力修為，五年前，他的功夫就已經不下於當時的陸總指揮，這幾年他的功力聽說比以前更高，幾乎到了摘葉飛花傷人的境地，天狼，我很清楚你的武功，你絕不是他的對手，甚至只要一靠近他們談話的地方，我們就會被發現的。」

天狼心中熱血沸騰地道：「鳳舞，不用多說了，男子漢大丈夫，生於天地之間，絕不能畏難而退，今天是千載難逢知道嚴嵩和蒙古人勾結的機會，絕對不可以放過，即使冒再大的危險也是值得的，這樣吧，還是和上次一樣，你在外面接應我，如果我能出來，就在白天我們給蒙古人發現的那個地方碰頭，如果到了明天午時，我還沒回來，你就趕快回京師，向總指揮報告吧。」

鳳舞的手抓緊了天狼，「不，我絕不能把你一個人丟在這裡，有什麼事情我們一起面對。」

天狼心裡升起一陣暖意，他輕輕地撫了撫鳳舞的手，柔聲道：「剛才你說了，嚴世藩的武功十分厲害，連我都會被他發現，你的內力還不如我，跟我去，只怕會增加被發現的可能，你放心，這次我答應你，不會勉強行事，只打聽到他們的骯髒交易就立即退出，如何？」

鳳舞眼波流轉，可以看出她的擔心，天狼微微一笑：「你還不知道我的武功嗎？到時候我在土裡穿行，離得遠遠地，只聽他們說話的內容，我想嚴世藩今天來跟俺答見面，也不可能把所有的精力用在探聽外面吧。實在不行，我就扮成一個小兵站著，不流露出氣息，這樣他又怎麼可能查到我？」

鳳舞咬了咬牙，輕聲道：「那你一切小心，我聽你的。實在不行，你千萬不能說自己是錦衣衛的人，只說自己是江湖義士，要來刺殺韃子的！」

天狼明白過來，這樁交易絕對不能給錦衣衛知道，鳳舞是在保護自己，點點頭，微微一笑：「好的，我聽你的，真要落在他們手裡，就說我是華山派的，到時候你再想辦法來救我。」

鳳舞的眼中露出一絲喜色：「好的，你一切保重。」

就在此時，遠處的嚴世藩突然不經意地抬起頭，向著天狼與鳳舞藏身的地方望了一眼，天狼這回看得真切，**獨眼，瑪瑙眼罩，可不正是天下至惡的小閣老？**

他的斗笠的邊沿罩了一層青紗，沒有和自己正對上眼，但一股陰寒邪惡的氣息卻隔著百餘步都能感受得到。

天狼和鳳舞連忙低下頭，嚴世藩環視四周一眼，沒有發現有何異常，此時赫連霸那粗渾的聲音響了起來：「嚴大人，我家大汗已經等候多時了，請！」

嚴世藩「唔」了一聲，也不說話，抬腳便走，那些黑衣護衛們全部留在原地，天狼仔細觀察了一下，這些人的胸前沒有魔教的火焰標誌，看起來是嚴府的私人護衛，並非冷天雄的手下。

鳳舞輕輕說道：「你一切小心，我在那裡等你回來。」說完，頭也不回地投入到茫茫夜色之中，只剩下淡淡的體香還留在當場。

天狼暗道：這女子總要弄得香噴噴的，要是那嚴世藩真有那麼厲害的本事，百步之內也能聞出味兒了。他向地裡狠狠一跺，整個身子陷入地底，運起地行之術，慢慢向著那蒙古大汗的主營裡滲透。

這裡的土質不像上次大漠中的那些沙子鬆軟，有不少磚石土塊，天狼不敢太過催動內力，讓地表顯得過於明顯，以免引起蒙古哨兵們的注意。因此忙活了小半個時辰，才前進四百多步，不過天狼很確信，此刻他一定已經進入蒙古的大營之內了。

天狼運氣向上慢慢地頂起，上面的土很鬆，不像蓋著行軍地毯的蒙古包，周圍十餘步內似乎也沒有感受到有人的氣息，天狼悄悄地伸出頭到外面，見這裡正好是在幾個營帳的後面，正處在黑燈瞎火之處，難得的一個死角。

天狼長舒一口氣，鑽出地面，借著夜色的掩護，在各個陰暗的角落裡穿行，漸漸地，他感覺到許多武者的氣息，內力的流轉速度表明他們是一二流間的高手，想必是英雄門的人負責擔任談判地點的護衛。

天狼心中竊喜，想不到得來全不費功夫，順著這些人的氣息過去，一定可以找到他們談判的地方，於是天狼定睛一看，只見一座比平常蒙古包大出幾十倍的一個巨型氈帳，蓋著高高的金頂，在整個軍營中顯得格外的與眾不同，一定是可汗的行營。

在這大營的四周，獸皮勁裝，黃巾蒙面的英雄門徒們全神戒備，目光如炬，隔著三百多步，天狼似乎還可以聽到這可汗行營內激烈的爭吵聲。

天狼咬了咬牙，富貴險中求，這裡周圍盡是高手，想要用地行之術穿越幾乎是不可能了，而方圓百步之內燈火通明，自己也是無處隱身，唯一的辦法就是從空中過去。

天狼悄無聲息地使出壁虎遊牆功，順著眼前的一個蒙古包慢慢地攀到了頂部，幾乎沒有發出任何聲音，天狼深吸一口氣，手裡拿起剛才撿的一個土塊，以流星追月的暗器手法擲向了幾十步外，同時使出梯雲縱的輕功，身形一飛沖天。

第八章

賣國交易

天狼差點克制不住心中的衝動，
讓他聽著這種賣國交易而無法行動，
實在是比殺了他還要難受，
仇鸞一定會擁兵不前，坐視蒙古軍燒殺搶掠，
最後再像這次一路尾隨，
禮送蒙古軍帶著大量的百姓和俘虜出關。

只聽到「叭」地一聲，所有的護衛都反射動作地看向土塊落地之處，更是有幾名武功高強者施起輕功，迅速地向那裡接近，卻無人注意到半空中的天狼，如同一隻黑色的大鳥，橫飛二十多丈，輕輕地落在可汗大帳的金頂之上。

天狼一落金頂，立即使出浮雲功，身形頓時輕如落葉，緊緊地貼在帳頂。運氣於指，悄悄地割開了帳頂的金色布幔，帳內的一切動靜盡收眼底。

嚴世藩已經摘下斗笠，一身青衣便裝的打扮，大帳中央放著十餘口箱子，這會兒都已經打開，天狼定睛看去，只覺滿眼的珠光寶氣，再一細看，箱子裡放著大顆夜明珠，整塊的玉翡翠，成形的血瑪瑙之類的珍奇寶物，每一件都可用價值連城這四個字來形容，**看來這回為了賄賂蒙古人，嚴嵩是下了血本了。**

只是皮帽貂裘，安坐汗位的俺答好像對此全無興趣，甚至看都不看這堆珠寶一眼，只對著嚴世藩用半生不熟的漢語說道：「小閣老，你這條件就想讓我退兵嗎？」

嚴世藩微微一笑，那低沉嘶啞、如同夜梟啼叫的難聽聲音，刺得天狼的雙耳說不出的難受：「大汗，這些只是見面禮而已，目的是為了建立我們嚴家和您的良好關係，如果這次我們合作愉快，以後每年獻上如此厚禮，並不是什麼難事。」

俺答哈哈大笑起來：「小閣老，本汗並不是草原上一無所知的野蠻人，今天你帶來的這十幾箱寶貝，足有一千萬兩銀子，你大明每年入庫的銀兩不過五千多萬，現在**我蒙古大軍兵臨城下，你才咬咬牙拿出這一千多萬，等我撤回關外，你會繼續出這錢？你要是我，會信這話嗎？**」

嚴世藩搖搖頭：「在下說過，這只不過是一個見面禮，如果大汗退兵，在下的相父會想辦法勸服皇上，讓他重開跟你們蒙古的邊境貿易，外加歲幣的賞賜，到時候每年千萬，可不是什麼難事。」

赫連霸冷冷地說道：「小閣老，休要誆騙我們，你們的皇帝，我們最清楚不過，前幾年我們多次真心實意地派使入關，請求封貢貿易，可是你們卻把我們的使者直接趕了回來，我們的大汗這才氣憤難平，起兵攻破你們的大同、宣府，本以為你們能長點記性，沒想到你們卻是整軍備戰，還是不肯重開邊貿。這回我們大軍兵臨城下，打破北京，抓走你們的皇帝也不是什麼難事，你現在私自來我們這裡求和，帶上這些財寶來賄賂我們，又哪見到什麼誠意了？」

嚴世藩搖搖頭：「赫連將軍，前幾年之所以我朝對貴邦態度強硬，全是因為前任內閣首輔夏言從中作梗，夏言這個人你們也應該知道，跟前三邊總督曾銑乃是一黨，夏言的續弦夫人就是曾銑牽線介紹的，是他的同鄉，可知二人的關係。

那曾銑為搏軍功，出將入相，一直在邊境挑事，有了夏言在朝中為他說話，更是肆無忌憚，前兩年頻頻主動出擊，想要收復河套，想必大汗碰上這麼一個刺兒頭，也是費心費力，苦不堪言吧。」

俺答的臉色微微一變，對陣曾銑這個不要命，又深通兵法的名將，他確實沒占到啥便宜，如果由曾銑鎮守宣大，他又怎麼可能如此輕易地破關直入，若不是早早打聽到曾銑被斬，這次他也不敢起大兵犯境的。

聽到嚴世藩如此說，俺答的嘴角抽了抽：「本汗前幾年為了表示和你們明朝做貿易的誠意，才讓了曾銑兩次，即使他不死，這次也不可能擋住我蒙古大軍，小閣老，你是不是想說你明朝像曾銑這樣的人到處都是？那就請你讓這樣的人領兵，與我約期決戰好了。」

嚴世藩擺了擺手：「大汗誤會了，你的麾下猛將雲集，又豈是曾銑之流可以螳臂當車的？我們大明的天子為了不損害與貴邦一向良好的關係，不把事態弄得不可收拾，這才讓城外的三大營回城防守，幾個月前我們斬殺曾銑，也是為了向貴邦表態我們的和平誠意，難道大汗對此視而不見嗎？」

赫連霸冷笑一聲：「明明是你們嚴家父子自己看上了夏言的相位，這才借著曾銑的事情把他們給扳倒，又怎麼成了為我們謀利？嚴世藩，任你舌燦蓮花，這次也休想讓我們輕易退兵。」

嚴世藩眼珠子一轉，笑道：「赫連將軍說得對，當時在下父子確實想的主要是扳倒夏言，可是在這件事上，我們兩邊的利益是一致的。我們拿下了夏言，順帶著殺了曾銑，所以我爹坐到了相位，而你們現在也能打到這裡，這一點沒有什麼異議吧。」

赫連霸「哼」了一聲，算是默認。

嚴世藩繼續說道：「所以說在此事上，**我們雙方事實上是共贏的，都得到了足夠的好處，以後我們也可以繼續合作，繼續共贏，不是嗎？**」

俺答冷笑道：「怎麼個共贏法？難不成你們能開放邊關貿易？嚴世藩，你要是有本事讓你們皇帝現在就下這個詔書，我就信你，不然就戰場上見真章吧。我給你三天時間，不算短吧。」

嚴世藩笑著擺了擺手：「大汗，你也知道我們家皇上的那個脾氣是吃軟不吃硬的，現在你們兵臨城下，卻又沒有一舉破城的把握，他當然不會在這種情況下跟你們重開貿易，但若是貴軍表現出足夠的誠意，就此退去，在下保證會和父相一起全力說服皇上。」

俺答厲聲道：「嚴世藩，你騙不了我的，這十幾箱財寶你自己拿回去，三天後，我蒙古大軍全力攻城，你們就準備守城戰吧。」

嚴世藩嘆了口氣：「大汗，你怎麼到現在還沒明白呢？且不說你現在攻不下北京城，就算你能攻下來，你就贏了嗎？你的本部精銳自入關以來一直沒有投入戰鬥，就是為了北京之戰留下的，這點我很清楚，現在你的僕從部落個個發得肥死，而你的主力部落若是攻城，勢必損失慘重，回到草原後，你又如何能壓服那些野心勃勃的僕從部落呢？」

俺答臉色微微一變，沒有說話。

赫連霸沉聲道：「這是我們蒙古人的事，用不著你管，再說了，攻下京城後，我們本部可以有百萬奴隸帶回草原，實力只會比其他部落強上許多。」

嚴世藩哈哈一笑：「是，到時候你們是可能有百萬奴隸，包括我嚴家父子也可能成為你們的奴隸，可是**你們能保證那些沒啥損失的僕從部落不會趁機滅了你們俺答部嗎？面對大肥肉，你們自信在破城之餘有足夠的力量保護？**」

俺答咽了一泡口水，嚴世藩的話直刺他的內心深處，他緩了緩，開口道：「那以小閣老的意思，你又有什麼可以讓我們共同得利的辦法呢？」

嚴世藩笑道：「還是剛才那句話，**你們撤軍，我嚴家父子想辦法讓大明重開邊貿**，此言絕非虛言，你也知道邊貿一開，我們嚴家也可以利用職權有利可圖，衝著這點，我們也會力促此事成行的。」

赫連霸與俺答對視一眼，不滿地道：「小閣老，說了這麼多，你並沒有拿出一個真正可行的方案來，剛才你也不敢保證你們的皇帝能重開邊市，難道我們退兵之後他反而肯了？我根本不信。」

嚴世藩「嘿嘿」一笑：「我們的皇上一心只想修仙求道，對他來說，多一事不如少一事，現在國內連兵用兵，南邊要平倭，北邊又面臨貴邦，只要戰事一開，那就得大量花錢，我們的皇上就是再要面子，如果兵部從他修繕宮殿和準備戰事的錢裡分出每年上千萬兩的銀子，時間一長，他也是無法支撐的。

「就算皇上為了保他的面子，表面上仍然不開邊市，我們也可以私下裡暗開邊貿，實話跟大汗說吧，那仇鸞就是我們的人，此人既然敢這次跟大汗私下交易，那在宣大一線暗開邊貿，也是小意思的事，從總兵到御史，到時候都換上我們的人，皇上也樂得睜隻眼閉隻眼的。」

俺答聽了，反問道：「小閣老，只是這樣一來，我們這次入侵中原，我俺答本部卻沒有撈到什麼好處，剛才你也說了，其他的僕從部落個個發了財，而我五萬本部戰士卻沒有任何戰利品，**按草原的規矩，沒有打仗，不能分好處，要是讓本汗現在就撤軍，那本汗如何向我的幾萬兒郎交代呢？」**

嚴世藩那隻獨眼光芒一閃：「這一點嘛，我在來時跟父相商量好了，**如果大汗能遵守承諾，不攻北京城，那我們也約束勤王之師，讓他們不向貴軍發動攻擊，貴軍可以在京師四郊，這方圓兩三百里的州縣縱兵大掠，我軍絕不出擊，任由貴軍大掠三天**，如何？」

天狼聽到這樁骯髒的交易，恨不得就跳下去把這幫禽獸殺死，不覺殺機一動，呼吸也變得沉重了一些，連忙屏氣凝神，一邊在心中暗罵嚴嵩父子祖宗十八代，一邊繼續瞪著帳中眾人，如果眼神能殺人的話，這三人早已被他殺了千次萬次了。

俺答似乎很滿意這個提議，赫連霸卻質疑道：「小閣老，此話當真？我知道你的父相現在在朝中可謂一手遮天，但各路明軍雲集之後，你會不戰？現在你只有五六萬弱兵困守北京城，所以才會對我們這麼恭順，可你手上要是有了三四十萬大軍的時候，你還會這麼聽話？」

嚴世藩哈哈一笑：「赫連將軍，就算能消滅你們，我又有什麼好處呢？皇帝沒了外患，就會著手整頓朝政，到時候，仇鸞的事情肯定會給我們在朝中的敵人挖出來，對我們大加撻伐，我們父子還是吃虧，所以這種蠢事，我們是不屑做的。再說了，我們明軍的那種戰鬥力，哪比得上貴邦天軍的萬一，三四十萬大軍雲集京師周圍，每天要消耗多少軍糧，費多少軍餉，只要貴軍不是真的攻城，我保證讓他們只是做做樣子而已。」

赫連霸冷冷說道：「你嚴家父子還做不到一手遮天吧，再者，北京城如果被圍，你們又怎麼可能跟外面的軍隊聯繫上？你又怎麼可能給各路勤王的軍隊下這種只守不攻的命令？」

嚴世藩的臉上閃過一絲獰笑，從懷中掏出一張黃色的聖旨，遞給赫連霸：「將軍請過目，我想這東西足夠證明我的誠意了。」

赫連霸把聖旨展開，仔細地看了看，確認聖旨上沒有毒物之後，才恭敬地遞給俺答汗。

俺答粗聲大氣地說道：「本汗不認識漢字，赫連，你來讀一下吧。」

赫連霸道：「回大汗，這是漢人皇帝的聖旨，意思是說那個仇鸞忠於國事，在各路勤王部隊中進展最快，命其臨時兼任五軍大都督，全權指揮各路勤王部隊。」

天狼的眼睛快要噴出火來，差點克制不住心中的衝動，讓他聽著這種賣國交易而無法行動，實在是比殺了他還要難受，仇鸞當主帥，一定會擁兵不前，坐視蒙古軍燒殺搶掠，最後再像這次一路尾隨，禮送蒙古軍帶著大量的百姓和俘虜出關。

俺答聽了點點頭：「這倒是不錯，小閣老，你的提議我很滿意，那就按此實行吧，只是本汗有言在先，如果你們勤王部隊有任何向我軍攻擊的跡象，那我就馬上揮軍攻城，到時候可別怪本汗不給你們面子！」

嚴世藩一個長揖及腰：「大汗天威，我們哪敢違背？即使蒙古大軍回到草原上之後，我們也一定會派使者和您保持聯繫，那個重開邊貿的事情，也絕不會食言的，請您放心。只是在下還有一個小小的要求，希望大汗能滿足。」

俺答臉色微變：「什麼要求？」

嚴世藩眼中殺機一現：「在下知道這次貴軍長驅直入，白蓮教出力甚多，甚至在下也知道，大汗本來和那白蓮教主趙全約定，攻下北京之後，扶他為宋王，約為兄弟之邦，而趙全建立的國家永遠向大汗稱臣納貢，對不對？」

俺答沉聲道：「怎麼，**你想讓本汗交出趙全？**」

嚴世藩擺擺手：「不敢，趙全可是大汗忠心的奴僕，如果這時候交出趙全，那大汗在草原上會落下一個不能保護自己手下的罵名，只會有損大汗您的威望，咱們可是盟友，怎麼能讓大汗吃虧呢！」

俺答哼了聲道：「知道就好，你究竟想要如何，直說吧。」

嚴世藩笑了笑：「此事其實也簡單，前天錦衣衛總指揮使陸炳突然從山西回到京城，他也知道了白蓮教的事，回來後別的事都不做，就是在城中大肆搜捕白蓮教徒，那些在天橋下偽裝成賣藝之人的白蓮教徒，還有幾十個毒人，都已經被他查獲，大汗，恕我直言，您想裡應外合攻取京師的計畫，已無可能。」

赫連霸厲聲道：「嚴世藩，沒有內應，我大軍一樣可以破城而入，信不信？」

嚴世藩點點頭：「在下當然信，在下一直在說貴軍乃是神兵天降，我嚴世藩只有仰視的份，只是在下說的是白蓮教，現在他們對你們已經沒有利用價值，貴軍退兵後，陸炳勢必會在整個華北地區搜查白蓮教徒，恕在下直言，趙全已經是一個大汗的雞肋，食之無味，棄之可惜。只怕大汗現在也在心煩如何應對趙全，要不要兌現事先給他封王的承諾吧。」

俺答「霍」地一下子站了起來，雙眼如冷電般直視嚴世藩：「嚴世藩，你想陷本汗於不義，實在是打錯了算盤，**你覺得本汗是一個隨便出賣朋友和下屬的人嗎？**我們蒙古人重信重義，別以為都跟你一樣！」

嚴世藩面不改色，那隻邪惡的獨眼眨了眨：「大汗，義氣是對朋友的，可是趙全這種人能算是朋友嗎？**他只不過是想借你們蒙古兵實現自己的皇帝夢罷了，連自己的國家和祖宗都拋棄的人，您覺得他對蒙古又能忠誠到哪裡去？**現在表現得恭順是因為需要你們蒙古兵的扶持，**只等他羽翼一豐滿，一定會自立的。**

「想我們大明的太祖洪武皇帝朱元璋，以前起兵之初，實力不足的時候，不也是接受過大元的封號，名義上臣服於大元嗎？等他一統南方後，便興師北伐，把你們大元趕出中原，就是這樣還沒有放過，繼續派出徐達、藍玉這樣的大將領兵出塞，橫掃大漠，一直把北元皇帝的玉璽都奪到手這才甘休，前車不遠，您可別忘了，趙全的白蓮教當年正是扶朱元璋起事的主力。」

俺答的眉毛動了動，重新坐回了自己的椅子，沉聲道：「小閣老，你在本汗這裡這樣說你們的開國皇帝，就不怕誅九族？」

嚴世藩哈哈一笑：「在下眼裡沒有什麼太祖，只有當今的皇上和大汗，為人君者，哪有什麼義氣可言，趙全靠著一幫裝神弄鬼的邪教徒就以為可以君臨天下，那是作夢，我嚴世藩也不可能聽命於這樣的鼠輩，可是大汗卻是草原上的雄鷹，為大汗效力，世藩樂意之至。

「大汗，為了不讓您落得個出賣手下的罵名，世藩有個辦法，您要是覺得還可行，就可以參考一下。那趙全經過這次起事，白蓮教已經完全暴露，您這次是要退回大漠的，他們留在我們大明，也不可能以後再為大汗做什麼事，不如這次退兵時，把白蓮教徒們都帶回大漠，找個地方安置下來，如何？」

俺答沒有說話，赫連霸卻開口道：「小閣老，你的算盤打得不錯啊，一邊讓我們公然接納這些明朝的叛賊，一邊又說要重開邊貿，最後如果你們皇帝不答應，你也可以拿這個當藉口，即使你現在知道無法追回趙全，向你主子交差，以後也留了個口子，逼我們交出趙全以重開邊貿，你真當我家大汗想不到嗎？」

天狼心中暗嘆，**這赫連霸果然是心思縝密，嚴世藩的那點小把戲一下子就給他撞破了**，這次蒙古入侵，白蓮教出力甚巨，事後追查起來，皇帝一定會嚴令嚴嵩父子破獲白蓮教，這樣一來，仇鸞暗中扶持白蓮教、勾結俺答的行為一定會人贓並獲，仇鸞一倒，舉薦他的嚴嵩自然也脫不了干係，嚴世藩不敢找蒙古人的麻煩，但對趙全和白蓮教卻是恨之入骨，必欲除之而後快。

當務之急，先是借著蒙古退兵，哄騙俺答把白蓮教徒們都帶回大漠，躲過眼前這一劫，以後再以此為由，拒開邊市，蒙古人這回搶夠了，三五年內，只怕再也沒有動力重新調集這樣規模的大軍入侵，以後想要開邊市，主動權就到了嚴嵩這裡，到時候到此為條件要脅俺答交出趙全等白蓮教徒，即使要不來趙全，交出一些底層教眾，給對上對下也算有了個交代。

俺答的聲音冷冷地響起：「小閣老，我們家赫連將軍所言，你有何高見呢？」

嚴世藩平靜地說道：「剛才我就說過了嘛，**要互利互惠，這才是長久合作之**

道，既不能我們只為你們作嫁衣，也不能你們只顧自己，如果我們嚴家倒了，換上像徐階這樣的人把持大明的朝政，我想你們以後過得不可能這麼舒服吧。

「這次的事情，我們事後必須向皇上有個交代，你說你要保趙全的命，這個我沒意見，但到時候總要留點小魚小蝦給我，讓我好向皇上交差，要不然皇上事後追查，仇鸞第一個脫不了干係，到了那個時候，我們今天談的事情，無論是開邊市還是走私，都不可能實現了，大明的人口超過你們蒙古百倍，若是有一二名將在邊關整軍備戰，只怕你們蒙古人的日子也不好過，不是嗎？」

俺答厲聲道：「這件事不用多說，**趙全也好，白蓮教眾也罷，跟我這次回關外的，本汗一個也不會交出來！**你們嚴家要是連這點小事也沒法解決，那也不用混了，抓些你們自己的百姓說是白蓮教徒不就行了嗎？難道連這種事都要本汗教你？」

嚴世藩嘆了口氣：「大汗，如果不是這次的事情鬧得太大，您的大軍兵臨北京城下，抓幾個百姓去頂缸自然容易，就是以前宣大一帶慘敗，總兵戰死，那也只是大軍敗於野，可是現在是在皇上的眼皮底下，一切都無法再隱瞞，事後他肯定要讓錦衣衛也參與白蓮教一案的查處。陸炳可不是那麼好瞞的，他上次在山西好像已經查到了些什麼，這次雖然沒有明說仇鸞，但也向我暗示過最好和仇鸞劃清界線，可能戰事結束後，他就會徹查白蓮教之事了。」

赫連霸冷笑道：「我聽說你跟陸炳是兒女親家，政治盟友，聯手害死了夏言，這回他想動仇鸞也跟你先打了招呼，怎麼，難道小閣老連陸炳都擺不平？」

嚴世藩搖搖頭：「陸炳其人只會忠於皇上，跟我們父子上次聯手扳倒夏言之後，合作已經近乎中止，他這次去山西查仇鸞和白蓮教，事先都沒跟我們打過招呼，早已經不是同心了，如果事後有借題發揮的機會，他不是沒有扳倒我們嚴家的可能。」

赫連霸眉頭一皺：「**扳倒自己的親家？不太可能吧，你不是娶了他的女兒嗎？難不成他忍心自己的女兒跟著你們受牽連？**」

嚴世藩眼中凶光一現：「別提那賤人，我早就把她打發回陸家了，娘的，陸炳想借她女兒來刺探我們嚴府的虛實，連她的女兒都是錦衣衛。我們兩家的翻臉也是從那時候就開始了。」

赫連霸啞口無言道：「想不到你們漢人之間勾心鬥角，連這種機會都不放過，實在可怕。」

嚴世藩冷笑一聲：「草原上還不是一樣？就是大汗，不也是要靠娶親，嫁女來結好其他的部落嗎？這次你們可汗部落的五萬大軍，兩萬是可敦部落的，只有三萬是純粹的俺答部戰士，大汗剛才一直擔心的戰利品，只怕也是不好向可敦的娘家部落交代吧。」

俺答不耐煩地擺了擺手：「好了好了，都是大男人，這種家事就不要多說了，趙全和他的手下我不會交出來，你還有什麼好辦法？」

嚴世藩頭想了想：「大汗，要不這樣吧，趙全他們出關之後，讓他派一些人潛回關內，這些人反正多數都是山西人，在本地有著千絲萬縷的關係，然後再招一些百姓逃亡關外，到時候你把消息透露給我，我去把這些想投奔關外的百姓當成白蓮教餘黨抓起來就是，這樣總算不到是你出賣了趙全吧。」

俺答豎起了大姆指：「小閣老，這個辦法你都能想得到，實在是太厲害了。只是這樣一來，以後在山西就不會有百姓投向白蓮教和我們，長遠來看，還是我們吃虧啊。」

嚴世藩擺了擺手：「不，這對大汗來說吃不得什麼虧，跑的抓的都是大明的百姓，那些本就不是你的子民，而且，我也不會全抓，最多跑十次抓個兩三次，給自家皇上一個交代罷了。」

嚴世藩繼續說道：「再說了，山西那地方大汗也知道，邊關重鎮，地方又窮，歷來為了軍餉和稅賦之事時有兵變民變發生，要不然也不會有白蓮教發展的土壤，只要大汗到時候讓趙全那幫人過得好點，自然不擔心他們趨之若鶩。」

赫連霸不可思議地道：「小閣老，再怎麼說，那些山西的百姓也是你的子民，你作為明朝的實權人物居然說出這種話，就一點也不臉紅嗎？」

嚴世藩面不改色心不跳地說道：「我們父子當官是為了讓自己過得更好，至於子民，牛羊而已，生來就是給我們搜刮與欺凌的，管他做甚?!」

天狼聽了，恨不得現在就跳下去掐死這個混球，鳳舞原來說嚴世藩是這個世上最邪惡的人，他還將信將疑，現在，他全信了。

在這金頂待了這一個多時辰，是他有生以來最痛苦的時候，不是因為練功岔氣或者是中毒，甚至那天被屈彩鳳爆打也沒這麼難受過，而是聽到這種能把自己氣炸的談話，卻不能下去殺了這三個惡賊。

天狼氣憤之餘，身子不覺地動了動，大帳的帳頂也微微一動，這下引得赫連霸和嚴世藩同時色變，抬頭向上望去，天狼趕忙放下手中掀起的布幔，收起所有的氣息，連心跳都用龜息功停住了。

赫連霸看了兩眼，道：「風還真不小，小閣老，你說這樣的話，就不怕老天爺打個雷劈了你？」

嚴世藩哈哈一笑：「貴軍現在做的事情，不也是傷天害理麼，你們既然不怕，我又有啥好擔心的。」言罷，三人相視大笑，聲音刺耳之極。

笑畢，俺答說道：「小閣老的意思，本汗已經瞭解了，具體的細節，本汗還要跟手下的將軍們商量一下，你先請回吧，代我向你父親問好。」

嚴世藩恭敬地行了個禮：「那在下就先告辭了。」

赫連霸突然開口道：「小閣老且慢，以後咱們的聯繫方式，最好還是留下來。」

嚴世藩點點頭：「還請赫連將軍取來紙筆，在下手書。」

赫連霸從懷中掏出一卷羊皮紙，遞給了嚴世藩，嚴世藩微微一笑，也不用筆，直接手指隔空在羊皮紙上劃了開來，天狼看得真切，他的內力透過指尖，可以在羊皮紙上龍飛鳳舞地寫字，這份功力當真是高絕莫測、

能以內力透指的即可是一流高手，而嚴世藩居然可以在薄薄的羊皮上以內力寫字，這難度不知比在地上甚至在磚上刻字要高出多少，難怪鳳舞說此人武功絕高，看起來這份內力還要在自己之上。

赫連霸看了也是大感驚異，走到嚴世藩身邊，看了一眼那羊皮紙，伸出手指開始在紙上寫字，只不過他要完全貼著羊皮紙才可以寫出，比起嚴世藩的隔空寫字還是稍稍差了一些。

寫完之後，二人相對點了點頭，赫連霸用蒙古話對外面說道：「來人，護送

大汗回營歇息。」又轉向俺答，以左手按胸，恭敬地行了個禮，「恭送大汗。」

俺答站起身，衝著兩人點頭示意，伸了個懶腰，用蒙古話自言自語了兩句後，便在從帳外進來，以黃宗偉為首的十餘名護衛的陪同下走了出去，很快，帳外一陣馬嘶，隨之而來的馬蹄聲漸行漸遠，消失不見。

赫連霸和嚴世藩突然相對大笑起來，互相拍起對方的肩膀。

天狼看得莫名其妙，不知道是何用意，卻聽到赫連霸厲聲喝道：「來了這麼久了，也該現身了吧！」

天狼的心猛的一沉，暗道不好，自己這樣潛伏，還是沒有逃過兩大高手的眼睛，牙一咬，心一橫，正待衝進去殺個痛快，卻聽到一陣碎布裂幔的聲音，**一個全身黑色的嬌小身影從帳後一躍而入，黑布蒙面，而頭髮卻如霜雪一般，可不正是白髮魔女屈彩鳳！**

赫連霸冷冷地說道：「屈姑娘，這是我們第二次見面，想不到又是這種情形，剛才若不是和小閣老手書交談，我還真不知道你居然這次是不請自來呢。」

屈彩鳳把蒙面的黑布一把扯下，露出了那張絕美的嬌顏，一雙鳳目中像是要噴出火來：「赫連霸，上次沒能要了你的命，實在是我一大失策，這次我可不會再放過了。」

赫連霸哈哈一笑：「看來屈姑娘自信得有些過了頭，且不說你有沒有本事在這裡殺得了我，動手之前我想先問問，咱們無怨無仇，你為何要殺我？」

屈彩鳳恨恨地說道：「你們這幫禽獸，燒殺擄掠，無惡不做，我真是瞎了眼，以前還為你們做事，告訴你，**老娘就是為了那些被你們欺負、被你們糟蹋的女子來找你復仇的。**」

赫連霸搖了搖手指，輕蔑地道：「屈姑娘，這可不是什麼欺負不欺負，這是勝利者應得的好處，不要說是在你們中原，就是在我們草原，打輸了的部落的女子，也都要這樣侍奉勝利者的，而且還要為他們生兒育女。只有你們這些虛偽懦弱的中原人，才會被這個禮那個教的所束縛，所以打仗才不行。小閣老，你說是不是呢？」

嚴世藩哈哈一笑：「屈寨主，赫連將軍言之有理，草原上弱肉強食，一向如此，就連當年一代天驕的成吉思汗，老婆和老娘也都給人搶過，這並沒有什麼，只不過是風俗問題罷了。」

屈彩鳳向地上啐了一口：「嚴世藩，你身為重臣，不思報國，好不要臉，在這裡說這些厚顏無恥的話，那些百姓難道不是你的子民？如果是你的老婆，你的女兒給人這樣搶了，你還說得出這種話？」

嚴世藩眼皮都不眨一下，「嘿嘿」一笑：「她們的男人沒本事保護住她們，怨不得別人，我嚴世藩有本事能保住我的妻兒老小，剛才你不是一直在這裡聽嗎，蒙古大軍已經和我達成了協議，不會進攻北京城，所以我的女人是安全的，至於這些女子，只能怪她們命不好了。不過能侍奉蒙古勇士，換來國家平安，也算是為國盡力啦，事後我會讓戶部出錢撫恤她們的家人的。」

屈彩鳳氣得渾身發抖，「嗆啷」一聲，一長一短的兩柄雪花鑌鐵雙刀一下子抽了出來，擺開天狼刀法的起手勢：「惡賊，今天老娘連你一塊兒宰了。」

嚴世藩嘆了口氣：「屈寨主，你我可是合作的關係，不要忘了，你巫山派上下十幾萬人都得指望著你呢，若是你今天跟我翻了臉，難道就不怕我出兵剿滅了你們？剛才你還說我嚴世藩不思報國，沒錯，我保護了你們這些綠林土匪這麼多年，確實於國有愧，你是不是想逼我改變想法？」

屈彩鳳臉色一變：「嚴世藩，你敢動我們巫山派一根指頭試試？」

嚴世藩收起了笑容，陰森森地說道：「屈姑娘，我們合作的基礎是什麼，你其實很清楚，不需要我說得太明白吧，實話跟你說了吧，那東西對我其實也是可有可無，想必你也不會把它的下落告訴別人，我今天如果殺了你，那東西就成了一個永遠的秘密，誰也無法再用到它了。」

赫連霸轉頭看向嚴世藩：「小閣老，什麼意思，屈姑娘可以任我處置？」

嚴世藩陰笑道：「這個女人已經和我翻臉，我留著她也沒什麼用了，今天她偷聽到太多我們的事，傳出去可就麻煩了，赫連將軍幫我一個忙，殺了她，或者帶回大漠當你的小老婆，總之，不要讓我再看到她就是。」

赫連霸臉上黃鬚一動，血盆大口開開合合：「小閣老，我聽說你練的功夫一向需要採陰補陽，這屈彩鳳的武功在女子中也算頂尖，怎麼你會這麼便宜我呢？」

嚴世藩不屑地道：「此女已是殘花敗柳，對我提高功夫作用不大，而且把她留下，風險太大，萬一讓她跑了，我會有麻煩，總之，讓赫連將軍全權處理吧。」

屈彩鳳聽著這兩個傢伙把自己當成一件商品似地作交易，氣得滿臉通紅，怒吼一聲，雙刀亮出一片雪花，兩眼碧芒大盛，渾身被包在一團紅氣當中，直衝嚴世藩而來，一招「天狼殘血斬」，瞬間罩住嚴世藩的周身要穴，帳中勁風鼓蕩，連伏在帳頂的天狼也能感受到空氣的劇烈震盪。

嚴世藩讚道：「屈姑娘的天狼刀法果然厲害，只可惜你還沒有練到破氣。」

他的話音未落，人卻詭異地一閃，速度之快，屈彩鳳只覺眼前一花，已經失去了他的蹤影，甚至連氣息都感覺不到。

帳頂的天狼卻是看了個真真切切，**嚴世藩在這一瞬間竟然幻出三個分身，這等武功他聞所未聞**，因為再高強的輕功，轉眼的功夫，留下一個虛影是可以做到的，像幻影無形劍可以靠著頂級的幻影無形步，把自己的身形隱藏於劍氣之中，讓敵人無所感知，可是像這種直接留下三個殘影的功夫，他卻是第一次見到，僅此一招，就超過了他所見識過的所有武功。

屈彩鳳的反應要稍慢天狼一點，以她的直覺，感覺到左側突然出現了一個影子，本能地左手短刀一轉，一招天狼旋風轉，迅速地在自己的手腕處轉出一個光輪，直襲嚴世藩的腰間。

嚴世藩邪惡的笑意還掛在臉上，屈彩鳳的短刀劃過他的腰間，卻是空空如也，那個影子瞬間破滅，只留下一絲輕煙。

屈彩鳳心中一驚，頭也不回地右手長刀向後劃出一個半月斬，一刀凜冽的刀氣轉過，嚴世藩的第二個影子隨刀風幻滅，一陣輕煙詭異地向上升起。

天狼眼睛落在屈彩鳳的右側，就是剛才她背後的方向，第三個嚴世藩的殘影已經伸出了手，那想必是真身，天狼的心提到了嗓子眼處，深怕屈彩鳳應付不了。

屈彩鳳嬌叱一聲，左手短刀向內，右手長刀向外，雙刀同時劃出，拉出兩個快慢不同的光圈，這是把武當絕學兩儀劍法融入天狼刀法中的精妙一招，乃是屈彩鳳的自創，名叫天狼日月斬，威力巨大。

驚天動地的刀氣席捲了帳內三丈方圓之地，連站在丈餘外的赫連霸也是臉色一變，身形直接向後倒飛，嘴裡還不忘讚一句：「好刀法！」

嚴世藩的影子突然咧嘴一笑，吐出了舌頭，似乎是在嘲諷屈彩鳳，就在這一瞬間，屈彩鳳的兩道刀氣迅速地斬上這個影子，卻沒有發出她意料中那種割開血肉的聲音，只聽「波」地一聲，影子被刀氣撕成一道輕煙，嚴世藩那張醜陋臉上的獰笑還掛在臉上。

天狼再也無法安之若素了，飛身跳下，因為他看到嚴世藩的真身如幽靈一樣地在屈彩鳳身後不到三尺的地方出現，瑩白如玉的手掌掌心變得碧綠一片，顯然是準備施展邪惡歹毒的招數。

屈彩鳳剛才連攻三刀，招式已老，這一下背後空門大開，雖然她的紅色天狼氣護身範圍高達三尺，可是以嚴世藩的功力，若是給這樣結結實實一掌攻擊，非死即傷。

天狼威風凜凜地從空中降臨，斬龍刀暴漲五尺，雙手持刀，怒吼一聲，整個帳內都被這氣勁鼓動，伴隨著他這一聲怒吼，斬龍刀幻出一個巨大的狼頭，一招「天狼龍血舞」，刀身的那道血槽中碧光閃閃，猶如狼眼閃閃發光，朝向嚴世藩飛馳而至。

嚴世藩「哼」了一聲，身形向後暴射丈餘，一道綠色氣牆瞬間佈滿在身前一丈左右，即使在半空中的天狼，也能感覺到一股刺骨的陰邪之氣，比起鬼聖陰風掌的那種寒氣更是厲害了幾倍。

天狼的周身也暴出一團強烈的紅氣，全身上下陽勁走遍，身體一下子變得灼熱起來，那股陰冷森寒的感覺立即消失不見，隨著這一刀狠狠地斬下，屈彩鳳和嚴世藩兩人同時飛出，屈彩鳳就勢前撲，嚴世藩則向後暴退，各自飛出三丈遠，巨大的狼形刀狠狠地砸在地面上，一陣煙塵瀰漫。

天狼趁勢接近屈彩鳳，用本聲道：「屈姑娘，是我！」

屈彩鳳只覺一道人影接近，這一招「天狼龍血舞」太快太猛，讓她根本無暇看清來人，本能地雙刀一揮想要防禦，一聽聲音才又驚又喜：「怎麼會是你！」

天狼地一拉屈彩鳳的左手，沉聲道：「走！」

兩道身形如閃電一般向著屈彩鳳進來的方向衝去，天狼一掀那缺口的布，卻覺左側一道銀色的槍影如山一般襲來，右側一道藍色的爪影封住了自己向右的空間，他大喝一聲，斬龍刀頓時縮到三尺，右手一揮，匆匆打出一招天狼現世。

由於距離太近，來不及完全發力，刀光與這兩道槍影爪氣正面相撞，一聲巨響，來者被打退五步以外，天狼和屈彩鳳也雙雙退出四五步，重新給逼回了帳內。

赫連霸的聲音冷冷地響起：「原來是你這小子！本來還想和小閣老先解決了這個女人再收拾你，你倒是自己暴露了。」

就在這時，從大帳的前門和後面的裂口跑進來上百名英雄門的高手，全都抽出了兵刃，把天狼和屈彩鳳二人圍在當中，黃宗偉和張烈一人手持白銀槍，一人手持天鷹爪，獰笑著帶著幾十名手下從破口而入；

張烈咬牙切齒地說道：「上次中了你小子的計，這回看你往哪兒逃！」

天狼心中暗叫不妙，看來自己在上面時氣憤難抑的那幾下，暴露了自己的位置，讓赫連霸和嚴世藩早有察覺，二人剛才在羊皮紙上寫字，想必也是商議對付自己和屈彩鳳的辦法，現在自己陷入天羅地網，看來很難脫身了。

嚴世藩向天狼上下打量了一番，一陣怪笑：「天狼，上次你對我出言不遜，當時我就想殺了你，若不是有陸炳在，我要賣他個面子，你早就沒命了，這回你自己送上門來，又看到了不該看的，聽到了不該聽的，只怕是神仙也救你不得了。」

天狼雙眼精光一閃，朗聲道：「嚴賊，你受國厚恩，卻如此狼心狗肺，勾結外虜，就不怕遭天譴嗎？只要我天狼有一口氣在，就誓要取你性命！」

嚴世藩眼中冷芒一現：「小子，你自己的命也別想保住了，這世上想取我嚴世藩性命的多了去，可老子照樣活得好好的，但是他們都成了孤魂野鬼，這次就輪到你了，哈哈！」

天狼沒有說話，卻抓住了屈彩鳳的素手，胸膜鼓動，用起腹語之術：「屈姑娘，眼下我們的形勢極為不利，敵人太多，又有強手，只靠單打獨鬥必死無疑，活著出去才能報信，請和我合使一次兩儀劍法！」

屈彩鳳吃驚地睜大了眼睛，半晌回過神來，左手短刀插回腰間的暗刀囊，右手以持劍手法緊握刀柄，天狼也提起斬龍刀，心中默念咒語，刀身縮到三尺左右的標準長度，一人陽極，一人陰極，正是兩儀劍法的起手招式：**兩儀迎風**。

屈彩鳳也用起腹語術說道：「天狼，這回你主攻，我全力配合和防守。」

天狼點點頭，收起所有其他心思，紅色的真氣漸漸地燃起，眼睛變得血紅，屈彩鳳的天狼真氣也行遍全身，兩人的天狼真氣撞在一起，互相激蕩，漸起電閃雷鳴之聲。

嚴世藩見勢不對，臉色微變，向後退了兩步，對赫連霸哈哈一笑：「赫連將軍，這裡是你們的地盤，世藩就不搶你們的風頭了。」

赫連霸心中暗罵嚴世藩實在滑頭，一看對方的架式就是要拼命的，怕傷到自己，就先縮在後面，要他的人上前當第一撥送命的。可是他知道天狼和屈彩鳳都是頂尖高手，這天狼更是個悍不畏死的亡命之徒，現在自己占盡優勢，犯不著親身試險。

想到這裡，赫連霸手一揮，三十多名手下紛紛撲上前去，刀劍齊下，就要將兩人亂刀分屍。

天狼和屈彩鳳同時以刀招使出劍式，一招兩儀迎風，屈彩鳳緩慢地拉出三個光圈，一下子鎖住了右側攻來的七柄長劍，天狼飛身而起，一踩屈彩鳳的香肩，凌空飛擊，迅速地兩個光圈擊出，帶出兩聲巨響，衝在前面的三名英雄門高手被這紅色的光圈一擊，口血狂噴，直接從空中倒飛十餘步，落地而亡。

可是更多的英雄門眾衝了上來，這些都是蒙古高手，也多是赫連霸一手訓練出來的精銳，與中原武林門派不同的是，這些人不僅武功高強，而且是軍令如山，赫連霸下令衝上，就是戰死到最後一個人也不會後退，前面三個同伴的死，沒有讓後面的人有一絲的猶豫和退縮，五把彎刀帶著烈烈風聲，一下子把天狼罩在一團刀影之中。

屈彩鳳一聲嬌叱，刀勢突然由極慢變成極快，迅速地一圈一退，再向前一送，把那從側面刺過來的七把長劍帶得東倒西歪，七名劍手也向後跌去，右方如林般的壓力一輕，馬上移到天狼的身前，一招兩儀奔月，迅速拉出三個光圈，一陣叮叮噹噹的碰撞聲不絕於耳，擋住這五把彎刀的迅猛合擊。

天狼借著屈彩鳳的防守，氣息迅速地回轉，身形一動，從屈彩鳳的身後閃出，左手迅速地從斬龍刀上劃過，雪亮的刀身變得瞬間通紅，攔腰一記天狼捲千山，一道血紅的刀氣橫著斬出，那五名刀手急忙伸刀一刀。

只是他們手中的凡鐵哪能與天狼刀的鋒銳相提並論，內力更是判若雲泥，只一刀，五把精鋼彎刀便斷成了十截，而那五名刀手也被未盡的刀勢擊中胸口，護體氣功被被打破，胸前的護甲就像是被利刃切開的豆腐一樣，片片碎落，仰面朝天噴出五股血泉，倒地不起。

天狼一擊而出，斬龍刀上的紅光迅速地消退，側面又是幾支長劍刺來，屈彩鳳完全放棄了攻擊，倒踏七星天狼步，腳踵一旋，迅速地轉到來劍的方向，又是似慢實快地拉出兩個光圈，把攻來的幾支長劍圈在光圈中心，手腕一抖，運上綿力，那幾名劍手只感覺兵器似乎是被一股絕大的力量吸住似的，止不住地向裡陷，連忙運起內力，想要把劍抽出來，哪還抽得出。

天狼長嘯一聲，也不向刀中注入內力，眼中紅光一閃，身形一動，眾人只覺眼睛一花，就看到天狼一下子閃到那幾名劍手的跟前，斬龍刀飛快地一個旋轉，三顆腦袋齊刷刷地從脖子上搬了家，三股血泉噴湧而出，屍體還緊緊地握著手中的長劍。

天狼飛起三腳，三具屍體被他踢得凌空飛起，直向後面的人群砸去，距離太近，幾十名武士都擠在一起，無法施展輕功，全被這三具屍體砸到，東倒西歪地躺倒一地。

張烈臉色一變，和黃宗偉雙雙挺身而出，一使天鷹爪，一使白銀槍，天狼和屈彩鳳重新分立左右，再一招兩儀破日斬，天狼的手扶住屈彩鳳的臀部，猛的一托，屈彩鳳凌空飛起，七個光圈奔騰而出，地面上的天狼則正踏七星天狼步，斬龍刀如挽千鈞之力，忽快忽慢，劃出三個大光圈，猛的一喝，三個光圈激射而出，與屈彩鳳空中的七個光圈幾乎同時攻到。

張烈和黃宗偉向上搶攻的身形一下子罩在這十個光圈中，兩儀合璧，威力何止簡單的一加一，心有靈犀的二人同使，功力一下子增加了四五倍不止，只感覺到一股絕大的力量撲面而來，雙雙一擋，只聽兩聲巨響，兩人被生生擊退一丈開外，臉色慘白，一金一藍的兩團護體氣勁被震得全散，內力也為之一滯。

天狼也意料不到兩儀劍法竟有如此強大的威力，大喜過望，對著身邊的屈彩鳳沉聲道：「屈姑娘，兩儀化生！」

屈彩鳳嬌叱一聲，身形向左一分，急揮三個光圈，天狼突然人刀合一，生生從那三個光圈中鑽出，屈彩鳳手腕一抖，三個光圈急射而出，同時左手在天狼的腳後跟一擊，天狼如同一支離弦的利箭套在三個光圈之中，旋轉著射向一丈外的黃宗偉與張烈二人。

第九章

禍國奸臣

天狼點點頭：「嚴世藩此來就是為了賣國，
放任蒙古軍帶著擄來的百姓離去，
他讓各路勤王大軍不攻擊蒙古人，換取蒙古人不攻京師！」
公孫豪氣得一掌在地上打出了一個大洞：
「禍國奸臣，真應該殺了他！」

赫連霸一看勢頭不對，趕緊衝上前去，擋在二人身前，黃金長槍幻出萬千槍影，把身前三尺處舞得水泄不通，而身後的張烈與黃宗偉也趕緊換了一口氣，重新內力流轉，三人各施絕學，向前齊齊攻出一招，金黃藍三股真氣合在一起，直撲如同一顆隕石般襲來的天狼。

天狼的斬龍刀正對上赫連霸的槍尖，一聲巨響，赫連霸只感覺到手都在燃燒，而黃金槍桿幾乎要融化似的，好歹左右兩側的兩個兄弟全力施為，幫自己分擔了不少正面的壓力，這才勉強挺住。

天狼一擊不成，在空中輕巧地一個空翻，退回出發的地方，神態輕鬆，再次與屈彩鳳並肩而立，而赫連霸三兄弟則齊齊地向後退出一個大步，赫連霸不僅使出了千斤墜，更是金槍一漲，向著身後的地面一插才穩住了身形，不至於太過狼狽，本來瀰漫滿臉的金氣則是變得慘白。

天狼哈哈一笑，信心百倍地喝道：「今天定將爾等全部斬於刀下！彩鳳，兩儀修羅殺！」

赫連霸臉色一變，厲聲喝道：「並肩上，我就不信不能把這對狗男女分屍！」

身邊的蒙古武士們一聲喝諾，從四面八方向上撲，角落裡的嚴世藩，嘴角卻露出一絲邪惡的冷笑，身形一閃而沒，消失於帳外的茫茫夜色之中。

屈彩鳳柳眉一豎，用力地點了點頭，雪花刀極快地在周身揮舞，拉出一個個光圈。天狼也做著同樣的事，斬龍刀帶著灼熱的氣息，一陣刀氣激蕩，迫得衝上來的英雄門眾來勢紛紛一緩。

忽然間，二人停止了舞劍，單手舉刀向天，然後把臂而交，四目相對，心意相通，周身的那幾十個大大小小的光環像是突然在二人的周邊停止了轉動，就在這一瞬間，時間和空氣彷彿都凝固了。

四道殺氣四溢的目光同時射向蜂湧而上的英雄門徒，兩人大喝一聲，雙刀突然在兩人的身前飛速地旋轉，然後迅速地向外飛出，與此同時，兩人周身的幾十個光環也極速向外激蕩，強大的內勁噴湧而出，如同火山爆發一樣，湧上來的英雄門徒們的眼裡，**只看到一個個死神的嘴巴，張開血盆大口，向著自己撲來。**

斬龍刀和雪花鑌鐵刀就像一隻巨大的狼頭和一隻飛翔的鳳凰，一路所過之處，天崩地陷，血肉橫飛，這些英雄門的高手無一人可以擋住這雙刀突襲，甚至連躲閃的機會也沒有，就紛紛被絞成了一堆堆的血肉，空中，首級、斷肢還有人的內臟到處橫飛，這些人連哼都來不及哼一聲，就成了刀下之鬼。

赫連霸一看兩人的出手攻勢，大叫一聲「不好」，長槍也顧不得撿了，拉著身邊的兩個兄弟，直接向後暴射而出，饒是如此，飛出五丈之後，三人胸前的護甲皆被強勁的刀光劍氣所傷，三件鐵甲大鎧中的護心鏡被打得粉碎，功力最弱的張烈，更是張口噴出一蓬鮮血，單膝跪地，站都站不起來了。

天狼和屈彩鳳這一下暴氣，帳內百餘名英雄門的高手，除了一開始被天狼殺的幾人外，沒有一具全屍，地上的人頭滾得像是西瓜一樣，斷臂殘肢東一堆西一片的，內臟也流得到處都是。

屈彩鳳雖然也是歷經無數惡戰，殺人無數，但這樣修羅般的殺場也是很少見到，上一次還是天狼與沐蘭湘合使這一招，殘殺她的數十名手下時，那時的她，被憤怒沖昏了頭腦，對這樣的慘狀沒太關注，可這次自己成了殺人者，周圍百餘條還鮮活的生命，瞬間變成東一堆西一堆的屍塊，血雨伴隨著腥風拂在自己的臉上，空氣中瀰漫著令人作嘔的氣息。

屈彩鳳畢竟是個女人，加上剛才的兩儀修羅殺消耗了大量的真氣，一時間走火入魔的感覺再次來襲，一陣噁心反胃，幾乎要吐出來，心中只有一個念頭：趕快離開這個鬼地方！

天狼見屈彩鳳臉上一陣慘白，彎腰欲吐，關心地道：「屈姑娘，還撐得住嗎？」

屈彩鳳直起腰，擦了擦嘴，勉強擠出一絲笑容：「不妨事。」

天狼正待開口，突然覺得頭頂處陰風大作，一陣邪氣從自己的百會穴直接灌入，顯然是一個絕頂的高手凌空飛擊，他一直很好地隱藏住自己的氣息，直到落下時才開始發力，正好選在自己剛剛出招收劍換氣的這個空檔，可謂陰毒至極。

天狼大吼一聲，猛的一把推開屈彩鳳，左手握住斬龍刀的刀背，右手抓住刀柄，一招天狼舉火，向上硬頂，希望能把這道邪氣給打回去。

只見嚴世藩的獨眼中殺機四溢，雙手疾張作抓狀，掌心碧綠一片，欲從空中飛擊，天狼的紅氣立馬被這碧綠森森的青綠色鬼氣給壓制，雙腳竟陷進地裡足有半尺，天狼狂吼一聲，用力一震，嚴世藩身形如蒼鷹下擊後，又高高地彈起，借著這股勁道，再次綠掌擊出，向已經矮了半尺的天狼再度擊下。

屈彩鳳本已被推開三尺之外，抬頭一看，驚叫一聲，一招「天狼嘯月」，向空中大鳥般的嚴世藩斬去，嚴世藩看都不看一眼，左掌一抓一推，碧綠的氣勁變成一個形狀不規則的橢球狀氣功波，脫手而出，直接撞到了半月形的刀氣。

屈彩鳳倉促出手的這一招，功力尚不及平時的六成，加上嚴世藩人在半空，有著巨大的空中優勢，只用一招氣功波，就輕鬆地消除了屈彩鳳的攻擊，甚至波勢未盡，繼續奔向屈彩鳳，打得她悶哼一聲，退出三尺之外，周身紅氣幾乎全散，一口血差點要噴出來。

天狼雙足陷在地裡，根本無從脫身，頭頂的壓力如山嶽一般，讓他連呼吸都變得困難，剛才那一下，震得他五臟六腑一陣劇痛，雙臂酸軟，幾乎連斬龍刀也無法拿動。

他感覺內息被這一下震得在體內亂鑽，那股極陰極寒的邪惡氣息順著自己的毛孔滲透進體內，使他連呼出的氣都像要結冰一樣，更是大大地減緩了體內真氣的運行。

天狼猛的想起多年前和鬼聖大戰的時候，那陰風掌也曾給過自己這樣的感覺，還有更早的時候，和宇文邪在巫山派外生死相搏的那次，三陰奪元掌也是在交手的過程中滲入自己的體內，讓他的內力無法凝結。

只是這嚴世藩的功力比起當年的宇文邪和鬼聖要高了太多，即使是隔空，把自己罩在他這邪惡的內力之中，也足以催動這股子邪氣進入自己的體內，打的時間一久，只怕自己連血液都要凍結住了。

天狼大吼一聲，再次強行催動體內的真氣，他咬破舌尖，鮮血向著斬龍刀中一噴，刀痕上的碧血一閃，斬龍刀重新變得通紅，灼熱的氣息讓天狼的腦子變得清楚了一些，周身的天狼氣也隨之流轉開來。

天狼的氣息還沒來得及擴散到頭頂，嚴世藩的第二下凌空飛擊又結結實實地打中了斬龍刀，天狼只感覺雙臂的骨頭像是被一座大山壓成粉末，再也受不了，

「哇」地一口老血噴出，正好噴中斬龍刀。

刀身上本來被這一擊打得紅光盡褪，可是被這一口血噴上，卻像是恢復了生命似的，又變得刀體通紅，熱得發燙，嚴世藩那本來隨內力洶湧而來的極寒陰氣一下子被燒得無影無蹤。

嚴世藩「咦」了一聲，似乎對天狼這種噴血上刀就能抵擋的功夫有些意外，身形再次高高彈起，又飛到了半空中，緊接著急轉直下，這回的內力比上兩次似乎還要凶猛。

嚴世藩剛才那一下，天狼的腳又陷進地裡半尺，這回，小腿的脛骨有一半都陷進去了，動都不能動，他的眼眶、鼻孔、嘴角和耳朵開始向外流血，周身的紅氣淡得幾乎難以看見，顯然這兩下已經重創了他，讓他深受內傷，若不是靠了斬龍刀的神力，只怕剛才的一擊就已經要了他的命了。

屈彩鳳驚呼一聲，手中暗器出手，正是巫山派的獨門兵器：芙蓉醉香，此暗器是在一蓬細如牛毛的奪命銀針上施以巫山特產的一種劇毒蜘蛛的分泌液，中者無論再高的內力，都會被麻醉，無法提勁，只能任人宰割。

當年司馬鴻在落月峽一戰中大發神威，殺得正爽的時候，就被巫山派的門人以芙蓉醉香偷襲，擊中了右眼，不僅瞎了一隻眼，連命也差點丟了，因為這針進入人體後，會隨著血液的流動而插到心臟，一旦到達那裡，那大羅金仙也救不回來了。

只是嚴世藩何等武功，大袍一揮，如同一面旋轉的盾牌，屈彩鳳打出去的一把芙蓉醉香全部釘在了他的袍袖之上。

嚴世藩哈哈一笑，內力一震，滿袍的銀針如下雨般地紛紛落下，地面上瞬間多出了數十枚肉眼難辨的銀針。

屈彩鳳暗器出手之後，內力一鼓，想要衝上前去救天狼，卻覺眼前金光刺眼，原來是赫連霸緩過了勁，上前抄起自己的黃金長槍，挺身而上，這會兒的赫連霸，口鼻間喘著粗氣，如同一頭發怒的雄獅，

赫連霸的長槍幻出如山般的影子，招招不離屈彩鳳的要害，他的武功本就比屈彩鳳略高一籌，這一下是含怒出手，功夫用到了十萬，屈彩鳳舉刀一格，只覺得剛才已經有些紊亂的內息在體內瘋狂地亂竄，一時間竟然氣力不濟，右手長刀幾乎要給格得脫手而去，連退三大步才堪堪穩住。

赫連霸一擊得手，占得先機，大吼道：「還我兄弟命來！」黃金長槍如電光毒龍一般，頓時就把屈彩鳳的全身籠罩在槍山氣海之中，哪還抽得出空去救天狼！

天狼的情況比屈彩鳳還要慘，被嚴世藩這樣居高臨下的攻擊，周身都被他那陰森邪惡的內息籠罩，半步也無法動彈，雖然他已經催動了所有的內力，周身紅氣滾滾而行，可是嚴世藩的黑氣不僅把自己裹得嚴嚴實實，更是借著一下下的打擊，把天狼的紅氣外面也包上了一層厚厚的黑氣，透著一股怪異的陰邪，不給天狼任何喘息的機會，甚至天狼連被打得陷在地裡的雙腳都無法抽出。

黃宗偉在地上調息片刻，一躍而起，看著天狼的雙眼幾乎要噴出火來，雙手如閃電般地向腰間一探，兩枚閃著藍芒的八角形迴旋鏢一下子抄在手中，大吼一聲：「狗賊，拿命來！」

兩道藍光如流星一般地射向了根本無法移動的天狼，可是一碰到天狼的紅氣外籠罩的黑氣，竟然生生地停在了半空，漆黑的鏢身上瞬間佈滿冰霜，竟然就這麼直接凍住了，甚至都沒有下落。

黃宗偉倒吸一口冷氣，嚴世藩的這份內力之強，大大超過了他的想像，剛才如果他不是發暗器射擊天狼，而是人槍合一的上，只怕以他現在損失後的功力，根本防不住嚴世藩的黑氣，被凍在空中的就是自己了。

從帳外又湧進來數十名蒙古兵士，這些人全身甲冑，是正規的蒙古兵，並非英雄門中人，為首的隊長一看到地上這副慘景，馬上抽出刀來，大吼一聲就要撲上去，卻被黃宗偉一把拉住。

那隊長瞪大了眼睛：「將軍，你這是？」

黃宗偉一邊掩著自己的心口，一邊劇烈咳嗽著：「沒看到前面嗎，那是高手相搏，以我的功力都不敢上前，你去還不是送死！把這裡包圍起來，不要讓那對狗男女跑了，若是他們想逃，用箭射就行了！」

隊長恍然大悟，回頭對著身後的兵士們喝道：「都愣著做什麼！按黃將軍的話行事！」

這些蒙古兵迅速地圍住了整個大帳，把手中的刀槍往地上一插，取下背上的大弓，羽箭上弦，閃著寒光的箭頭對準了戰團中的天狼和屈彩鳳。

屈彩鳳心中大急，刀法也開始漸漸地散亂，幾次想衝過去救天狼，全部被赫連霸打回，甚至身上還帶了兩道輕傷，衣服也破了四五處，百餘招下來，已經是盡處下風，只有招架之功，而無還手之力了，更要命的是，她感覺體內的內息運轉越來越不流暢，四肢也變得僵硬而沉重，只怕不用五十招下來，就會有走火入魔之厄了。

天狼周身的紅氣已經完全被黑氣所籠罩，靠著一下下的噴血在斬龍刀上才能支持到現在，只是嚴世藩的功力之高，是他平生所僅見，甚至超過了陸炳和冷天雄，那種絲絲入骨的冰冷邪氣，感覺就像要把他的血液凍僵，又是百餘招下來，他的膝蓋已經沒入土中，兩隻眼角開始流血，身邊的紅氣也被壓得不足一尺，被丈餘的黑氣把整個人都罩得要看不清了。

嚴世藩獰笑著：「哈哈，跟本大爺鬥，讓你怎麼死的都不知道，天狼，待會把你化成一堆白骨，到時候送給鳳舞做紀念！」

天狼根本開不了口，他感覺自己的力量開始隨著血液流逝，眼前慢慢出現幻覺，鳳舞的影子一閃而沒，最後是沐蘭湘滿眼淚水，癡癡地看著自己，他在心中喃喃地自語：「師妹，若有來生，我們還會再相逢嗎？」

突然，天狼感覺到大地在劇烈地顫動著，自己腳下的泥土變得鬆軟，像是有千軍萬馬在土中潛行，他心中一動，大吼一聲，咬破舌尖，一大口鮮血噴到刀身的血槽上，瞬間化成瑩瑩的藍光一閃而沒，他的神智也因為這一下咬舌而變得清醒，大吼一聲，對著正凌空擊下的嚴世藩狠狠地一招「天狼半月斬」一擊出。

「砰」地一聲，血紅的刀氣和嚴世藩的黑氣隔空相撞，這一下天狼的力量比前面幾十下都要強出許多，出乎嚴世藩的意料之外，直接把他震得飛上半空高達三丈，那沉重的黑氣也為之一散，天狼趁著這一下功夫，雙腿一震，竟然從地底躍了出來。

天狼的雙腳剛一離開地面，周圍的地面就突然向上鼓起，一股巨大的力量不斷向上，頂在最上面的，則是一條漆黑的精鋼鑌鐵棍，周身泛著金色的光芒。

嚴世藩升到最高處，腰一扭，重新凌空向下飛擊，這一下他用了大力，渾身被濃濃的黑氣裹著，看不清人影，只見到一團燃燒著的黑色火焰向著天狼撲來。

天狼怒吼一聲，眼角的鮮血突然如江河一樣流淌起來，斬龍刀暴漲到五尺，雙手握住刀柄，一招天狼滅世就要擊出，他知道生死就在這一下了，也不抱生還的希望，只求能和這個賣國奸賊同歸於盡！

一陣灼熱的氣息從天狼的身邊經過，就像一萬個太陽那樣明亮，這氣息透出一股凜然的正氣，是那麼地熟悉，天狼突然意識到，這是公孫豪的氣息！

天狼心念一動，公孫豪的身影已經從他身邊飛過，一團金光擋在他的頭頂和那團黑火之間，天狼這一下如果擊出，一定會先傷了公孫豪，連忙刀勢一轉，已經出手的刀氣變仰擊為橫斬，刀氣瞬間洶湧地斬向圍在圈外的那些蒙古兵。

天狼的全力一擊，威力何等霸道，一流高手亦不能擋，更不用說這些武功平平，只是以騎射見長的蒙古士兵了，一陣慘叫，帶起了蓬蓬血雨，二十多個全副鐵甲的蒙古士兵竟然被攔腰斬成兩段，上半截沖天而起，下半身還立在原處，只有腸子等內臟如雨般地紛紛瀉下，大帳中頓時又充滿了刺鼻的血腥氣！

與此同時，公孫豪的金氣撞上了嚴世藩的黑氣，半空中響起一片炸雷聲，天狼只感覺到烈風撲面，頭皮都快要被烤焦，連忙一個就地滾翻，堪堪閃過了這一下，自己剛剛站立的地方，則被激蕩的氣息形成的一個巨大火球炸出了一個深達兩尺的大坑。

空中的兩道身形倏地一分，如同帶火的流星一般散落兩處，公孫豪沉聲喝道：「惡賊，拿命來！」雙手一分，精鋼打狗棍幻出如山的棍影，如長江大浪綿綿不絕，直向嚴世藩攻去！

嚴世藩剛才與天狼惡戰大半個時辰，雖然占盡上風，但內力也消耗極大，剛才那一下也是傾盡全力出手，卻被公孫豪的一招「龍翔天宇」硬生生震偏，屠龍掌法至剛至陽，霸道到了極處。

公孫豪這一年多來精習天狼留給他的屠龍二十八刀，功力又更上層樓，這次又是內力充足情況下的蓄勢而發，竟然把嚴世藩的極邪陰氣活活給震散，甚至不少陰氣被震回到嚴世藩的體內，他那張佈滿黑氣的臉變得煞白一片，嘴角與鼻孔也滲出黑血，顯然已受內傷。

嚴世藩眼中閃過一絲恐懼，一看公孫豪的武功，就知道是高手中的高手，他雖然沒有和公孫豪交過手，但是剛才那一下已經試出了對方的深淺，現在自己身處蒙古大營，這些蒙古人根本靠不住，**唯今之計，只有走為上策**。

於是嚴世藩一咬牙，周身黑氣再起，從懷中摸出一個煙霧彈，用力向地上一擲，頓時一陣黑霧騰起，他的身影也完全淹沒在這團黑霧之中。

公孫豪大喝一聲：「哪裡走！」左手一道乘龍破浪，一道金氣向著黑霧中打去，如同太陽光驅散烏雲一般，立馬把那陣黑霧蒸發得無影無蹤，可是黑霧散去，嚴世藩卻不見了蹤影，地上現出一個大坑，顯然他是借著土行術逃掉了。

蒙古隊長見狀，大叫道：「放箭，放箭！」

還站著的蒙古士兵們紛紛把手中的弓箭射出，一時間羽箭破空之聲不絕於耳，矢如飛蝗，衝著公孫豪和天狼襲來。

公孫豪的精鋼打狗棍舞得水潑不盡，加上身邊高達三尺的護身金氣，蒙古人的箭支沒有近身就紛紛折斷，另一邊的天狼卻因為剛才耗力過大，周邊的紅氣已經暗淡得幾乎看不見，護身氣勁幾乎全散，斬龍刀雖然一直在揮舞，但速度明顯不如之前，四五支羽箭直接從他的身側穿過，雖然並未射中，但形勢也明顯岌岌可危。

就在此時，一聲嬌叱聲響起，右側的蒙古隊長和幾十名射手的身下突然鑽出一個渾身黑衣，蝴蝶面具，手使一柄閃著青光的短劍，如幽靈般的身影閃過，蒙古武士如同紙糊的一般，被切得四分五裂，斷首殘肢亂滾，五臟六腑橫流。穿人而過的她，一身黑衣被血染得通紅，面具上濺滿了鮮血和肉塊，說不出的恐怖。

天狼見鳳舞從地中鑽出，心中一陣驚喜，脫口道：「你怎麼來了！」鳳舞轉向天狼看了一眼，眼中充滿了關切與激動，也不答話，一聲清嘯，別離劍閃出道道青芒，帶起滿天的腥風血雨，讓那些手中只持弓箭的蒙古武士根本無法抵擋，不停地倒下。

那名蒙古隊長扔掉手中的弓箭，抄起插在身上的彎刀，帶著二十幾名武士，惡狠狠地向鳳舞撲來，沒有了亂飛的弓箭，天狼頓覺如山的壓力一下子減輕，緩了口氣，迅即撲向鳳舞身邊，斬龍刀一揮，削斷三把正砍向她後心的彎刀。

那邊公孫豪已經和黃宗偉與張烈交上了手，掌風槍影攪在一起，打得不亦樂乎，從地底不停地鑽出蓬頭垢面的丐幫弟子，還有一些黑衣勁裝的江湖人士，一看到屈彩鳳就高聲叫道：「寨主！」然後紛紛地攻向正與屈彩鳳殺成一團的赫連霸。

天狼一招「天狼破軍烈」斬出，直接把對面的蒙古隊長腦袋砍得飛出十幾步，緩過這口氣後，他在這些武功不高的蒙古武士裡大開殺戒，幾下功夫就砍倒了五六人。

天狼刀法霸道凶殘，最適合這種群毆的場合，剩餘的蒙古軍士們也被他這樣魔鬼般的殺戮嚇得心驚肉跳，紛紛逃出了大帳。

天狼與鳳舞背靠著背，他扭頭對著身後的鳳舞說道：「你怎麼來了，不是讓你不要輕易來這裡嗎？」

鳳舞的聲音中充滿了劫後餘生的驚喜：「我放心不下你，今天正好碰到公孫幫主劫營，屈姑娘已經先進去探路了，她的手下在外面碰到公孫幫主的丐幫弟子，兩方人馬合在一處，我見他們人數不少，就引他們來這裡，還好趕上了，你要是出事，我……我可怎麼辦！」

天狼心中閃過一絲欣慰，看了一眼四周的戰況，剛才赫連霸本已占盡上風，但現在給十幾名巫山派的高手不要命地纏鬥，讓屈彩鳳有了喘息之機，只是屈彩鳳臉色蒼白，眼中的顏色一變再變，看起來極像上次那樣，有走火入魔的徵兆。

另一邊，公孫豪大戰受了傷的黃宗偉與張烈二人，一時間打了個半斤八兩，帳內的蒙古軍士已經盡數撤出，幾十名丐幫弟子衝出帳外，與外面的蒙古士兵殺了起來，打鬥聲和慘叫聲不絕於耳。

遠處的蒙古營帳中，號角響成一片，蒙古兵的馬蹄聲也響了起來，透過大帳被吹起的帷幕，可以清楚地看到外面火光亂舞，顯然是向這裡增援的蒙古士兵們持著火把準備接近。

赫連霸一槍掃出，槍桿擊中一個使刀的黑臉大汗，打得他口血狂奔，飛出去四五步，這會兒屈彩鳳已經堅持不住，跌坐在地開始調息。幾名巫山派高手拼命地擋在她的身前，阻擋著赫連霸的攻擊。

赫連霸一擊得手，虛晃兩槍，把眾人逼退四五步，身形如閃電般向後射去，一下子閃到公孫豪的身後，長槍如毒龍般地鑽出，連續點出十餘個槍花，竟然一柄黃金大槍刺的頻率和速度還要超過了使劍高手。

公孫豪腦後察覺風聲一緊，知道是有高手到了，左手打出一記「雙龍出海」，將當面的黃宗偉逼退兩步，轉身連續攻出七棍，與赫連霸的黃金槍硬碰硬地相擊，在空中擦出片片火花。

赫連霸身形沖天而起，掠過公孫豪的頭頂，站到了黃宗偉和張烈的身邊，周身的黃氣一收，沉聲喝道：「你是何人？」

公孫豪哈哈一笑：「你一定是狗雄門的門主赫連霸了，化子我行不改名，坐不改姓，丐幫公孫豪是也！」

赫連霸黃眉一動：「果然是這幫臭要飯的，公孫豪，你是江湖中人，不是最恨官府的嗎？我們和錦衣衛的爭鬥，你橫插一槓做什麼？」

公孫豪挺胸而出，大聲道：「天下興亡，匹夫有責！你們韃子入侵，殺我漢人，擄我婦孺，此仇不共戴天，又豈是只有錦衣衛與你們為敵？告訴你吧，不僅我們丐幫，整個中原的武林人士都已經向這裡趕來，定教爾等片甲不得回大漠！」

赫連霸咬牙道：「公孫豪，你等著！」他轉頭對著身邊的兩個兄弟說道：「我們退！」三道身影齊齊地向後躍去，兩個起落就消失在帳外。

公孫豪也不追擊，冷哼一聲，走向站在一邊的天狼：「你就是錦衣衛天狼？我聽說過你，今天一見，果然名不虛傳。」

天狼意識到現在不能向公孫豪暴露自己便是李滄行，於是倒提天狼刀，拱手行禮道：「今天有勞公孫幫主救援，感激不盡！」

公孫豪哈哈一笑：「反正今天我也是來殺韃子的，正好殺個痛快，只可惜沒有殺到俺答汗。對了，那個一團黑氣的胖子是什麼人？武功如此了得，我怎麼沒有在江湖上聽說過呢？」

鳳舞恨恨地道：「那人就是當朝首輔嚴嵩的兒子，有小閣老之稱的嚴世藩。」

公孫豪臉色大變：「怎麼會是他？嚴世藩也算是朝廷重臣，怎麼會在這時候出現在蒙古人的大營裡，又怎麼會有這麼高的武功？」

鳳舞不齒道：「此人一向不在江湖上行走，但機緣巧合，學了一身至陰至邪的武功，可謂獨步天下，剛才公孫幫主也見識過了，今天他來這裡，想必是和蒙古人做什麼見不得人的交易的。」

天狼點點頭：「鳳舞說得不錯，嚴世藩此來就是為了賣國，放任蒙古軍帶著擄來的百姓離去，他讓各路勤王大軍不攻擊蒙古人，換取蒙古人不攻京師！」

公孫豪氣得一掌在地上打出了一個大洞：「禍國奸臣，真應該殺了他！」

天狼正色道：「公孫幫主，這裡很危險，蒙古大軍正在向這裡集結，我們要趕緊撤離，遲了只怕想走都走不掉了。」

公孫豪聞言道：「好，先衝出去再說，你見證了嚴世藩的賣國行徑，說什麼也要護著你回去，向你們的總指揮陸炳報告此事。天狼，只是你的傷勢還能運功嗎？」

天狼笑了笑，擦乾淨面具上的血漬：「無妨，運氣沒有壓力，公孫幫主，不用擔心我，只是……」他扭頭看了眼坐在地上運功，臉色蒼白的屈彩鳳，眉頭一皺，「屈寨主好像情況不太好，不知道是否還能行動。」

公孫豪臉色微微一變，走上前去，察看了一番，搖搖頭：「只怕屈寨主內息混亂，有走火入魔的趨勢，你們幫我護法，我先以內力助她恢復，再一起殺出去！」

天狼連忙說道：「不可，公孫幫主，你的武功和屈寨主的天狼刀法完全不符，內力也不是一個路子，貿然地輸氣入體，只怕反而會害了她。在下的內功心法與屈寨主相近，還請公孫幫主幫忙抵擋一下外面的敵軍，我來為她導氣。」

鳳舞的嘴歪了歪，不高興地說道：「天狼，你都傷得這麼重了，還怎麼救人！再說了，這白髮魔女武功這麼高，就是先把她扛出去，再找地方調理，也不會有什麼事吧。」

天狼正色道：「鳳舞，你有所不知，屈寨主體內真氣混亂，正在走火入魔，如果我不救她，那她可能出不了這個大營，剛才屈寨主捨命救我，我不能這樣看著她出事！」

鳳舞眼中閃過一絲委屈，不甘願地說道：「行，你去救她，我和公孫幫主幫你擋住外面的蒙古人。」

天狼走到屈彩鳳的身前，低聲道：「屈姑娘，得罪了！」一邊坐了下來，雙掌伸出，屈彩鳳的臉色正由白轉青，聽到天狼的聲音，點了點頭，伸出雙掌，與天狼四掌相交，掌心相對，一邊十幾個巫山派高手連忙在四周圍了一圈，為二人護法。

天狼的內力從屈彩鳳的右掌進入，順著她的奇經八脈在她體內運行，發現情況比他想像的還要糟糕，屈彩鳳今天用力過猛，內息已亂，而天狼自己的內力也損耗過巨，很難幫她壓下已經全身亂竄的內息。

屈彩鳳鼓動胸膜，用腹語術說道：「李滄行，不要管我，快走吧，這樣陷在這裡，我們一個也逃不掉！」

天狼也用腹語術道：「別瞎說，屈彩鳳，**永遠不要放棄求生的意志，你不是還想白髮變青絲嗎？不是還想找徐林宗嗎？那就要好好珍惜自己的生命！**」

屈彩鳳幽幽地嘆了聲：「你這又是何苦，今天你在帳頂聽到了惡賊的賣國行徑，本可以趁著我們打鬥的時候離開的，這回你又分不清楚大事和小事了，為了我一個綠林女子，棄天下蒼生於不顧，李滄行，你這又是何苦？」

天狼斷然道：「**如果我不能救一個視線之內的人，眼睜睜地看著她死，那天下蒼生又有何意義？**救一人是救，救千萬人也是救，屈姑娘，既然我有這個力量，就不會白白看你送死。好了，不用再說，抱元守一，氣行帶脈，我教你冰心訣，你跟我一起念！」

天狼開始把冰心訣的口訣默念出來，屈彩鳳跟著念口訣運功，漸漸地進入物我兩忘的境界，只感覺外界的一切皆與自己無關，體內狂躁難平的真氣也隨著冰心訣的功效，居然慢慢地開始平復下來。

屈彩鳳天賦極高，人又絕頂聰明，連李滄行也沒有料到這冰心訣她學起來能如此之快，只功行一個周天，就給她練到了第四層的心法了，她體內剛才如烈火一樣在各種經脈燃燒的虛火，也漸漸平復下來，連急促的呼吸也變得緩和許多。

隨著屈彩鳳內力的平衡和恢復，察覺到剛才天狼受創過劇，尤其是與嚴世藩的那一通生死相搏，陰氣入體，就這一會兒的功夫，身上已經漸漸地結出一層冰霜，連頭髮和面具後的眉毛都變白了，頭頂嘶嘶地冒著氣，鼻孔和嘴巴呼出的氣都帶了一層冰珠子。

屈彩鳳連忙向天狼反向輸出天狼真氣，天狼知她用意，也不推辭，丹田處鼓起陽勁，與屈彩鳳輸入體內的陰勁相交，變成溫暖的氣流，走遍自己全身，只須臾片刻，體內的陰風寒氣就從毛孔中被逼出，遍及臟腑的淤血腫塊也大半消失不見。

功行半個周天後，天狼和屈彩鳳同時收回了內力，睜開雙眼，雙雙從地上躍起，只覺得周身火熱，舉目四顧，卻見整個大帳都在燃燒，喊殺聲已經逼近了大帳的正門，不時有火箭從外面飛來，被擋在身前的巫山派眾人紛紛出劍格擋，在地上已經躺了三具巫山派高手的屍體，因為中了火箭，被燒得不成人形。

天狼心裡一驚，剛才兩個周天的運功消耗了小半個時辰，沒想到就在這段時間內，蒙古軍開始強攻大帳，甚至不惜用火箭攻擊。

屈彩鳳悲愴道：「劉兄弟，張門主，我的好兄弟！」

那剩下的七八個巫山派高手見二人已經運功完畢，個個面露喜色，頂在最前面的一人一邊在揮刀擋箭，一邊急道：「寨主，快閃吧，公孫幫主他們只怕支持不了多久了！還有這大帳也快燒塌啦！」

天狼點點頭：「屈寨主，你和弟兄們從土裡穿行，我去擋住追兵！」

屈彩鳳搖搖頭：「不，韃子只怕已經對我們的地行術掌握了，這時候從地裡走不了，只有從外面殺出一條血路！」

天狼雙眼一亮：「你現在還能用兩儀劍法嗎？」

屈彩鳳一下子明白過來：「沒問題，再用一次『兩儀修羅殺』還是可以的。」

天狼一咬牙：「好，那我們衝出去，對著敵人包圍薄弱的地方用『兩儀修羅殺』殺開一條血路，能衝出去多少是多少！」

屈彩鳳點點頭，對著身邊的巫山派高手沉聲道：「眾位兄弟，一會兒我們出手之後，你們跟著刀氣向前衝，走了就不要回頭，如果衝出去的話，在京城六福客棧碰頭！」

八個高手齊聲暴諾，天狼和屈彩鳳雙雙抽出兵器，衝在最前，一下子躍出帳外，眼前一片慘烈的戰鬥場景，讓出帳的天狼也為之一驚。

只見公孫豪正和赫連霸殺成一團，鳳舞的身影如幽靈一般時隱時現，別離劍下，血雨橫飛，可是半個時辰前還有上百名的丐幫弟子，這會兒還在戰鬥的不到二十人，多數已經戰死，數千名蒙古兵圍成了一個圈子，俺答在黃宗傳和張烈的保護下，正安坐在一張大椅上觀戰。

俺答本來覺得形勢已經大致控制住了，面帶微笑，像看戲一樣地看著場中的打鬥，一邊的黃宗偉和張烈還不時地做著講解，聽得他連連點頭。

見天狼和屈彩鳳衝出著火的金帳，俺答臉色一變，問道：「這兩個是什麼人？那女的怎麼滿頭白髮？」

黃宗偉眼中殺機一現：「那男的也是錦衣衛，跟那個使劍的女錦衣衛是一夥的，名叫天狼，那女的是一個綠林山寨的頭子，本來是嚴世藩的手下，不知怎麼的叛變了，跟這天狼聯手與咱們做對，從鐵家莊到跟仇鸞談判的地方，再到今天，這小子已經是第三次跟咱們作對了！」

俺答的心思卻不在天狼身上，他的眼睛瞇了起來，嘴角向上一揚，一絲淫笑上臉：「嗯，這個麻煩的傢伙一會兒解決了的好，不過我看那個白髮女人長得倒是不錯，儘量別傷了她，還有那個女錦衣衛，叫什麼鳳舞來著的，看皮膚，看身材，也是個極品，也不許傷了性命，哼，中原花花世界，有這麼多水靈的女人，不好好盡興還來這裡做什麼?!」

俺答說罷，一陣狂笑，身旁的護衛們也跟著放肆地笑了起來。

黃宗偉皺了皺眉頭：「大汗，這兩個女人武功都很高，尤其是那個白髮女人，今天殺了我們英雄門上百名高手，屬下只怕她到時候逞起凶傷了大汗，畢竟這女人是有功夫在身的！」

俺答臉色凶殘地道：「那就先廢了她們的武功，或者捆起來再說，哼，本汗就不信治不了兩個漢家女人！」

另一邊的天狼和屈彩鳳，一殺出來就看到遠處觀戰的俺答。

天狼這一陣子多次與蒙古兵交手，深知蒙古人最強的地方，一是馬快，機動性高，來無影去無蹤，二是弓既強又準，幾乎每個蒙古戰士都是優秀的射手，個個都能在奔馳的烈馬上五十步的距離內射中箭靶，這些大汗衛隊的箭手更是個個百步穿揚。

而且蒙古人的箭頭中間鏤空，發射出去後會有淒厲刺耳的破空之聲，如鬼哭狼嚎，幾千上萬支這種箭一起發射，光是這聲音就是對對手士氣的巨大打擊，足以讓缺乏訓練的敵軍在一輪箭雨攻擊後就全線崩潰。

天狼意識到現在唯一的機會就是拿下俺答，以他為人質換取其他人的安全，不然今天大家全得死在這裡，否則只靠自己這幾十個人的力量，是衝不出千軍萬馬的重圍的。

於是天狼扭頭對屈彩鳳道：「屈姑娘，合攻蒙古大汗，衝到近前後，『兩儀修羅殺』開路！」

屈彩鳳心領神會，一黑一紅兩道身形一下子搶出十幾步，兩人的身體全被紅氣所包裹，各自使出天狼刀法，上來抵擋的蒙古武士們沒有一個能擋上三招，個個都一觸即退，被兩人強大的內力震得東倒西歪。

黃宗偉一看勢頭不對，舉槍一指天狼與屈彩鳳，大喝道：「英雄門眾，全部上前拿下這兩人，盾牌手保護大汗！」

幾十名剽悍雄健的英雄門高手立馬撲了上來，揮舞著五花八門的兵器，衝向天狼與屈彩鳳，這些人的武功都是一流高手的境地，也是英雄門的總壇衛隊，今天本來不當值，而是在周邊看著嚴世藩的人，結果大帳內突發變化，這些人也被赫連霸調來保護俺答汗，一直沒有參與前面的圍攻，這會兒看天狼與屈彩鳳來勢凶猛，黃宗偉沉不住氣了，把手中這支預備隊也派了出去。

天狼一掌出手，打得面前一個持盾蒙古武士口血狂噴，跌出去十幾步，正待再向前攻，卻看到前面一片刀光刺眼，帶了呼嘯的勁風疾斬過來，顯然不是前面的那些蒙古精兵們所為，而是一流的高手才會有這樣的速度與力量。

他深吸一口氣，後退三步，連轉三個圈，斬龍刀縮小到四尺長度，單手連揮，紅色的刀氣陣陣暴出，劃出一個個光圈守住他的身子。

借著這幾刀的卸勢反擊，他看清楚了來敵，七名刀手，四名劍手，還有兩人使槍，從前面的半個側面把自己包圍住，另一邊，十步外的屈彩鳳也被六名使長兵器的高手給纏住，一時脫不開身。

這十三名高手雖然同時攻擊天狼一人，但是明顯進退有序，往往四五個人同時上前攻擊，分襲天狼的上中下三路，左中右三側的二十多處穴道，等到天狼反擊的時候，這些人又會相護掩護著後退，換下一撥的幾個人再次上來攻擊或者是防守。

天狼幾次想要暴氣攻擊，但是一來內力沒有完全恢復，二來這些人也都是高手，不像那些普通的蒙古武士，用個五六成功力就可以直接給打飛，即使想把他們從身前震退，也需要至少七成功力，而且這些人經驗豐富，一旦天狼雙眼變紅，紅光大盛想要暴氣的時候，就會提前上來一陣搶攻，逼天狼出招回救，始終不給天狼暴擊的機會。

天狼與這些人纏鬥了三十多招，除了震傷了一個人外，並沒有什麼戰果，那名刀手退下後，又上來兩名使槍的漢子，四支長槍總是能恰如其分地阻住天狼攻擊的路線，讓他無法趁勢追擊退後的敵人。

這些英雄門的高手也看出來了，天狼就是大羅金仙，也不可能一個人對付千軍萬馬，這樣慢慢地消耗，遲早也能把他耗死。

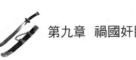

天狼心中漸漸地有些急躁，現在和屈彩鳳被生生隔開，無法使出兩儀劍法打出「兩儀修羅殺」，如果現在要暴擊的話，未必有餘力再與屈彩鳳合擊，可如果就這麼給纏鬥下去的話，又是死路一條，心神不定間，刀法也微微一鬆，「嗤」地一聲，被一槍破了護身紅氣，從左臂擦過，胳膊上一涼，又一痛，竟是被輕輕地擦傷。

那些英雄門的高手們見一擊得手，信心倍增，攻守進退間更加有序，天狼一時間給逼得有些手忙腳亂，連連後退。在這過程中，後排的英雄門高手還不停地抽冷子，用暗器襲擊他的下三路，更是讓他上支下絀，越發地被動。

突然間，一蓬黑雨般的寒芒從側面飛過，兩個使刀一個使劍的英雄門高手追擊得太興奮，稍稍靠前了一點，向前出刀劍的招式稍一用老，無法抽回之時，突然覺得側面一陣寒風刺骨，暗叫不好，鬆開兵器想退，哪裡還來得及，左臉上一下子多出了幾根麻子，左眼則盯上一支烏黑的暗針：芙蓉醉香！

原來是屈彩鳳在二十步之外，眼見天狼形勢危急，顧不得自身安危，左手短刀脫手而出，奮力一擲，當面的一名使流星錘的高手舉錘一擋，火花四濺，趁著這當口，屈彩鳳抬手打出三蓬芙蓉醉香，向搶攻天狼的那幾名高手射去，正好打了他們一個措手不及。

這三名高手一下子運不起任何的內力，芙蓉醉香的霸道之處就在於能見血封勁，針上的巫山千年蜘蛛的毒液能順著血液進入人體，讓中了針的高手瞬間無法運功，功效之妙，全在一個「醉」字。

隨著三人被麻在原地，原本配合默契的陣法突然出現了一個巨大的空檔，天狼右側的壓力為之一輕，再不猶豫，大喝一聲，斬龍刀劃出一刀雪亮的長虹，隨著三道血泉噴走，三個腦袋就像西瓜似地滾落下來。

對面的幾名高手疾退，四桿長槍揮舞著，抖出萬朵槍花，形成一道厚厚的氣牆，阻止天狼的進一步追擊，在電光火石間，天狼早已經想好了辦法，雙腳凌空飛踢，三具無頭屍體先後向著對面的幾人飛去，借著這道掩護，他的身形向右一動，直奔正在圍攻屈彩鳳的幾人而去。

剛才屈彩鳳為了救天狼，單刀出手，這下子只剩下一把刀，她自從練成天狼刀法的第八層破劍以來，已經習慣了使雙刀，左手空空如也後，怎麼打怎麼彆扭，而當面之敵也看出了這一點，開始全力搶攻，一時間屈彩鳳也左支右絀，盡處下風。

那名使錘的高手獰笑著一錘揮出，滿是尖刺的鐵錘如流星般地從錘柄飛出，靠近錘柄處的一條鏈子，如同有生命的活物一般，直擊屈彩鳳的面門。

屈彩鳳一看來勢凶猛，不敢硬接，就地一個滾翻向後退，剛滾出三步，原來站的地方就被兩刀狠狠地砍中，只差了一點點。

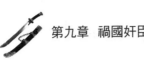

使錘高手哈哈大笑，收回鋼錘，正待再次飛擊，突然覺得右側勁風大作，心頭一慌，連忙轉身向右，準備揮錘格擋，卻看到一個黑色的身影無聲無息地從空中向著自己飛來，在空中如同大鳥一般，舉手一劃，一道血紅的刀氣撲身而來。

使錘的這人乃是頂尖的外家高手，內力並非所長，剛才收回鋼錘的那一下，正好是他換氣吐勁的時候，這下他無法飛錘反擊，只能匆忙間舉起錘子一擋，只覺得一股排山倒海般的氣勁而來，兩隻手腕處突然一痛，又一涼，他心中一驚，再一低頭看自己的手，竟然已經不在自己的身上，手腕處已經齊腕而斷，血如噴泉一般地從斷腕處飆出，而兩隻手還牢牢地握著兩支錘柄。

使錘高手還沒來得及叫出來，那個熟悉的大錘就向著自己的臉砸過來，他在人世間最後的記憶，就是冰冷的鐵刺重重地戳進自己的腦袋，緊接著，巨大的鋼球把自己的頭骨完全碾壓和摧毀。

天狼這一刀用了八成的功力，正好打了使錘高手的一個時間差，雖然他的手腕上纏著純鋼護腕，但是在無堅不摧的斬龍刀面前，如同紙糊泥塑一般，加上天狼爆炸性的內力，先是刀氣斷腕，再緊接著內力一爆，把兩支鋼刺球砸到他的臉上，瞬間讓這支鋼刺球直接嵌進了他的臉上，死狀慘不忍睹。

天狼的身形瀟灑地從空中落下，飛起一腳，把這使錘高手的屍身踢飛向後面的另幾名高手，這些人一看使錘的同伴一刀給奪了性命，個個臉色一變，也顧不得再攻擊屈彩鳳了，紛紛使出各種防禦招數。

天狼哈哈一笑，用腳踢起屈彩鳳剛才擲出後，落在地上的雪花鑌鐵短刀，用起鴛鴦腿法裡的盤龍腳，像踢毽子般地把刀繞著腳踝一轉，再一發巧力，刀如迴旋鏢似的又快又準地飛向屈彩鳳，屈彩鳳素手一揮，卸力，吸刀，持柄的動作一氣呵成，瞬間兩把刀抄在手中，泛出銀色的光芒，在月光下如同一泓秋水，映著她那如霜雪般的白髮，格外地嫵媚。

天狼逼退群敵之後，閃到屈彩鳳的身邊，二人並肩而立，四目相對，心意相通，也不用說話，不約而同地點點頭，同時在身邊拉出一個個急速的光圈，很快，兩人的身影就籠罩在一堆閃閃發光的刀圈之中，凜冽的刀氣照亮了整個戰場。

黃宗偉和張烈見識過剛才的「兩儀修羅殺」，大叫一聲：「不好！」黃宗偉馬上對著面前的弓箭手大吼道，「快放箭，射死他們！」

張烈則飛躍出去，指揮起前面的盾牌手和英雄門高手紛紛向前搶撲，試圖在二人完成準備動作之前破壞二人的合擊之技。

俺答怒道：「不許放箭，本汗說過要活捉那個女人！」

此話一出，弓箭手們已經舉起的弓箭又都放了下來。

黃宗偉氣得一跺腳，卻又無可奈何。

張烈剛剛躍出人群，衝到最前面，手中的天鷹爪一揚，狀若鷹爪的爪頭突然間急射而出，直撲天狼。

他的這隻爪頭也是經過了特製，爪柄有一個開關，只要一按，爪頭的鷹爪就會激射飛出，力量之強足可洞金碎石，只是這樣一來，這隻天鷹爪也就廢了，變成一隻精鋼短棒，所以非到萬不得已，張烈是不會使用的，出道至今，今天還是他第一次以飛爪傷敵。

一聲清脆的響聲在半空中迴蕩，狀若流星的天鷹爪頭突然被一道碧光劃過，「叮」地一聲，有氣無力地落到了地下，只見鳳舞杏眼圓睜，披頭散髮地擋在天狼的身前。

鳳舞的身上已經有四五道刀劍傷痕，雖然都不深，可全在向外冒著血，在這種混戰之中，她的幻影無形身法無法發揮最大的威力，戰了大半個時辰，也受了不少傷，這會兒一看天狼和屈彩鳳在一起像是要使什麼大招，驚得連一直保護俺答汗的張烈都主動出手了，心中一動，立馬擋了過來。

就靠著鳳舞擋的這一下，天狼和屈彩鳳完成了所有的準備招數，雙刀指天，四目相對，然後把臂相交，外界的一切都變得寂靜。

鳳舞一轉頭，看到二人這副模樣，不由得微微一愣，轉而怒道：「你們在做什麼！」

天狼突然被這句話驚醒，轉頭一看，鳳舞鳳目含淚，正看著自己，他馬上意識到鳳舞正在自己的攻擊路線上，連忙大叫：「躲開，危險！」

鳳舞一下子也醒悟過來，二人身邊的光圈閃閃，氣勁四溢，顯然是要發出驚天動地的一擊，自己現在的位置正擋在俺答與天狼之間。

鳳舞一咬牙，運起土行之法，縱身一躍，鑽進了土裡，天狼重新提了一口氣，與屈彩鳳四道仇恨的目光同時射向了三十步外的俺答，二人中間飛撲而上的刀盾手們彷彿不存在似的。

兩人同時大吼一聲，天狼刀與鑌鐵雪花長刀在兩人的手前飛速地旋轉，周身的光圈向四周飛去。

張烈剛才一擊不成，見勢不妙，向側面一飛沖天，黃宗偉看到兩人完成了準備動作後，再也顧不得許多，扔了銀槍，一把抱住俺答向後面就跑，俺答連聲怒罵，他只是置若罔聞。

大大小小的光圈如同群星閃落大地，劃過整個殺場，尤其是兩柄飛速出擊的神兵，一路上捲起如怒濤般的煙塵，掀起陣陣驚雷，向著正前方捲去，這氣勢與力量足以將任何擋在面前的障礙物摧毀。

英雄門的高手們識得厲害，紛紛使出輕功，或飛或躍，極力避開這滔滔的氣浪，功力稍差一點的，走得慢了半拍，就被刀風劍氣所傷，落到地上，跟那些蒙古刀盾手們一起被撲面而來的劍刃風暴絞成一堆肉泥。

第十章

修羅殺場

黃宗偉感覺如遭千斤重擊，仰天噴出一口鮮血，再也爬不起來。
整個殺場都陷入一片死一樣的寂靜，
無論是活人還是死人，無論是蒙古人還是丐幫群雄，
全都停止了手中的打鬥，
所有人都直勾勾地盯著這片修羅殺場。

撲上來的蒙古刀盾手們連慘叫都來不及發出，就被這一路上摧毀一切的兩儀風暴給捲成了碎肉骨渣，這一下，天狼和屈彩鳳用上了全力，而且也是第二次合使這一招，默契比前一次更是有增無減，這回在空中飛舞的不再是斷肢殘臂，而是直接被灼熱的氣浪給蒸發的血氣骨渣。

兩百多名蒙古刀盾手和弓箭手直接就給人間蒸發了，黃宗偉抱著俺答跑了沒有十幾步，就感覺到後面勁浪襲來，一咬牙，把俺答重重地向邊上一推，自己一個大旋身，使出渾身的力量，大吼一聲，向前雙掌擊出。

黃宗偉的黃色氣勁打出去還不到三尺，就迎頭撞上兩道紅色的氣勁，黃宗偉只感覺胸口如遭千斤重擊，仰天噴出一口鮮血，胸前的獸面鋼甲被氣勁生生震碎，人也給打得飛出兩丈多遠，再也爬不起來。

整個殺場都陷入一片死一樣的寂靜，無論是活人還是死人，無論是蒙古人還是丐幫群雄，全都停止了手中的打鬥，甚至放棄了當面的對手，所有人都直勾勾地盯著這片修羅殺場。

漫天落下的是腥紅的血雨和一塊塊的骨肉，血腥刺鼻的氣味中人欲嘔，血腥程度超過了任何一處慘烈的戰場，兩三百人在這瞬間化為滿天飄灑的血雨，隨著四溢的勁風真氣，淋得人滿臉滿身都是。

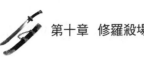

兩把飛速旋轉的刀已經變得通紅，上面不知道浸潤了多少人的骨血，隨著已經渾身通紅的天狼和屈彩鳳雙手一收，斬龍和雪花鑌鐵長刀雙雙飛回，落在他們的手上，而天狼剛才紅得欲要炸裂的雙眼，這會兒變得黑白分明，剛才一身全黑的夜行衣這會兒倒是變得全紅。

鳳舞從二十步外的地裡冒出了腦袋，吃驚地看著這一切，她怎麼也想不通，為什麼剛才那兩三百名擋在前方的蒙古人一下子會消失不見了，突然間，她感覺頭頂有什麼東西在滴滴答答的，抬頭一看，臉上頓時被血雨洗得通紅，饒是她殺起人時也是眼皮也不眨一下，這下也驚得叫出了聲來。

天狼被鳳舞這一聲叫得反應過來，遠遠地看見幾十步外的俺答勉強地爬起了身，再也顧不得看什麼美女，頭也不回地就向後逃，在他和俺答之間空空蕩蕩的，除了二十多個倒地不起的英雄門高手外，再無一個活人。

天狼大吼一聲：「哪裡走！」抄起斬龍刀，一個箭步就向俺答衝了過去。屈彩鳳也馬上反應過來，原本一襲如霜雪般的白髮，這會兒也給染得通紅，顧不得抹去臉上和頭髮上的血滴，眼中碧芒一閃，兩柄已經變得血紅的鑌鐵雪花刀一揮，緊緊地跟在天狼後面，向著俺答衝去。

張烈不知道從哪裡冒了出來，左手揮舞著已經沒了爪頭的天鷹爪，右手的鷹爪功幻出漫天的爪影，向天狼攻來。

天狼看都不看張烈一眼，腳下的狼行千里步法一個加速，生生地從他那天藍色的爪勁中穿過，身後的屈彩鳳嬌叱一聲，兩把血花刀泛起鮮紅色的光芒，與套上了鎢鋼護手的張烈殺成一團。

兩側的英雄門高手們一看情況不妙，紛紛出擊，向天狼的背後衝來，鳳舞這時也醒悟過來，從土裡鑽出，眼中殺機大盛，身形倏地無影無蹤，借著黑暗的掩護，在這些英雄門眾之間遊走，殺成一片。跟著天狼與屈彩鳳衝出來的那些巫山派高手也沒有閒著，紛紛上前擋住了英雄門眾的追殺。

赫連霸再顧不得當面的公孫豪，身形一飛沖天，兩個起落，在混戰的人群間黃金槍一撐地，像撐竿跳一樣，從眾人的頭頂上飛過，越過屈彩鳳等人，緊跟著天狼追去。

公孫豪不甘人後，魁梧的身形一動，也是兩個起落，人群中的兩個丐幫弟子看得真切，躍上前大叫一聲：「幫主！」站在了他的下落之處。

公孫豪心領神會，在這兩人的肩頭上一踩，也越過了人群，隔著赫連霸只有三丈多遠，一招龍游四海，掌力盡吐，連攻三掌，後一掌把前一掌的掌力如同後浪推前浪一般地層層迭加，洶湧澎湃地襲向赫連霸。

赫連霸只覺後心一陣巨力襲來，聲勢驚人，也顧不得再追殺天狼了，一個大旋身，渾身上下頓時被金氣所籠罩，黃金長槍一陣亂舞，如風車一般攪得地上一片飛沙走石，槍風與掌力一陣激蕩，轟然巨響，緊接著兩道被金氣包裹的身形再次殺到了一處。

天狼四五個起落，全速衝擊，只見前面那個皮帽大裘的身影已經越來越近，他的眼裡就要噴出火來。

這一路上見慣了蒙古兵的燒殺淫掠，明朝軍士與百姓的屍首隨處可見，從大同到北京城外的一路上，哭聲震天，**這一切，都是眼前這個為了一己野心和私欲的蒙古惡魔製造出來的，不殺死此賊，幾十萬冤魂不得安息！**

天狼終於追上了俺答，大喊一聲：「去死吧！」左手一把抓住俺答的背心，右手的斬龍刀高高地舉起。

前面的人嚇得叫出了聲，聲音中帶著哭腔，居然用漢語說道：「好漢饒命，好漢饒命啊！」

天狼愣住了，這聲音與他聽到的俺答的聲音完全不一樣，沒有那種一世梟雄的霸氣與粗渾，明顯是個低三下四的奴才在說話，更要命的是，他說的居然

是漢語！

天狼翻過那個「俺答」，定睛一看，這人的臉上鬍子脫落了半邊，雖然看著面貌和身形有幾分像俺答，但顯然不是他本人！

天狼一把揪住了他前胸的衣服，厲聲喝道：「**你究竟是什麼人！為什麼會扮成俺答，俺答現在在哪裡？**」

那個假俺答嚇得連連擺手：「好漢饒命啊，小人只是一個草原的牧民，因為長得有幾分像大汗，所以一直被大汗用作替身，小人的娘是給搶來的漢人女子，所以小人會幾句漢話，小人對天發誓，這次跟著大軍入關以來，沒有做過傷天害理的事啊，小人的娘說過不可以欺負……」

天狼懶得聽他這些廢話，心急如焚，怒吼道：「俺答現在在哪裡?!今天一開始在大帳內談事的是不是你？」

假俺答哭道：「好漢，大汗談國事怎麼可能用替身呢！一開始的確實是大汗，後來聽說有刺客，大汗便讓小人扮成他的樣子，大汗本人則在一邊的暗處指揮。」

天狼聽了，連忙向後看去，只見三四百步外，一片火光閃耀處，俺答殺氣滿臉，被上千名鐵甲怯薛軍士圍著，手裡緊握著馬鞭，眼中閃著冷冷的寒芒正指向自己，那些弓箭手們已經搭弓上弦，隨時準備發射。

天狼心中猛的一沉，這下子，劫持俺答換取同伴撤離的計畫無從實現，他的手不由得一鬆，眼前假俺答的臉上突然浮出一絲冷笑，周身騰起一陣濃重的黑氣，單掌疾出，結結實實地打在天狼的胸口中。

變生肘腋，天狼完全反應不及，連氣都來不及運就給擊中，陰冷的邪氣登時入體，他感覺全身的血液都被凝固，連吐都吐不出來，軟綿綿地癱倒在地上。

假俺答哈哈大笑，從地上一躍而起，狠狠地把面具一撕，嚴世藩那張醜陋的臉露了出來，面帶微笑：「**天狼，看這回誰死！**」

天狼緊緊地捂著胸口，他的四肢開始僵硬，皮膚上也漸漸地結出一層霜雪，牙齒打著冷戰，渾身一點氣息也提不起來，他拼著最後一點力氣，咬牙切齒地說道：「怎麼，怎麼會是你這狗賊！」

嚴世藩把一隻假眼給扔掉，從懷裡摸出那個瑪瑙眼罩，戴了上去，得意洋洋的勾了勾嘴角：「**不把你拿下，本座怎麼取信於俺答汗呢？不取信於俺答汗，本座又怎麼指望蒙古人履行協議，跟我們合作呢？**」

天狼恨恨地道：「你，你這狗賊，世受，世受國恩，卻，卻賣國求榮，你，你不得好死！」

嚴世藩故作惋惜狀，嘆了口氣：「難得陸炳這麼看重你，怎麼也這麼死腦筋，死幾個小民算什麼，百姓無非草芥，死一批又能再生一批，皇上是和我們士大夫共天下罷了，給蒙古人一點好處，他們自然會退，咱又不會掉一根毛的。」

嚴世藩似乎很喜歡這種調戲自己獵物的感覺，**在他眼裡，天狼幾乎已經是一個死人了**，他低下頭，把嘴湊在天狼的耳邊，那邪惡陰邪的聲音聽得天狼立時起了一身的雞皮疙瘩：

「小子，從見你的第一眼起，我就討厭你，知道為什麼嗎？」

天狼咬著牙，吃力地說道：「你這狗賊，正邪不兩立，我也，我也恨不得吃你肉，喝你血！」

嚴世藩笑著搖搖頭，聲音更輕，卻透出一股子怨毒：「你錯了，你恨我的原因和我恨你的原因不一樣，因為，**你居然想拐走我的女人！**」

天狼突然一驚：「你，你什麼意思？什麼你的女人?!」

嚴世藩「嘿嘿」一笑：「天狼，怎麼？鳳舞沒告訴你嗎？**她就是陸炳的女兒，也是我嚴世藩的老婆！**」

天狼這下如遭五雷轟頂，雖然已經快要凍僵了，仍然用盡全身的力氣吼道：

「混蛋，你騙人！我不信，我不信！」

嚴世藩眼中凶光一閃，他現在用的是一種獨門武功，也是類似腹語術那樣，只有天狼能聽得清楚，但外人看來，他只是口齒啟動，卻是聽不到一絲聲音。

嚴世藩的聲音壓得更低：「天狼，只怕你還不知道吧，在陸炳眼裡，沒有什麼是不能捨棄的，包括他的女兒！你以為鳳舞成天黏著你是出於真愛？哈哈，別做夢了，**她跟著你，只是因為陸炳讓她跟著你罷了**，在我的身邊，鳳舞也是這麼小鳥依人的，**你不知道這個女人出手有多狠嗎？還真以為她會有真情？哈哈！**」

天狼的心裡只有一個想法：這個狗賊說的任何話都是謊言，都是為了干擾他的思緒！

天狼忽然冷笑了起來：「嚴世藩，你這狗賊最好現在就把我給殺了，你說的每一個字我都不會相信，別枉費心機了。至於你跟鳳舞，跟陸炳如何，對我一個死人來說，又有什麼關係？」他閉上了眼睛，不再言語。

嚴世藩臉色微微一變，似乎沒有預料到天狼會是這種反應，遠處的打鬥還在激烈地進行，這裡是暗影之處，外人看不真切，赫連霸和公孫豪的龍爭虎鬥捲起的漫天風沙擋住了遠處眾人的視線，也沒有人向這裡撲來。

他僅剩的那隻獨眼裡的眼珠子一轉，沉聲問道：「小子，如果你肯乖乖和我合作，老實回話，我可以考慮留你一命。」

天狼牙齒打著戰，一言不發，**心中卻在盤算著要如何另尋生路**，他開始試著催動丹田之力，指望能把這該死的陰氣驅出體外。

嚴世藩道：「看來你並不知道鳳舞的底細啊，這麼說，你跟鳳舞沒有上過床吧？」

天狼沒料到這嚴世藩出口是這樣下流的言語，眼睛一睜，怒罵道：「狗賊，好不要臉，你是人麼？」

嚴世藩的臉舒緩開來，「嘿嘿」一笑，站起身道：「好了，我已經知道了我想知道的事了，現在我就送你上路！」

天狼知道這回再無生理，閉上了眼睛，只是他的心中起了一個大大的問號：鳳舞真的是嚴世藩的老婆？她真的是陸炳的女兒？這怎麼可能呢？

不會的，一定不會的，她看向自己的眼神中充滿了情意，不可能是裝出來的，嚴世藩一定是想自己死了也不能安魂，這才故意編造出這個無恥的謊言。

天狼又想到了鳳舞最後看自己的樣子，眼中充滿了無盡的哀怨，像極了沐蘭湘，小師妹的倩影一下子佔據了他的整個心，揮之不去。

他明白了，**在這生離死別的時候，自己真正放不下的，還是小師妹**，所有的恩恩怨怨，愛恨情仇，在生前的一瞬間湧上自己心頭的，才是最真實的感覺。

天狼只感覺周身變得冰冷，一股強烈的寒意開始陣陣襲來，他知道那是嚴世藩在運功準備給自己來最後一下，罷了，人世間走一遭，此生雖有遺憾，卻不後悔。

突然，一陣清厲的劍嘯之聲，緊接著是嚴世藩的悶哼聲，那陣刺骨的寒意一下子消失得無影無蹤，顯然是有人襲擊了嚴世藩，迫使他收功後退。

天狼心中奇怪，**是誰有如此高的功力，能逼退武功蓋世的嚴世藩？**此賊雖然可謂天下至惡，但那一身邪惡的功夫實在不是蓋的，就連自己跟他放手一搏，也多半不敵，那股劍嘯聲，有著凜然的正氣，又是那麼的熟悉。

天狼睜開了眼，幾乎要喊出聲來，**眼前一對玉樹臨風般的身影傲然而立，兩支閃著青光的長劍雙雙上揚，直指前方的嚴世藩。**

兩人身著天青色的道袍，為首一人面如冠玉，眉如墨染，脣紅齒白，頭戴紫金道冠，手中的青冥劍流光幻彩，青氣繚繞，起手正是兩儀劍法中的「兩儀迎客」。

而另一個嬌小的身影，身材修長，體態婀娜，高高挽著的一個道姑髮髻上，插著一支翠玉鳳釵，髮似烏雲，膚如凝脂，杏眼含威，編貝般的玉齒輕輕地咬著嘴唇，清秀的臉龐上如同罩了一層嚴霜，對著當面的嚴世藩怒目而視，手中的一把七星劍上，七顆閃爍的劍星如天上的北斗七星一般，顆顆奪目。

這一對神仙也似的金童玉女，可不正是時任武當掌門的「青冥劍尊」徐林宗，以及他的夫人，繼承父職，身為武當戒律長老的「七星玉鳳」沐蘭湘？

小師妹已經是一身婦人的打扮，雖然是道姑裝束，但少女時的額前流海，還有兩道從耳邊垂下的青絲已經不見，她的眼神雖然凌厲，但神態中卻總是有一種難以言說的淡淡憂傷。

沐蘭湘看了眼地上捂著心口，吃驚地瞪大眼睛的天狼，神色稍稍緩和了些，問道：「這位俠士，你怎麼樣，要緊嗎？」

天狼心中一股暖意流過，突然間又是心痛得無以復加，是啊，**與小師妹的重逢，想不到是在這種場合，以這樣的方式！**自己這一場惡戰，渾身是血，腥臭難聞，連小師妹的嗅覺也聞不出現在的自己，而且，她顯然把自己當成了一個路人，並沒有認出自己就是李滄行。

天狼心中黯然，但轉念一想，這樣也好，大家塵歸塵，土歸土，也不至於再見面為難，各自過自己的生活，何必再糾纏不清呢，上次小師妹已經跟自己明明白白地斬斷關係，又已成為人妻，自己又何必自作多情呢。

沐蘭湘見天狼沒有說話，眼中光芒閃爍不定，又看到他渾身是血的樣子，心中存疑，對他有了三分戒備。

徐林宗則朗聲對著對面的嚴世藩道：「你是何人，英雄門的赫連霸嗎？」

天狼馬上醒悟過來，嚴世藩從未現身江湖，徐林宗和沐蘭湘不認識他，看他穿了一身蒙古人的衣服，就以為他是英雄門的高手。

天狼張大了嘴，想要大聲喊出來，這是賣國大奸賊嚴世藩，快殺了他！可是這會兒他卻是半個字都說不出來，邪惡陰冷的魔氣已經將他的血液幾乎要凍住，連牙齒都開始結冰，舌頭都不靈轉了。

嚴世藩卻反咬一口，突然指著天狼道：「二位俠士，你們誤會了，我是打入蒙古軍中的漢人，這個人才是蒙古高手，快殺了他，俺答汗就在後面。」

天狼只看到沐蘭湘最後投向自己的眼神中充滿了凌厲與殺氣，恍然間彷彿聽到沐蘭湘那熟悉的聲音在耳邊響起：「說，**你到底是什麼人！**」

他的眼皮漸漸地像山一樣沉重，極力地想睜開眼睛，想要開口解釋，眼前的一切卻越來越模糊，小師妹那張清秀的臉也漸漸地變得黑暗，只依稀記得在他陷入昏迷前聽到一句話，是：「**別動他！**」

等到天狼再次睜開雙眼時，發現自己在一間明亮的屋子裡，鼻子裡鑽進一股非常濃烈的怪味道，似乎混合了酒和多種草藥。

他的頭很疼，像要裂開似的，便聽到一個威嚴而沉穩的聲音響起：「你醒了！」

天狼意識到這裡就是自己上次被陸炳帶回錦衣衛時所在的房間，這個聲音無疑是陸炳所發出，眼睛一轉，便看到陸炳那張黑裡透紅的臉，面沉如水，正坐在自己的床前。

天狼動了動嘴，輕輕地咳了聲，他居然咳出了聲來，心中又驚又喜，原本他擔心被嚴世藩的陰毒內功封住全身的經脈肌肉，會不會變成一個啞巴，再也不能說話了。

陸炳看了天狼一眼，「你試試可否說話？」

天狼的腦袋還是無法行動，他感覺自己全身酸軟無勁，一點力氣都發不出來，除了沒有纏上繃帶以外，就和第一次被陸炳帶回時沒有區別，他開口道：「為什麼我沒死？怎麼又會在這裡？」

陸炳嘆了口氣：「你中了嚴世藩的終極魔功，徐林宗和沐蘭湘到達時，你已經被凍暈了，差點就死了過去，還好我及時趕到，把你帶了回來，你已經昏迷十天了，這十天來，我把你泡在我練錦衣衛十三橫練時的藥缸中，以至剛至陽的藥物驅除你體中的陰勁，這才把你給救了回來。」

天狼心下稍寬，明白自己算是逃過一劫，突然又想到了一個很嚴重的問題：「陸炳，為什麼我現在一點內力也無法運行？那個什麼終極魔功，會讓我武功盡失嗎？還有，那天後來又出了什麼事？」

陸炳眼中炯炯有神：「天狼，你可知道嚴世藩練的是什麼武功嗎？**此功乃上古邪功，極其歹毒邪惡，修煉者必須採補大量少女的天葵之血以增加自己的修為，才會有所小成**，此後要想增加功力，必須一直行採補之術，所以千百年來，非但正派之人不會修習，就是連魔教和綠林的悍匪都視之為禁術，練習這種有傷天和的邪惡魔功的人，只要一現武林，就會被全天下追殺。

「當年秦國大將白起曾經練成此功，成為一代魔尊，六國的高手聯合圍攻他，都沒有置之於死地，最後是墨家鉅子禽滑離犧牲自己，才把他的魔功給破了，隨後白起失了魔功護體，不敢再親臨戰場，被秦君所殺，而終極魔功也從此下落不明，兩千年來無人知道下落。可是嚴嵩父子卻不知道從哪裡找到了這等邪惡至極的武功，嚴嵩為人文弱，又與髮妻歐陽氏感情很深，一生不納妾，得到此功時已經年過五旬，因此沒有修行，而是傳給了自己的兒子嚴世藩。

「世人只道嚴世藩好色貪財，妻妾成群，卻無人知道，**實際上他是為了掩飾**

自己練這門邪惡殘忍的武功，故意裝成一副好色的模樣，由於他從來不在江湖上走動，世人也不知道這門邪功又重新問世，就是我，也只是在五年前，才得知他在修練此功，而且已經練到第七層了。」

天狼道：「你身為錦衣衛總指揮，有保護黎民百姓之責，明知有人練此邪功，不但不去阻止，反而與他結成同盟，為害世間，即使你礙於官身不去除了嚴世藩，但只要你把這消息放出江湖，自然會有正邪各派的高手群起而攻之，難道你連這個也不肯做嗎？」

陸炳搖搖頭：「天狼，**你想問題為什麼總是這麼衝動直接**？第一，我是錦衣衛，保護一般的黎民百姓是官府捕快的事，我們錦衣衛要辦的是大案，不是有人謀逆就是事關敵國情報，嚴世藩的那些妻妾都是自己買來的，不要說採補練功，就是生死也由他決定，輪不到我們插手。第二，嚴世藩當時位居尚寶監，是朝廷命官，你我都是錦衣衛，也都是公門之人，**哪有公門之人勾結江湖人士謀害朝廷命官的道理？天狼，你這是在謀反，明白嗎？**」

天狼哈哈一笑：「對，我是謀反，你陸炳陸大人是大大的忠臣良將，跟身為朝廷命官的小閣老結成同盟，還把自己的女兒送給他作採補之用，助他魔功大成，虎毒尚不食子，陸大人，你可真是衣冠禽獸啊！」

陸炳瞳孔猛的一收縮，「霍」地一下站起身，厲聲道：「天狼，休提此事！你若再提，我必取你性命！」

天狼冷笑道：「陸炳，枉我一直以為你是個英雄，沒想到你竟如此卑劣，**為了保你陸家那個官身，為了讓自己能繼續向上爬，你不惜出賣自己的女兒，把她扔進嚴世藩的虎口，就為了保你和嚴氏父子的那個同盟，殘害忠良**，現在你滿意了吧？好，我不說你女兒，你不是要精忠報國嗎？現在我大明最大的賣國賊就是嚴世藩，你應該已經把他拿下了吧！」

陸炳稍稍平復了一下情緒，坐回床前，眼神變得黯淡起來：「我去晚了一步，讓嚴世藩趁機跑了，天狼，捉賊拿贓，他沒有在蒙古營中給我捉個現行，單憑你一面之詞，根本無法指證他。」

天狼諷刺道：「我就知道會是這種結果，陸炳，你們錦衣衛不是最會栽贓陷害了嗎，沒有證據你也能找出證據來，不是嗎？只要用當初對付夏言和曾銑的辦法去對付嚴嵩父子，還怕找不出證據？你不用在這裡跟我惺惺作態，繼續演戲了，你分明就是放不下榮華富貴，口口聲聲說要忠君報國，實際上，我看俺答若是打進京城，你跟嚴世藩一樣，換起新主子也是納頭就拜啊！」

陸炳氣得一抬手，狠狠地摑了天狼一巴掌，怒吼道：「混蛋，在你眼裡，我陸炳是這樣的賣國小人嗎？」

天狼嘴角流著血，眼中卻透出一絲不屈與倔強：「那好，你我現在聯手，別管其他的，殺了嚴世藩，事後我一人頂罪，絕不牽連你，如何！」

陸炳的手再次抬到了半空，作勢欲打，突然想到了什麼，停住不動，鬚眉皆張，鼻孔重重地出著粗氣，最後還是緩緩地把手放下，長嘆一聲：「天狼，**你什麼時候才能學會用腦子判斷局勢呢？**」

天狼道：「局勢？現在的局勢就是蒙古兵就在城外吧，現在的局勢就是最大的內奸在把持朝堂吧，你在城中抓白蓮教的賊人倒是很勤快，面對嚴世藩這個巨奸大惡怎麼就全無動手之力了呢？」

陸炳怒道：「**這還不是因為你！如果你能在蒙古大營裡殺了他，那就一了百了，什麼事也沒有了！**現在他逃了回來，又可以為所欲為，我們沒有任何證據，怎麼抓他？且不說現在此賊加緊了防範，深居不出，我們根本無從下手，就是他現在站在面前，以你現在這樣子能打得過嗎？別忘了，你可是錦衣衛，如果你刺殺不成，那連我都要受牽連，整個錦衣衛都會被清洗，到時候換上嚴世藩的人，他想要賣國，甚至是謀反，都不會是什麼難事啦！」

天狼嘲諷道：「說來說去，你就是沒膽賭上自己的身家性命為國除賊，陸炳，我真是看錯了你！算了，等我養好傷後，我退出錦衣衛，以後我自己去殺嚴世藩，就算不成功，也與你錦衣衛無關，這總行了吧！」

陸炳搖搖頭：「天狼，我既然已經答應你，會和你聯手除掉嚴家父子，就不會食言，你何必急功近利，迫不及待呢？蒙古兵現在已經退去，嚴世藩也不敢在這個當口太過放肆，此刻正是我們的好機會，可以慢慢地清除嚴氏父子的黨羽，一旦能把他的黨羽慢慢翦除掉，使朝堂上不至於被嚴嵩一黨所控制，那我自然會想辦法最後與這對賊父子攤牌，正需要你大力相助的時候，你卻說出這種無腦衝動的話，真是太讓我失望了！」

天狼心中一動：「蒙古軍退兵了？」

陸炳回道：「不錯，自從你給救回之後，俺答汗似乎被那天晚上的事情所驚嚇，不再作攻擊京師的準備，改為在京城外擄掠一番，三天後，便帶著搶來的財寶與人口，仍沿著入關時的古北口撤出，今天早晨剛剛接到的情報，十萬蒙古大軍已經全部出關了！」

天狼恨恨地道：「你難道不知道嗎？**這正是嚴世藩這奸賊跟蒙古人達成的賣國協議，他不是想打開京城的大門放蒙古人進城，而是跟蒙古人互不侵犯，一方面讓仇鸞這狗東西率領的各路勤王部隊不得攻擊蒙古軍，一方面放任蒙古人搶**

掠，最後讓俺答的本部人馬搶個痛快，回到草原後也能繼續稱王稱霸！」

陸炳微微一愣：「什麼！嚴世藩和俺答達成的居然是這種協議？」

天狼嘆了口氣：「陸炳，你好好想想，要是大明真的亡了，嚴氏父子不會比現在過得更好，所以他們是不想蒙古人破城的，而且蒙古人原來是打算立趙全為傀儡，這點是嚴世藩絕對不能接受的，他這次和俺答的秘密談判，就是以這種方式換取蒙古人退兵，以保他自己的權勢罷了。」

陸炳眉頭一皺：「可是蒙古人為什麼要答應他呢？他們兵臨城下，野戰連連獲勝，勤王大軍也沒有完全集結，這時候攻城正是好時機啊。」

天狼問道：「難道屈彩鳳沒有和你說過這次的事嗎？」

陸炳搖搖頭：「現在她好像很討厭我，那天從蒙古營地裡突圍之後，她看你無生命之虞後就回去了，連話都不肯跟我多說。」

天狼冷哼道：「看到沒有，連屈彩鳳這種江湖草莽的心裡都有一桿秤，忠奸善惡人家還是分得清的，比你這個堂堂的錦衣衛總指揮使的眼睛還要亮！」

陸炳的黑臉微微一紅，連忙岔開話題：「那天在場聽到嚴世藩和俺答汗全部談判過程的，只有你和屈彩鳳，她既然不肯說，那我只有問你了。」

天狼想到那天晚上的事情，心中恨極，拳頭緊緊地握著，怒道：「俺答這次入關，本想用僕從的部落攻城，把本部的主力精銳留著進攻北京城，可沒想到這一路上打得太順利，那些僕從部落沒什麼損失，反而搶掠了大量的戰利品，而他的本部戰士卻幾乎一無所獲。

「那天攻通州城的時候，在外圍打援的僕從部落已經是無甚戰意，而一直沒撈上仗打的本部人馬卻又吵著鬧著要攻進京師，大搶一把，以沒有戰意的僕從部落打援，而讓本部精銳去攻擊城高池深的京城，加上蒙古兵精於騎射，攻城並非所長，俺答汗也擔心萬一攻擊不成，本部折損過巨，回了草原後無力繼續壓制那些在此戰中獲得了大量人口與財寶的僕從部落，所以進退兩難，猶豫不決！」

陸炳接口道：「於是嚴世藩就跟他一拍即合，他管制住各路勤王部隊不攻擊，換取俺答汗的本部在京外搶上三天，能讓自己的手下滿意，順便也提高他在草原各部中的威望，對不對？」

天狼恨恨地道：「正是如此，陸炳，**兵法有云，避其鋒芒，擊其惰歸**，現在的蒙古兵搶足了，搶夠了，又帶了十幾萬的俘虜，行軍速度一定緩慢，這時候勤王大師集結，選精兵擊之，一定能大獲全勝，請你一定要向皇上建言！」

陸炳長嘆一聲：「晚了，天狼，如果你早五天醒來，我就是拼了這個總指揮的職務不要，也會全力進言的，可惜現在蒙古兵已經退出了古北口，回到草原，這時候再追也來不及啦，何況各路勤王部隊也在三天前解散，返回各自的駐地，除了仇鸞還帶著三萬騎兵在京外紮營外，京師城外已經無一兵一卒了！」

天狼幾乎一口血要噴出來，捶床吼道：「怎麼會這樣！**難道滿朝文武就沒有一個明白人能看出這一點嗎？就沒有一個人建議要追擊嗎？**皇帝最好面子，給蒙古人打到城外，閉門不敢戰也就算了，大軍雲集的時候連追擊都不敢嗎？」

陸炳嘴角勾了勾：「皇上本來是下令要追擊的，還責令兵部尚書丁汝夔全力調兵遣將，負責此事，這丁汝夔是嚴嵩的門生，向嚴嵩問計時，嚴嵩說，大軍若是在邊關外作戰，失敗了還可以瞞報，甚至諱敗為勝，反正皇上也不會親自去查。但現在是在京城外，若是這時候追擊打輸了，那皇上看得一清二楚，於是丁汝夔便沒有發兵追擊。

「其實根據我的情報，就算他發出了追擊的命令，現在統領所有勤王部隊的仇鸞也不可能照辦的，最多也就是做做樣子罷了。前天俺答汗還派人送來國書，要求重開邊市貿易，不然下次還會帶兵前來，態度傲慢囂張之極。這次蒙古入侵，京師震動，群臣恐懼，滿朝文武重臣，只有司業趙貞吉公開表態不能答應蒙古人的條件，其他的大臣們多數保持沉默，一言不發。」

天狼狐疑道：「連徐階，高拱這些清流大臣們也不發言？」

陸炳搖搖頭：「這幾個也都是老狐狸，此時發言支持趙貞吉，就是要清算嚴嵩，那趙貞吉本就是徐階的學生，他在朝堂之上這樣公開表態，想必也是清流大臣們一早計畫好的投石問路之舉，想看看嚴黨之中是否有些人開始另尋退路，與嚴嵩拉開距離了，你可別真以為他們是為了國事！」

天狼這兩年在錦衣衛沒少接觸這些滿口仁義道德，做起正事卻是推三阻四，只知明哲保身的所謂清流大臣們，對他們那種骨子裡的懦弱與自私深有體會，聽到陸炳這樣說，也只能一聲嘆息。

陸炳看了天狼一眼，突然微微一笑：「只是，也並不是沒有人出頭仗義執言的，你道這個人是誰？**正是我們錦衣衛的七品經歷沈鍊！**」

天狼吃驚地睜大了眼睛：「怎麼會是他？」

陸炳哈哈一笑：「我也沒有想到是他，當時沈鍊只是以一個普通侍衛的身分在大殿內值守，聽到趙貞吉的這個提議之後，自己站了出來附議，大聲說絕對不能向蒙古人低頭，應該把使者閹了，詔書燒了，直接趕回去，同時整軍備戰，一雪前恥！聽得滿朝文武都驚嘆不已。當時嚴嵩的黨羽，吏部尚書夏邦謨厲聲斥責沈鍊，說你是何人，這裡大臣議事，哪輪得到你。沈鍊卻直言道，說是國事如此，滿朝大臣都不敢言，只好讓他這個小吏來言了，嗆得夏邦謨啞口無言。」

天狼大笑道：「沈兄真乃直人，真漢子，我若是當時在場，一定跟他一起站出來。」

陸炳微微一笑：「我也站出來附議了，還願意親自出馬刺探蒙古軍情，皇上當時龍顏大悅，下令丁汝夔著即調兵遣將，追擊蒙古人，結果最後還是被嚴嵩給暗中阻止了，前天的朝會上，皇上再次問及追擊之事，丁汝夔答不上來，只能推三阻四地說糧餉未備，結果皇上龍顏大怒，當即下令把丁汝夔拿下，昨天又下令把丁汝夔斬立決，那丁汝夔到死時才知道是給嚴嵩賣了，最後臨刑的時候還大叫嵩賊誤我呢。」

天狼不屑地歪了歪嘴角：「無恥小人，禍國奸臣，死有餘辜，只是可恨又讓嚴嵩這對狗父子逃過此劫了。」

陸炳的眼中冷芒一閃：「他們逃得了一次，不可能次次都逃，這回他們主動扔出了丁汝夔當替死鬼，手下的人也會開始寒心，而且仇鸞借著這次率兵勤王時表現出的忠心，讓皇上大為滿意，提升他為平虜大將軍，又加了太子少保的官職，一時恩寵可謂無兩。」

天狼聽了，憤憤不平地說道：「這是什麼世道，淨是這些奸邪小人得志。這次蒙古入侵，全是因這仇鸞而起，陸炳，你的意思是，我們連他在宣府賣國的事情都不能上報了？」

陸炳點點頭：「天狼，你莫要著急，其實現在未嘗不是機會，仇鸞在宣府與俺答密會談判的事情，就和這次嚴世藩賣國之舉一樣，因為沒有當場捉贓，所以無法上報，不過仇鸞這幾天得了官職，開始變得忘乎所以，驕橫跋扈，就連嚴嵩父子都不放在眼裡了。」

天狼一愣：「怎麼會這樣？他腦子壞掉了嗎？現在蒙古兵剛退，皇帝一時高興才升他的官，以他的本事，在朝中全無根基，這時候得罪嚴嵩父子，不是自己找死嗎？」

陸炳哈哈一笑：「我說的機會就在於此，仇鸞本人貪婪粗鄙，比嚴嵩好對付多了，而且他又野心勃勃，妄圖以武將身分出將入相，執掌朝政，而**嚴嵩就是擋在他面前的一座大山，他知道了嚴嵩父子太多見不得人的事，想要上位的話，一定會想盡辦法來扳倒嚴嵩，這樣我們可以坐山觀虎鬥，找機會先扳倒一個！**」

天狼眼中閃過一絲興奮：「好辦法，這兩個狗東西互相咬，也許會把他們那些見不得光的交易一起抖出來，到時候最好一網打盡。」

陸炳卻搖頭道：「天狼，事情沒這麼簡單，依我看，嚴嵩浸淫官場多年，深知自保之道，仇鸞無謀，在朝中又全無勢力，即使那些清流大臣，在這次爭鬥中也不可能站在他這一邊，我估計十有八九的結果是清流大臣會跟嚴嵩一起先滅了仇鸞，到時候，我們要等局勢大定後再出手，這樣可以立於不敗之地。」

天狼失望地說：「要讓我選的話，如果實在只能鬥倒一個，還是鬥倒嚴嵩的好，仇鸞勢力不足，為人又狂妄無謀，以後很好對付，倒是嚴嵩，如果這次不能趁機打倒他，以後不知道還要等到猴年馬月了。」

陸炳嘆了口氣：「天狼，也別沮喪，嚴嵩之所以難鬥，根本原因是朝堂上的要害部門還有各地的封疆大吏多數是他的同黨門生，就是皇上想動他，也得考慮一旦朝政癱瘓後如何善後的事，現在國家面臨多事之秋，北邊的蒙古、南邊的倭寇都鬧騰得厲害，即使要倒嚴，也不會選擇這個時候。」

天狼冷冷地說道：「那就眼睜睜地看著老賊這樣一直囂張下去嗎？」

陸炳道：「不，我們可以暗中搜集和調查嚴嵩一黨的罪證，然後把證據傳給清流的那些大臣，他們自然會找自己的御史上表彈劾，從地方上開始，逐漸地清洗嚴嵩的黨羽，換上清流派的官員，等到他們的實力至少可以和嚴黨分庭抗禮之時，就是可以徹底打倒嚴黨的時候了。」

天狼還是有些不爽：「那要等到猴年馬月啊，在此之前，嚴嵩不知道要做多少壞事呢，尤其是嚴世藩，這傢伙可是什麼事都幹得出來。這次我壞了他的好事，其實也算是錦衣衛與他處於半敵對狀態了，陸總指揮，**你光想著如何對付他，就沒想到他也想除你於後快嗎？**」

陸炳沉聲道：「不錯，其實嚴世藩和我基本上已經是敵對的關係了，我現在更不能給他抓住什麼破綻，所以你那些衝動無謀的舉動，最好是連想都不要想，若是證據不足，時機不當，打蛇不成反被其害，我們若是一倒，錦衣衛這個要害部門被嚴黨控制，那就更不可能扳倒他們了。」

天狼嘆了口氣，換了個話題：「那天我被嚴世藩的終極魔功所傷，你後來又是如何救我的？後來的情況怎麼樣了？我昏迷前看到了武當派的徐林宗，還有，還有我的小師妹，他們怎麼會來？」

陸炳一一回道：「伏魔盟的人聽說巫山派和魔教的大批精英北上，便調集了大批高手去山西一帶想要伏擊他們，結果正好碰上蒙古入侵，所以他們又都來了京師這裡，與丐幫的公孫豪等人碰上了頭。本來他們是想潛入蒙古大營中分頭放火，結果公孫豪誤打誤撞地碰到了鳳舞，她帶著丐幫的人來到俺答汗的主營，正好趕上救你和屈彩鳳，你們打鬥的時候，火光沖天，號角大作，離得最近的徐林宗和沐蘭湘剛好趕到，正好救下了你。」

天狼思索起當天的情形，不解地道：「我記得他們一開始把嚴世藩當成了蒙古人，出手傷了他，結果嚴世藩那狗賊狡辯說他是好人，我才是英雄門的人，這時候我就暈過去了，後來呢？」

陸炳哈哈一笑：「後來？後來自然是我出手救了你，在你潛入敵營的時候，鳳舞還是不放心，又聯繫上了我，叫我來接應你們，城防的壓力現在很大，我不能帶太多人出來，只帶了慕容武和十幾名精銳可靠的龍組高手，你昏迷的時候，我及時趕到。嚴世藩看到我來，心虛了，直接就溜走，徐林宗和沐蘭湘認得我，但你也知道他們對錦衣衛的態度，若不是同處敵營，有可能直接就會打起來。」

陸炳兩眼神光閃閃：「所以我也不好多解釋什麼，只能把你和屈彩鳳的巫山派中人帶走，而公孫豪和伏魔盟的人則從另一個方向突圍，好在當時兵荒馬亂，四處火起，蒙古人不知道我們來了多少高手，後來都去保護俺答汗了，我們脫身倒是沒有費太大的力。」

天狼聽聞道：「原來如此，想不到那天竟然會有正邪各派這麼多的武林人士夜襲蒙古軍營，他們在江湖上打了這麼多年，外敵入侵時居然能攜手對外，也算不易了。」

他又想到了小師妹，不禁一陣心痛，無法再說下去。

陸炳何等精明，一下子看穿了天狼的心事，冷笑一聲：「**你真正沒想到的，**

還是你的舊愛沐蘭湘再次出現吧。」

天狼沒有說話，閉上眼睛，往事一幕幕地浮上心頭，讓他只有仰天長嘆。

陸炳聲音變得冷厲起來：「天狼，**不要忘了你是怎麼才變成現在這個樣子的**，這個女人耍了你十年，你為她出生入死，隱姓埋名，甚至不惜以叛徒的身分行走江湖，招致天下人唾罵，最後她卻移情別戀，徐林宗一出現，她就又投入了他的懷抱，天狼，我都為你覺得不值，你給她傷成了這樣，為什麼還對她念念不忘？要知道，她已經是徐林宗的老婆了，今生再與你無緣。」

天狼默然無語，半晌才幽幽地說道：「我對她已經沒有什麼想法了，談不上愛，也說不上恨，只希望她能平平安安，幸福快樂，不希望她出任何事，對武當的所有人，我也是這個想法，希望徐師弟能好好地把武當發揚光大，早點找出殺害紫光真人的凶手。陸炳，你如果想和那些清流大臣們合作的話，不妨通過武當，徐林宗就是徐階的兒子，走這條線，總比你直接聯繫要強。」

陸炳冷冷說道：「你想到的辦法，我早已想到了，天狼，這件事就不用你多操心了，屈彩鳳既然不願意和我們錦衣衛合作下去，我也沒必要繼續派人守著巫山派，撤回這些守衛之後，我們錦衣衛就和伏魔盟的各派沒有了矛盾，青山綠水計畫已經結束，現在我在這些正派裡沒有臥底，可以重新發展關係。」

說到這裡，陸炳眼中突然閃過一道寒芒：「天狼，你想問的應該都問完了，現在輪到我了，**你那天跟屈彩鳳說了些什麼，為什麼她一和你見面，就要說跟我們錦衣衛斷絕合作關係？**」

天狼知道太祖錦囊的事絕對不可以洩露半分，一路上，他也一直在想該如何對陸炳回報，他在腦子裡快速將思路理了一遍，便道：

「屈彩鳳那天認出了我就是李滄行，所以才會和冷天雄一起攻擊我，我本來還想混進大帳中刺殺俺答的，結果被她攻擊，不得已提前發動，結果衝進去後才發現只有仇鸞一人。」

陸炳奇道：「她怎麼會認出你來？難道你那天易容出了問題嗎？」

天狼搖搖頭：「女人的直覺很靈敏，屈彩鳳也算是身逢劇變，悲憤下，一頭青絲都變成了白髮，她認定了這一切是我造成的，因而對我恨之入骨，即使我戴了面具，她也一下子便認出我來，她說那是直覺，我只能信了。」

陸炳點點頭：「後來呢，你劫走她之後，又發生了什麼事？」

天狼道：「我不想把和她的那些恩怨情仇再帶到以後，巫山派是大派，這個時候如果因為我一個人的原因而站在嚴嵩那裡，與伏魔盟，甚至與錦衣衛為敵，恐怕並不是什麼好事吧，再說，即使沒有我這個因素，她也對你的多年相助並沒有什麼感激。」

陸炳眉毛一揚：「她說了什麼？為什麼你能看出她不感激我們錦衣衛？」

天狼哈哈一笑：「因為她言談舉止間對魔教很推崇，一口一個神尊，提到你陸總指揮的時候，卻是直呼其名，我想這恐怕不是因為恨我及你的原因吧，你派人多年駐守巫山派，是不是跟她也起了什麼衝突和誤會？」

陸炳撫了撫自己的長髯，追問道：「她沒有說麼？」

天狼冷笑道：「她一見我就恨不得拼死拼活的，又怎麼可能把你們之間的機密告訴我！**我也很想知道你們之間到底出了什麼事**，可她就是冷冷的一句：問你家的陸炳陸總指揮去，就把我給打發了。」

陸炳沒有說話，站起來負手背後，踱起步來，天狼知道他一定是在思索自己是不是已經知道了太祖錦囊之事，心想剛才自己的回答並無破綻，而且太祖錦囊之事是巫山派的最高機密，即使是陸炳，大概也料不到自己和屈彩鳳的這番奇遇，更不知道屈彩鳳居然會和自己冰釋前嫌，還把這個驚天秘密如實相告。

陸炳停下了腳步，眼神如電般地在天狼的臉上來回掃過，好一陣才開口道：「後來你又是怎麼跟她和解的？」

天狼兩手一攤道：「無非是和她講道理，分析形勢罷了，以前我跟她的種種恩怨主要是各為其主的衝突，私人並沒有什麼太深的仇恨，渝州城外小樹林那次，我殺她眾多手下，但那是她想突襲我在先，我只是反擊而已，至於後來對她的刑訊手段，她在武當山的時候也狠狠打了我一頓，算是扯平了。」

陸炳質疑道：「那你後來在武當那樣對她，幾乎奪她清白，這樣她也能跟你算了嗎？」

天狼笑道：「我說那是因為我練習天狼刀法走火入魔，一時失控所致，並非我的本意，因為她自己練天狼刀法也有真氣無法控制的情況，所以就相信了。」

陸炳長嘆一聲：「竟然還有此事，我一直沒有問過你，你這一身天狼刀法是從何而來？屈彩鳳自幼跟隨林鳳仙練習此武功，即使以她的天賦，近三十年也未能大成，而你卻輕鬆練成，我記得以前你是偶爾才能用，現在幾乎是出手就可以施展，這又是怎麼回事？」

請續看《滄狼行》9 決堂江湖

滄狼行 卷8 正邪一決

作者：指雲笑天道
發行人：陳曉林
出版所：風雲時代出版股份有限公司
地址：10576台北市民生東路五段178號7樓之3
電話：(02) 2756-0949
傳真：(02) 2765-3799
執行主編：朱墨菲
美術設計：許惠芳
行銷企劃：林安莉
業務總監：張瑋鳳

初版日期：2021年03月
版權授權：閱文集團
ISBN ：978-986-352-946-0
風雲書網：http://www.eastbooks.com.tw
官方部落格：http://eastbooks.pixnet.net/blog
Facebook：http://www.facebook.com/h7560949
E-mail：h7560949@ms15.hinet.net
劃撥帳號：12043291
戶名：風雲時代出版股份有限公司

風雲發行所：33373桃園市龜山區公西村2鄰復興街304巷96號
電話：(03) 318-1378
傳真：(03) 318-1378
法律顧問：永然法律事務所 李永然律師
北辰著作權事務所 蕭雄淋律師

行政院新聞局局版台業字第3595號 營利事業統一編號22759935

定價：270元

國家圖書館出版品預行編目資料

滄狼行 ／指雲笑天道 著. -- 初版 -- 臺北市：風雲時代，2021.01- 冊；公分

ISBN 978-986-352-946-0（第8冊；平裝）

857.7 109020729